寻找爱的冒险

THE ADVENTURE FOR LOVE

湖南芒果娱乐有限公司／著

长江出版传媒 | 长江文艺出版社

寻找爱的冒险
THE ADVENTURE FOR LOVE

目录

寻找爱的冒险
THE ADVENTURE FOR LOVE

目录

引子

月夜，夏以柔背着行囊在奔跑。

四下里都是寂静，显得她的喘息声越发重了。她已经很累了，呼吸急促，冰冷的空气从口鼻吸入胸腔，不及温热就又呼出，化为寒夜里的一股白气。但是这会儿她完全顾不上自己的累，只觉得紧张，觉得自己的心都要跳出来了。她边跑边捂着心口，像是这样就能让剧烈跳动的心脏平复一些似的。

平日里皎洁的月光正越来越暗，她的影子都越来越模糊。

隐隐约约地，她似乎听到哪里传来一些异样的声音。她警惕地停下来，盯着身边的树丛，一阵风吹过，树枝摇曳来回摆动，发出“唰唰”的声音。她心下稍安，长长地舒了一口气。冷不防，树丛中伸出一只手，直接将她拽进树丛。

夏以柔下意识地尖叫，却被手捂住了嘴巴。她拼命地要掰开这双手，这双手的主人用了很大的力气，完全让她喊叫不出来，然后才绕到她面前，小声说：“是我。”然后才松开了手下的力道。

“家明……”夏以柔完全愣住。

“嘘——”唐家明伸出食指示意噤声，然后指尖歪向树从另一边，表情严肃地示意她看那个方向。

寂静的夜里，一串“嚓嚓”的脚步声正越来越明显，像是有一大群人正在整齐地跑过来。夏以柔心跳得如打鼓一般，尽量随着家明的表情镇定下来。

两人猫着身子，努力调整呼吸，把自己隐匿进树影里，借着越来越晦暗的月光，从树枝间隙里向外看，只见一群气势汹汹的军人急行军而来，方向也正是皇陵镇。

这群军人明显是有备而来，步伐整齐，训练有素。他们都背着枪，整个队伍非常安静，虽然人数众多，却只听见有节奏的嚓嚓的脚步声。若不是这寒夜寂静，真可能让人留意不到这么一支急行军。尤其让人觉得恐怖的是，他们竟然都戴着防护面罩。这诡异的场景，越发让人心慌，甚至会怀疑，这面具下面，到底是人类还是魔鬼。

夏以柔又紧张又害怕，整个人都忍不住哆嗦了一下。唐家明握住了夏以柔的手，发现她手心里已经出了一层汗。于是又重重地握了握，像是要把力量与勇气都传给她。

月光惨淡地照着。两人就这么紧紧地握着手，支持着彼此，盯着这支队伍先是从远到近，又从近到远。唐家明这才转过脸，郑重地说：“我们回去报信！”

夏以柔认真地点了点头，跟着唐家明往皇陵镇跑去。

皇陵镇临山靠水，风光优美，大路盘山而修，蜿蜒而上。他们凭借对地形的熟悉，跟着军人同一方向，却是没走大路。小路年久未修，比大路要难走很多，在这昏暗的夜里，走得更是辛苦。两人互相照应着，终于在进镇之前把军人们远远地甩在了后面。

两人走进皇陵镇，直奔神武殿。月光惨白，宫殿在这样的月色下显得格外静谧，透露出一股肃杀之气。屋檐上的神兽威严地蹲守着，披着月光，目光都似有神，就像真的在看守这宫殿一般。这神武殿本身并不算太大，身处其中却有一股宏伟壮观之感。一进大殿正门，伫立的便是主供的三尊佛像。佛像表情威严，眼神洞明，栩栩如生。端坐于莲台之上，沉静高贵，阅遍人世沧桑。内殿两侧抱柱以金箔为底，黑漆为字描于其上，更为宫殿增添了庄严之气。殿内，皇陵镇三大家族众人盘腿而坐。人数虽众，却无人喧哗，在三大家族长老带领之下，俯首而拜，默声祈祷。

唐家明推开殿门，夏以柔紧随其后。

“有一支军队正在朝这儿来！戴着面罩，装备精良！都有枪！”

祈祷被两人打断。众人目光转了过来。殿上有一人向门口走来，正是夏家长老。长老走过来，目光只在两人身上稍停，便径直向殿外走去。殿外，月亮已经变成了一弯细细的月牙，很快，最后一弯惨白的光亮也消失了。夜空中闪现一轮暗红色的圆月。

血月！

古语云：“月有辉煌，暗色矢光，天灾降旨。”

无需号令，众人已伏拜在地，对着神像祈祷。

“四连血月，这一天终于来了！”夏家长老看着天上这轮血一般的圆月，一字一句地说。

“我们，皇陵镇后人，誓死守护它！绝不容它落入贼人之手！”唐家长老走上前，目光坚毅，语气沉稳。

众人挽起手，无需多言，只看彼此的眼神，就明白大家都准备追随长老们的决定行事。

那一路军人朝着神武殿急行军而来。直至殿外，为首的长官一挥手，脚步声“唰”地停了下来，四周一片寂静。

长官示意手下将整个宫殿团团围住，端起枪，一步一步向殿门逼近。及至殿门，依旧一片死寂，竟是连一声鸟叫都没有。长官上前，侧耳在殿门外听了一听，退开一步，抬腿向殿门踹去。

殿门本就只是虚掩，被这一脚完全踹开，又来回晃了晃才停住。老旧的木门发出咯吱咯吱的声音，回荡在殿内。

长官再一挥手，众军端着枪冲进殿内。借着暗红的月光，只见这空旷的大殿真是连一个人也没有。端居殿上的，只有三尊佛像。而圣身之上，却齐齐没了脑袋！众军心下一震，却依旧军容整备，竟无一句议论。只有长官，紧紧地握了握拳头，发出咯嘣咯嘣的骨节的声音，在这暗夜里听来尤其恐怖。

这圣首，此时已在神武殿后山坡上——三大家族众人用板车载着圣首，护送着往山上走。月光暗红，透着诡异，整个神武殿都被笼罩在这一片血色之中。突然，似有轰隆雷声从地下传出来，众人循声望去，只见神武殿下，万道暗红血光从地下射出，轰隆雷声渐响，似从远而近。血光骤亮，一声巨响，神武殿就在众人眼前土崩瓦解，然后一切又归于沉寂。

第一章
皇陵初遇

传说，一千多年前，有位皇帝去世之后，葬在了一个山清水秀的镇上。从此，镇上居民世代守陵。世事变迁，几经朝代更迭，帝陵早已不引人关注，镇上却有一座千年古庙，吸引着四面八方闻名而来的香客。古庙香火如此鼎盛，是因为庙里的菩萨非常灵验。据说，心怀誓愿之人，只需在殿内三个佛像前各请一炷香，心愿便会实现。于是，各怀心事的善男信女，纷纷赶来这小小的皇陵镇，到神武殿请香，朝着三尊石佛顶礼膜拜。

这个传说对于其他人而言是传说，对于大夏集团集万千宠爱一身的大小姐夏梦寻而言，却格外真实。因为，这可是她的太奶奶的日记上记述的事情。

说起来也真是缘分，夏梦寻很小的时候，第一次听长辈讲起皇陵镇的故事就格外感兴趣。听到故事最后皇陵镇被吞噬，小梦寻整个人都呆住了，好半天才哇的一声哭了出来，大喊："那皇陵镇怎么办？我要去皇陵镇！我要把它挖出来啊！"这件事被哥哥夏梦龙取笑了很多年。梦寻大了之后，得到了太奶奶的日记，更是反复钻研，沉浸其中。

夏梦寻以皇陵镇的传说为蓝本，画了厚厚一沓漫画。这部漫画虽然都只是草稿，并未出版，但是连好朋友蓝翎这么挑剔的人都对漫画赞不绝口。要知道，这位蓝翎可是个言语简洁的冰山美人，一部漫画能让她讲出那么多溢美之词，可见真是很喜欢了。

夏梦寻盯着画架上挂着的最后一幅图，总觉得心里缺了一大块——这漫画还没完，这不是结束，还该有下文。皇陵镇在梦寻心中，早已不是泛黄的日记上的字字句句，而是鲜活生动的身边的小镇。小镇依山傍水，建筑古朴，仿佛山水画一般，坐落在夏梦寻的脑海里。这小镇，现在站在了画面上，召唤着梦寻。

梦寻闭上眼睛，把整个故事又回味了一遍。那血月、那族人、那军队、那佛像、那圣首、那大火……影像在眼前浮现、交错、重叠。她感觉内心深处有股神奇的力量，在向外探，想去探明事情的原委，还原当时的情景。这力量像火，不知哪里一点小火星将其点燃，就突成燎原之势；这力量像水，像滔滔不绝江河之水，灌满了她脑海的每一个角落；这力量像风，把她吹向皇陵镇，吹向当年尘封的历史。

她睁开眼睛，做下了重要的决定："要去皇陵镇一探究竟！现在就要去！"

第二天一早，天色刚微微亮，夏梦寻把简单的行李扔到后座上，把太奶奶的日记放到了副驾驶座上，开车直奔皇陵镇而去。

随着导航上小蓝点越来越靠近皇陵镇，车窗外的景色也越来越荒凉。先出了城，又经过了几个小镇，再穿过小镇又过了一大片田野。田野里，她还能时不时看见个几个农夫，而再往前，又开过一条蜿蜒曲折的山路，就再也不见人类的踪迹了。山路曲折狭窄，路边有斜出的树枝打在车身上，虽然天色已明，也还是让梦寻觉得有些害怕。不过既然出来了，她就一定要探个究竟再回去。空手而归可不是她夏大小姐的风格！

导航并不太准，在山路上就标识已到终点。这也并不奇怪，多少年的老地点了，人迹罕至，导航能指个大概的方向已经是勉为其难了。梦寻关了导航，沿着山路又开了好久，视野才又开阔起来。荒野中，一个破败的牌楼出现在眼前。牌楼年久失修，仔细辨认，还能看出上面皇陵镇三个大字。

梦寻踩下刹车，激起的烟尘都有一人多高，顿时模糊了视野。

"OH-MY-GOD！"梦寻有点怀疑自己的探访旧地的决定是否正确了。她坐等烟尘又归于沉寂，才缓缓摇下车窗。车窗外，古镇的废墟像是从另一个异次元冒出来的一样，真是无法想象，离闹市区不到一百公里的地方，居然有这样的地方！梦寻之前想象中的皇陵镇像个还没被开发成旅游景点的古镇，怀着探访桃花源的心情而来，期待看见这里的阡陌交通，鸡犬相闻。结果，这里除了废墟就是尘土，别说人了，连一条狗都见不到。除了梦寻自己，唯一的活物，就是天上不时飞过的，叫声凄厉的乌鸦——还不如什么都没有呢！

“既然来了，还是得秀一下吧！”梦寻拿着手机下了车，四处张望了一下，对着牌楼拍了几张，又对着街边的残旧的房屋拍了几张，还试图抓拍一下飞过的乌鸦，无奈试了几次也没对上焦，最后干脆弯下腰，给地上厚厚的尘土来了个大特写。然后又拿美图 App 给加了个更显萧瑟的滤镜，这才满意地发了朋友圈：“皇陵镇，我来啦！”

夏梦寻拿着手机回身上车，随手锁住车门。突然，“嘣嘣”几声异响从另一侧车窗外传来。她回头一看，顿时“啊——”地尖叫出声！手机也直接掉在地上！

只见车窗外，赫然出现一张蓬头垢面黝黑的面孔，面孔上并无任何表情，只有一双仿佛只能看见眼白的眼睛。

夏梦寻回过神来，迅速按下车窗钮。车外，一只手迅速伸了进来，把住车窗。好在车子的质量过硬，车窗缓缓却有力地升起，把这只手死死卡住。僵持中，夏梦寻这才看清，车外是个陌生男子，一身驴友打扮，浑身上下到处都脏兮兮的，用另一手用力地比画着，大声地喊叫着什么听不清的内容。

夏梦寻吓得六神无主，脚下使劲儿踩着油门，发动了汽车。完全没注意到，男子手还被夹在车窗上，整个人都被前进的车拖了出去。夏梦寻一直往前开了几百米，再来一个急速转弯，男子整个人都飞了起来。夏梦寻瞥见男子飞起来的身影，这才意识到车窗还夹着个人呢。于是一脚急刹车，车骤然停住。男子整个身子又结结实实撞在车身上。梦寻将车窗开了一条小口，男子的手终于脱了出去，跌坐在地。夏梦寻没给地上的人任何机会，赶紧一脚油门，扬长而去。

一直开出好几里，路况越来越差，非常颠簸。夏梦寻心理打起鼓来，这次贸然探访，难道注定要命途多舛？突然间，车子熄火了，她试了几次也没能打着火。车外狂风大作，车子被飞沙走石卷起的迷雾围在其中，她什么也看不见。她害怕极了，捡起手机想打电话，却没有信号。

夏梦寻忍不住埋头趴在方向盘上哭了起来。这是有多倒霉啊？本来只是想探访一下太奶奶日记里的旧地，结果除了一个牌楼什么也没看见，还差点被一个变态缠上，好不容易摆脱了变态，又在这荒山野岭迷了路。遭遇这些就算了，却连向男朋友打个求救的电话都做不到。往日里只要有什么困难有什么危险，只要一个电话，她的体贴多金的男朋友白宙总会及时赶到来帮她解决问题。这会儿，白宙在哪儿呢？在干什么？还有机会和他再见面吗？

哭了一会儿，周围又安静了下来。梦寻抬起头，面前的景象让她吃了一惊——风沙已停住，正前方出现了一座荒凉的古殿，门楣上高悬着“神武殿”三个斑驳的大字。

神武殿？

神武殿！

太奶奶日记里的神武殿！

梦寻擦了擦眼泪，像被什么力量鼓舞着，从车上下来，走向荒草萋萋的神武殿。

古殿荒废多年，却连门槛都没有损坏，可见当年用料精良。梦寻踏入殿门，映入眼帘的，赫然便是三尊齐齐没了头颅的佛像！饶是见过日记里的记述，还是吓得她猛地向后退了一步。这一退不打紧，却恰恰正退入一人怀中！这个地方还有谁？吓得梦寻感觉头发丝都炸了起来，扭头一看，竟是刚才那个变态男！

天啊！这变态居然跟来了！

梦寻拔腿就跑，匆忙间，包里的日记掉了出来。男子喊着，捡起日记追了上去，梦寻听不清他在身后喊什么，跑得更快了。

梦寻跑进殿外的树林，惊起林中憩鸟，呼啦啦飞过头顶。梦寻跑着跑着，发现不对了，这树林并不大，可是这跑了好半天，竟然还看不到树林的边际，自己竟是在原地打圈？这到底是什么该死的鬼地方啊？真是要了命了。

惶恐中，突然，身后有人拍了拍她的肩膀。梦寻吸了一口气，暗中使足了力气，转手就是狠狠一拳。只见，刚才那位男子正被打中面门，两行鼻血顺流而下……

“我是怎么招惹你了啊大小姐？先用车窗夹我，再拖我，再撞我，这次更狠，上来就给这么一拳，手也太重了吧！”打了几回照面，夏梦寻这才第一次听见这男子讲话。

梦寻警惕地退开几步，问：“你……过来干什么？”

“干什么？帮你啊！”男子没声好气地说，“我进过这林子，费了好大劲才出去。看你冒冒失失跑进来，我就知道你啊，铁定出不去。”

梦寻想反驳，又确实被说中了实情。一时不知道该说什么，只看着这个蓬头垢面的脏兮兮的人，问：“那你怎么出去的？”

男子指了指旁边的树，梦寻不解。男子又走近，指得更仔细。梦寻这才看见，这棵树上一米多高的地方，被男子画上了标记。男子解释：“为了从这里出去，我给沿途的树做了标记。跟我来吧。”说罢转身就走。

梦寻实在不信任此人，不愿意跟着走。可是想想，如果不跟他走，自己根本走不出这林子，在这里也是坐以待毙。权衡之后，她跟上男子的步伐。

终于，梦寻看到了树林边缘，她停的车。

梦寻兴奋地跑到车门边，诧异：“这……怎么出来的？你带我，左转左转左转再左转，明明是画了一个圈啊……”

男子笑了：“聪明，就是一个圈！莫比乌斯环。”

“墨笔……五四环？”梦寻蒙了。

男子把手伸进裤兜，摸出了一团皱巴巴的卫生纸。他撕出一个小纸条，将纸条扭转了一下，再两端接上。说：“喏，就这种啦。”然后用手指在纸条上比画了一下，“就这么沿着路跑下去，不管怎么跑都是跑不出去的。”

夏梦寻嫌弃地看着那根卫生纸条，皱了皱眉头：“不懂你在说什么……谢谢你带我出来。我先走啦，拜拜！”言毕，拉开车门坐进去，插上钥匙，准备发动汽车。

男子冲上前，使劲敲着车窗：“美女！你不能丢下我啊！”说着，掏出身份证，按在车窗上给她看，“这是我证件，我叫唐潮……”

夏梦寻直接扣好安全带，再次发动汽车。

唐潮急了，用夏梦寻刚才掉落的日记本敲了敲车窗。夏梦寻难以置信地四处摸了摸，这才相信，日记本掉了，还被这人捡了去。她犹豫了一会儿，把车窗摇下窄窄的一道缝。

唐潮把日记从窗缝里塞了进来，可怜兮兮地说："捎我一程呗……"看夏梦寻面露犹豫，隔着窗户又指了指日记本，"不看僧面看佛面吧。我这又是帮你带路，又是给你送日记本，你说……"说着，还努力眨了眨眼睛，摆出一副纯良的样子。

夏梦寻本来就是个心软的人，听唐潮这么一说，感觉自己不开车门倒是不对了。唐潮一看有戏，趁热打铁："你看这荒郊野岭的，你把我自己丢在这儿，等月黑风高，我一个单身男性，多危险啊？"

夏梦寻被逗乐了，捂嘴一笑，又觉得这笑得不妥，又把笑容收了起来。最终还是给开了车门锁。

唐潮毫不不迟疑，赶紧拉开副驾的车门，带着一身酸臭味挤了进去。

夏梦寻皱了皱眉。给男朋友白宙打车载电话，却始终打不出去。看看手机，信号一格都没有。看来，还是先开车离开这儿才是硬道理。夏梦寻赶紧开车回城。

唐潮饶有兴致地打量着车里的内饰，问："你一个小姑娘，自己敢来这儿？"

夏梦寻一挑眉毛："有什么不敢！"余光瞥了瞥唐潮，又慌忙补一句，"不过这次是好多人一起……他们在前面等我。"

唐潮从包里翻出一瓶水，递给夏梦寻："附近灌的山泉水，喝不喝啦？"

夏梦寻连忙摇头："谢谢，我不渴。"

车里陷入了一阵沉寂，有点尴尬。

唐潮再找话题："对了，你说那个神武殿里的雕像怎么没脑袋呢？"

夏梦寻也想起了那幅可怕的场景，应道："真不知是怎样的利器，能把雕像的头齐齐砍下……"

"嗖"的一声，唐潮突然亮出一把明晃晃的瑞士军刀："砍头？这就可以！"他把弄着军刀，"之前有个外国哥们儿登山被卡在石头缝里，就是用这种刀把自己的胳膊一点点割断，这才逃出生天，真乃牛人！这壮举还被拍成了电影呢！”

夏梦寻没忍住，纠正他：“这电影我看过，用的不是刀，是锯子。”

唐潮反驳：“不，是刀。”

夏梦寻坚定地说：“是锯子。我中学开始就看这类电影，绝对不会记错。”

唐潮激动起来，下意识地挥舞着刀：“嘿！你肯定记错了！不信咱们打个赌！”

夏梦寻看着明晃晃的刀闪着寒光，想再争却还是无力地说：“好吧，是刀。”想想又不甘，补充道，“我只是觉得，一把小刀，做不到……”

唐潮扭身转向夏梦寻，撸起一只袖管，把刀架在伸出的左胳膊上，说：“不信，我给你试试。”说着作势要砍。

夏梦寻惊恐万分，连声喊：“不要不要不要！”

唐潮却露出一个坏笑：“开个玩笑啦，吓成这样！”

夏梦寻恼了：“你再这样，就给我下车！”

唐潮哈哈笑着躺回了座椅上，侧身笑眯眯地盯着夏梦寻。又问她：“你看过《致命弯道》和《魔鬼搭车人》吗？”

夏梦寻不知何意：“看过，怎么啦？”

唐潮语带愤怒：“这两片子不错，就是太傻了！里面那些坏人和变态，如果稍微聪明一点点，那些自己作死的主角一个都逃不了，都要被大卸八块！尤其是《魔鬼搭车人》那个女主角，让那么明显的变态上车！不作不会死，死了活该！”

夏梦寻不禁浑身打了一个寒战。偷偷斜眼看了下唐潮，觉得他下一分钟就会抽出一个巨大的钢锯，狰狞地扑上来砍向她，砍到尸身零落，血流遍野。怎么办？要坐以待毙吗？她因为紧张而胸口剧烈起伏着。

身边的唐潮还在投入地愤慨：“那个变态也是太蠢，太磨叽！我要是他，根本不可能给女主角任何机会……”边说边用瑞士军刀在手中比画。

夏梦寻灵机一动，偷偷伸脚去断断续续踩刹车，车猛地停了下来：“啊——这车怎么啦？”

夏梦寻下车，走到车前："该不是哪里出毛病了吧？这荒郊野岭的，怎么办啊……"

唐潮也跟着下了车，从另一侧也走到车前，俯身查看："你打开引擎盖，我看看什么问题。"

夏梦寻走回车内，以迅雷不及掩耳之势，沉着冷静地关上车门、锁门、发动、倒车、逃离。

这一连串的动作犹如行云流水。以至于唐潮愣在原地，看夏梦寻的车从身边开过，开出一百米，又看见自己的包从车窗内飞了出来。他咬牙切齿："臭丫头！别让我再看见你！"

夏梦寻的电话突然响起，她又惊又喜，声音发颤地接起电话："白宙！呜呜呜……我遇到变态了……呜呜……"

电话那端的白宙大惊失色："梦寻！你在哪儿？什么变态？"

梦寻委屈万分，呜呜咽咽地哭着讲完事情经过。电话里约好了在星辰广场见面，就一路驱车而去。

一下车，梦寻就扑进白宙怀里，大哭起来。白宙好生心疼，抚摸着她的头，柔声安抚："没事了，宝贝，没事了……"

梦寻发泄完了，揉着眼睛直起身来，这才注意到，好友蓝翎跟白宙一起来的，站在旁边看他俩拥抱，像电灯泡一样尴尬了好一会儿了。梦寻不好意思地笑了笑，拽了拽蓝翎的衣角："你也来啦……"

蓝翎哭笑不得："我正和白宙在游艇上会见一位大人物，商量一件超级重要的重要事情。结果，白大公子和夏大小姐一通电话，我这个小跟班，赶紧又跟过来啦！没想到，倒耽误了二位卿卿我我，你们请便，我先回啦！"说着作势要走。

梦寻更不好意思了："好啦好啦！看在我这么倒霉的分上，就别取笑我了。我们快回去吧。我真是吓得腿都发软了。待会儿我得发个朋友圈，讲述一下我跟变态斗智斗勇的精彩过程。"

白宙笑着揉了揉梦寻的头发："刚才还哭天抢地，这眼泪还没干呢，就要开始秀朋友圈了。你心态可真是够好啊！"

蓝翎补充："相信我，她要是遭遇海难，抓住求生船板之后干的第一件事，一定是发微博！"

三人笑作一团。

梦寻一手揽着白宙，一手揽着蓝翎，故作神秘压低了声音："为了庆祝本小姐今日虎口脱险，特邀二位共舞一次……"

蓝翎大笑："你个疯婆子，不会是要在这大街上跳舞吧！"

梦寻摇着手机："是我哥啦，他约的。咱们快去吧！"

夜店灯光闪烁，红男绿女在舞池内疯狂扭动。舞池上方调音台，手法娴熟地打着碟的正是梦寻的亲哥哥夏梦龙。

他看见三人走进了夜店，远远示意打了个招呼。然后继续沉醉在音乐中自 high。

一曲罢，才放下耳机走下台来。从兜里拿出一张邀请卡递给夏梦寻："交给你了！"

梦寻纳闷："什么意思？"

夏梦龙已经被两个美女拉住，要去跳舞，扭过头来大声说："给你订了明天的机票，你替我去吧！资料晚上会发你邮箱，你得提前做好功课！"走出两步，又折回来补了一句，"你一定会愿意去的。"

这边一片欢声笑语歌舞升平，那边被夏梦寻遗弃在荒郊野外的"变态"唐潮就没这么好运了。他孤独地走了很久，额上冒出一层虚汗，伸手擦去，不一会儿又是一层汗沁了出来。他走走停停，步履蹒跚，有时候得拄着膝盖好一会儿才能直起腰来。他无数次充满期望地踮脚看向远方，又无数次地失望。

终于，地平线上出现了一辆疾驰而来的黑色轿车。唐潮高兴得要跳起来，两眼发光，激动地站到路中间，脱下外套，在手中挥舞着。

黑色轿车在唐潮跟前刹住。三门黑衣墨镜的壮汉从车里钻出，迅速将唐潮团团围住。唐潮只稍一愣，就叹了一口气，表情直接暗了下去，对着右后侧车门方向喊了声："祥叔……"

一位老者打开车门，正是唐家的老管家宇文祥。他言简意赅："唐潮，你爸叫我带你回家。”

唐潮被宇文祥一路“押”回唐家，送到唐鸿远的书房。

唐潮不悦地抱怨：“爸，我知道今天是我回来工作的最后期限，你也不用这么劳师动众去堵我吧……”

唐鸿远指着电视：“有一件重要的事情，你得马上去给我办。”

电视上正播放着一则国际拍卖会的预告视频。拍卖的东西，让唐潮瞪大眼睛——正是他在皇陵镇神武殿看见的三尊无头佛像的圣首！

唐鸿远按下暂停键，意味深长地看着儿子。

唐潮大喜：“爸！这工作，我接了！具体要做什么？”

唐鸿远缓缓地说：“请回圣首。不惜一切代价。”他坐直了身子，凝视唐潮，“你要记住，保护皇陵镇是我们的信念。这份信念不仅是我们的，我们还得把它传承下去。”

唐潮被父亲的气势所震慑，认真地点了点头，这才转身推门而出。

唐潮很快收拾好，拎着文件包准备出门。唐家公子认真打扮起来，还是很耐看的。身材健硕，五官俊朗，发型稳重时尚，嘴角再挂上一丝坏笑，不知谁家多情少女又要一见误终身了。

门口，母亲苏心玉一把拽住包：“你刚回来，又去哪儿？妈这次啊，请人介绍几个特别靠谱的姑娘。你看看，都是名门出身，还都个顶个地漂亮……”说着就把一沓照片塞进唐潮手里。

唐潮冲苏心玉做了个鬼脸：“妈！我懂！我这次去竞拍圣首啊，绝不会空手而归，哪怕人妖我也得给您带一个回来。您就别操心啦！我赶飞机，您先歇着吧。”说着，把照片往旁边柜子上顺手一放，连看都没看一眼，拎着手提包扬长而去了。

去机场一路堵车，让唐潮紧张得够呛，还好赶上了最后的时间。

他走进机舱，找到自己座位。

冤家路窄，座位旁边，坐的正是夏梦寻。

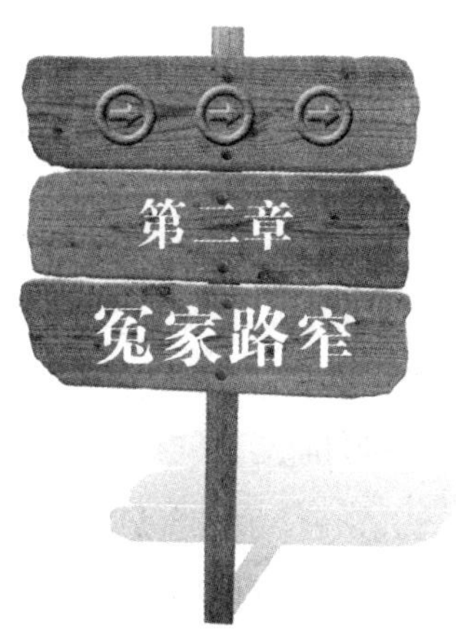
第二章
冤家路窄

夏梦寻昨晚收到了夏梦龙发来的邮件资料，顿时明白了为什么哥哥那么肯定自己会愿意去——此行目的，就在边城拍卖会。夏家一样有意拍得皇陵镇圣首。

登机坐好之后，她拿出纸笔，继续画她的皇陵镇漫画。画纸上，一男一女站在神武殿上，看着殿内的无头圣像。她反复修改，认真琢磨着画面细节。忽然有人站在了面前，投下一片阴影。

梦寻抬起头，正迎上唐潮似笑非笑的目光，她顿时失声："啊——"

两人一路眼神利剑交战无数，甚是激烈。所幸边城并不远，行程很快结束。

下了飞机，唐潮猛地比画了一个割手臂姿势，夏梦寻随即回应以一记凌空勾拳。

处处不合的两个人，这时倒各自怀揣一个非常合拍的想法：要不是身负拍得圣首的重责，绝对宁愿马上下飞机也不想跟眼前这人多相处一分钟。

然后两人同时转身，各走各路……

说是各走各路，其实目标一致，难免殊途同归——第二天，就是拍卖会了。

这次的圣首拍卖并不显眼，圣首被定为第 15 号拍卖品，十万起拍，在常人看来，并与其他拍卖品无异。只有分别坐在了拍卖厅两侧的夏梦寻和唐潮，各自踌躇满志等待拍卖开始。

竞拍开始。夏梦寻一马当先，从十万一路跟人抬到了五十万，拍卖师已经开始第二次叫价，梦寻准备给哥哥发信息汇报战功，只听到大厅另一侧传来熟悉的声音："一百万！"

全场哗然，纷纷扭头看这是何方豪杰。

夏梦寻恼了："怎么又是你！"又举牌，"两百万！"

唐潮淡定地："两百一十万。"

梦寻怒："三百万！"

唐潮继续跟："三百一十万！"

梦寻咬牙："五百万！"

唐潮再举牌："五百一十万！"

梦寻简直可以确定，这人简直就是为了消遣自己来的。可是，五百万哎！拿五百万消遣自己，未免太扯了吧？情况紧急，赶紧打电话给哥哥："有个变态一直跟我抬价！"梦龙回："你只管加！"梦寻挂了电话，斜眼一瞥唐潮，也正在打电话。

她平缓了一下气息，再举牌："六百万！"

那边唐潮放下电话，一字一顿："一，千，万！"

全场都被这阵势惊呆了，鸦雀无声。拍卖师完全没想到这么个寻常的拍卖物拍出这么疯狂的场景，嘶吼着嗓子："一千万！一千万第一次！……一千万第二次！"

梦寻目瞪口呆，反应过来准备再加。却只见一个人跑上台，在拍卖师耳边耳语了一番，拍卖师吃了一惊的样子。

拍卖师转过身来，向大家宣布："实在抱歉，这尊圣首的拍卖委托人临时决定，放弃拍卖。本次拍卖会到此结束！对不起！对不起！"

夏梦寻懊恼极了——要不是唐潮捣乱，她已经拍到了！看唐潮走出去，她马上追了过去，一把拽住唐潮："你个变态！为什么要来捣乱？为什么一直跟着我？"

唐潮也无奈："夏大小姐，你搞清楚，这是拍卖会，价高者得。我来这里是受人所托拍卖圣首，跟你没有一丁点关系。其实我完全可以说，是你在跟着我。放开我！"

唐潮狠狠一甩手，结果夏梦寻刚好踩在台阶边缘，被这力道一带，顿时

“啊”地就往下栽。唐潮赶紧伸手拉她，结果没拉住，只拽住了衣角，夏梦寻扑通一声摔倒在地，衣服也“嘶”的一声裂开了。人群的目光投了过来。

夏梦寻又慌张又尴尬，赶紧用手扯住破衣服遮住身体：“你……坏蛋！”转身疾奔，完全没注意手机又掉在了地上。

唐潮捡起手机，自言自语：“上次捡了日记被揍一拳，这回捡个手机，完蛋了……唉，我这个大好人啊，怎么把手机给你送回去呢？让我看看……”话音未落，图形密码竟真的被破解开了。从 App 中看到订单，× × 路，× × × 酒店。

唐潮驱车赶到酒店，直接找到了夏梦寻房间门口，发现门居然虚掩着，推开门喊：“夏梦寻！”

没有人回答。

唐潮狐疑地走了进来，把手机放到了茶几上，再喊：“夏梦寻！”

还是没人回应。

唐潮准备退出，却听见浴室传来惊慌的尖叫：“啊——”

唐潮心想糟糕，一把推开浴室的门。尖叫的夏梦寻挥舞着淋浴喷头冲了过来：“变态啊啊啊啊！打死你打死你打死你!!”

唐潮一边制止夏梦寻的疯狂攻击，一边绝望地想，这可真是有理说不清了。

夏梦寻整个崩溃了，她得叫白宙来，让白宙来帮忙收拾这个烂摊子。

她的全能十佳男友白宙，这会儿正在和母亲白凤仪一起参加一场唐氏集团主办的慈善会。举办慈善会的，正是唐潮的父亲唐鸿远。宴会上，唐鸿远宣布，大唐集团将申请 H26 号土地的开发权。这块地处偏远的地块，是唐家祖上居住的地方。唐鸿远声称，申请开发这里，正是为了重建唐家祖宅，让它重现往日光辉。白凤仪微笑着看着台上，鼓掌欢迎。

唐鸿远走过来寒暄：“凤仪，你怎么回来了？阿宙都这么大了。”

白凤仪风度迷人：“你一直想重建皇陵镇。这么大的动静，我当然要回来支持你。阿宙待会儿会代表我们白氏集团发言。”又转身对白宙交代：“待会儿好好表现，可不能在唐伯伯面前丢人。你小时候，唐伯伯还带你玩过呢。”

白宙微笑点头：“我先去好好准备！”然后就先走开了。

唐鸿远继续跟白凤仪聊：“凤仪，你家圣首失踪多年第一次重新出现，你怎么这么淡定？拍卖会你都没去？”

白凤仪浅浅笑着：“圣首值多少钱？需要去拍卖？对于懂它的人而言，绝对不可能拿它出来卖。不懂它的人，你说，能想到拿个石头脑袋去拍卖会？这事情背后肯定有蹊跷。”

确实有蹊跷。

夏梦寻收到了一条短信：“今日拍卖会上见姑娘诚心想要圣首，特取消拍卖，愿与姑娘当面细聊。如若有缘，愿以圣首相赠。東河古镇天香茶馆后巷，不见不散。”

当然要去！有缘没缘且不说，这几乎是最后的能得到圣首的机会了。只要见面，总有机会，怎么能放过？夏梦寻赶紧前往。

茶馆并不难找，环境确实不错，古色古香，很有情调。后又小巷，行人便稀少了很多。梦寻穿过小巷，后面是一片空地，看到旁边有一辆常见的搬家公司的箱体货车，旁边站着几个人。是这里吗？梦寻纳闷。

这时，身后传来了脚步声。回头一看，又是唐潮！

梦寻拔腿就往那货车跑，唐潮使劲儿追上，拽住她：“你疯啦！你知道他们是干什么的？”

梦寻一脚踹开唐潮：“当然知道！你这次别想抢过我！”扑向货车。

货车旁边站的黑衣男子看见两人从巷子里冲出来，露出一丝邪笑。一挥手，周围冲出好几个人，将两人拿下。捆好扔进车里。

厢式货车里又黑又闷，夏梦寻嘴里被塞着破布，手背反捆住。旁边的唐潮状况也一样，还哼哼着向夏梦寻靠近。倒在梦寻旁边，用反绑在背后的手去够梦寻的脸。

夏梦寻气疯了，这都什么时候了！这个变态还有心思在这儿猥琐！！挣扎着往远处挪动。

唐潮努力地嗯嗯呜呜，又努力靠近过来。

梦寻突然反应过来，理解了唐潮的意思——唐潮应该是想把自己嘴里的破布拽下来。可是，到底要不要如他的愿呢？他还有什么鬼把戏？可是，如果和他配合一下，是不是还有得救的转机？心里反复衡量了好久，终于还是下了决定，往前伸了伸脖子，凑到唐潮的手边。唐潮迅速把破布拽了出来。俩人又挪动着，用同样的方式把唐潮嘴里的破布也拽了出来。

终于能说话了。梦寻想骂唐潮，骂他怎么这么晦气，怎么一见他什么鬼事都能碰到。可是在这黑暗的车厢里，恐惧还是战胜了愤怒，让她哭了出来："怎么办啊？会不会死在这里……"

唐潮简直要被这位大小姐折腾得抓狂了："我拽都拽不住你，你非要冲过来……唉，现在说这些也没用了。得想办法出去。你别哭了行不行啊？亏你还是画漫画的，能不能有点浪漫主义情怀，说什么死啊死的。你应该相信！邪不胜正！会有 super hero 现身来救我们的。"

听到 super hero，夏梦寻更是泪水涟涟，她的超级英雄就是白宙。可是白宙，现在在哪儿呢？之前，被唐潮闯入浴室的事情平息后，她给白宙发了求救信息。白宙说要过来。可是，白宙现在到哪儿找她呢？

白宙这会儿也像热锅上的蚂蚁。唐氏慈善会上，他正准备发言，收到了梦寻的短信就冲了出来，蓝翎根本拦不住他。可是到了边城，梦寻就失去了联系。他一次又一次拨打梦寻的手机，都没有人接听。她在哪儿，遇上了什么事呢？

等不来 super hero，夏梦寻只能自求多福，尤其是身边还有个说不清是敌是友的唐潮。她对唐潮充满了防范，可是险境之下难免又生出一丝丝依赖。依赖一个变态？这纠结的情愫让夏梦寻看向唐潮的眼神格外复杂。

唐潮倒是没有辜负夏梦寻的期待，先是和夏梦寻合作咬开了彼此的绳子，又在夏梦寻质疑的眼神里说出了自己的脱身计划。

"能行吗？听起来好危险。"夏梦寻觉得唐潮鬼点子真多，但是真的值得相信吗？

"那你还能有更安全的方法？"

夏梦寻也只有用沉默来回应。

在车里不知道颠簸了多久，车厢终于被打开了。两人装作依旧被绑好的样子，任由绑匪把他们从车里带出来，带到那个黑衣人面前。

黑衣人打量了他俩一眼，发话：“我有些话要问你们，你们如果配合，接下来会好受点。”

梦寻忙不迭点头。唐潮早已做好准备，手中紧握着早已准备好的打火机和香水。猛地上前一步，一手点燃打火机，另一手摁着香水瓶穿过火苗对着黑衣人喷射。火焰瞬间扑向黑衣人，烧着了头发。一片慌乱！

趁乱，两人两人拔腿就跑。刚好旁边有一辆车，两人两人跳上车直接发动了就呼啸离开！

黑衣人团伙反应也很迅速，立刻有人开车追了上来！

一路飙车，一直逃到一个树林边缘，油表指针指向零点。夏梦寻恐慌地跳下车，往树林里冲。唐潮追下车，拉住她：“你又在找死啊。别乱跑，跟我来！”带着梦寻往前跑，还注意一路掩盖足迹。

两人这么跌跌撞撞跑了好久。梦寻累得简直要瘫倒在地。直到看见一条小溪，唐潮直接冲到溪边捧了一口水喝了起来。夏梦寻也学着他的样子，试探性地喝了几口。

唐潮起身环顾，发现今天运气真是不错，远处有人曾经露营的痕迹，有木炭散落，还有一口锅也留在这里。于是招呼梦寻：“采蘑菇，煮汤去了！”

两人又累又饿，饱餐一顿，从四处寻了些落叶，铺得厚厚的，躺在上面歇息。住惯了五星级酒店的公子爷大小姐，就这么幕天席地，披着月光睡着了。

一直到阳光洒在夏梦寻脸上，她才睁开眼睛，看着陌生的环境，好半天才反应过来。看看身边，唐潮却不知所踪。她坐起身来，四处张望。突然，看见一条蛇正吐着芯子立在离她不到两米的地方！

梦寻两眼一黑，直接吓晕了过去……

第三章
签售风波

梦寻悠悠转醒时，睁开眼睛，映入眼帘的，就是唐潮的噘着嘴凑过来的脸。

她尖叫一声，用力推开唐潮，从地上弹起来，直接扇了唐潮一个耳光："大色狼！变态！趁人之危！"

唐潮没有防备，直接被推得摔坐在地上。一手捂着脸，一手指着夏梦寻胸前，抬眼看她："大小姐！你这恩将仇报也太狠了！看你晕过去，我给你做心肺复苏，累个半死，看你不醒，又准备做人工呼吸，抓紧时间抢救你，又挨你这么一下……"

夏梦寻沿着唐潮的目光看向自己的前胸，胸前赫然一只泥掌印！顿时大怒："你还狡辩！"冲上去对着唐潮补上几脚。然后撒腿就往林子深处跑去。

唐潮坐在地上揉着被踢疼的腿，半天不见梦寻回来，顿觉不妙，这才赶紧往林子里追去。

唐潮这么一路追着夏梦寻，一直追到一个相对开阔的林地，再往前跑，发现四周都有栅栏围住，似乎是进了什么人专门围起来的地方。梦寻心生怯意，想退回去，可是身后唐潮越追越近了，一横心，继续向前冲。

突然，几只大猎狗出现在面前！梦寻停住，唐潮也紧跟着停在她身旁。两人对视一眼，再环视了一下四周，又有几只猎狗不知道从什么地方钻了出来，形成了一个包围圈。唐潮把梦寻拉到身后："沉住气，不要动！一会儿我引开它们，你赶紧往外跑……"

梦寻快哭出来了："那你呢？怎么跑得过它们？"

唐潮警惕地打量着狗群："别管了。那也比两人在这儿等死强！"言辞决绝。

夏梦寻眼泪都掉下来了，又是害怕又是着急。这个变态，怎么回事？处处和自己过不去，却又总处处帮着自己。他到底为什么这么做？

狗群步步逼近，气氛越加紧张。

忽然，旁边传来汽车的声音，一辆越野车驶了过来。狗群向车围了过去，冲着车狂吠。车上坐着个小胖子。小胖子探起身来，对他俩喊："对不住啊！我的狗，没训好，管不住！"

唐潮大喊："那你把它们引开总行吧！"

胖子嘿嘿一笑："这个还行！"摸出几块肉，远远地扔了出去。猎狗瞬间就冲向生肉，车旁瞬间空了。

唐潮拽起夏梦寻，飞奔上车，合上车门！

小胖子一脚油门，从狗群旁跑开了。

小胖子开着车，自我介绍："我叫石磊，一个石头的石，三个石头的磊，叫我石头或者石磊都行。你俩……"斜眼看了眼梦寻胸前的泥掌印，嘿嘿一笑，"小情侣啊，找新鲜找到这荒郊野岭来啦？不好意思啊，我这狗训来看家护院的，还没训好，没想到吓着你们了。"

夏梦寻反驳："谁跟他小情侣啊！送给我都不要！没一点合得来！"

唐潮耸耸肩："ME TOO！"

石磊笑笑："你们去哪儿？我送你们吧。"

"回酒店！"两人异口同声。

石磊哈哈大笑："还说不是呢！"

到了酒店。三人下车道别。

先是夏梦寻和唐潮一起向石磊告别，留了名字和联系方式，再三道谢，约好了石磊有空时来星城玩儿。石磊车走后，夏、唐两人一时静默无语。

还是夏梦寻先打破沉寂："咱俩也再见吧，最好再也不见。真是见面没好事。"

唐潮一副轻松表情："不见就不见。那来个临别拥抱吧，好歹也曾一起出生入死一场。”

夏梦寻柳眉倒竖：“你又想占我便宜？”

唐潮哈哈大笑：“你把我想得也太猥琐了。拥抱是西方人最普通不过的礼仪，就像我们点头、握手……”

话音未落，夏梦寻就上前，轻轻抱了唐潮一下。

唐潮微微一怔，也环手轻轻拍了拍夏梦寻的后背。

两人很快分开。但是两人都觉察到，有一丝略显奇怪的情愫正在两人之间萌发。

酒店门口，白宙静静地看着他们，一脸阴郁。

夏梦寻转身看见白宙，开心地奔上来：“白宙！终于见到你了！你都不知道这几天我想死你了……”

白宙挽着夏梦寻回到房间，盯着她：“刚才那个人是谁？”

夏梦寻完全沉醉在见到白宙的喜悦中：“那个变态，我跟你说过啊，超烦人的，还特晦气。我叫你来就是因为当时他……不过，这次被绑架，还多亏有他才逃脱。算了，不跟他计较了。”

白宙惊讶：“绑架？”然后拉起梦寻，检查她有没有受伤。最后，目光落在了她胸前的泥手印上。梦寻一下子尴尬了，慌忙解释：“不是你想的那样。这是因为我晕倒了……他……哎呀，都说了我们是清清白白的，我发誓！”

白宙把梦寻一把揽入怀中：“是我不好！让你一个人落入险境！我没照顾好你……”

梦寻吐吐舌头：“总不能让你时刻跟在身边啊，我总得自立。这次虽然惊险，我觉得也挺刺激呢……”

白宙严肃地盯着梦寻：“我真的被吓坏了。你先说有变态，让我过来。过来之后我又找不到你，你手机又联系不上。这跟漫画可不一样，每一样危险都是真实存在的，没有修改或者撕毁的机会。比如你这次被人绑去，如果不能脱身……我……”白宙把梦寻紧紧搂在怀里，如同搂着绝世珍宝，“我不能没有你……”

梦寻被感动了，搂着白宙：“阿宙，你放心，我会照顾好我自己，我会一直跟你在一起……”

白宙看着梦寻，说：“跟我回星城，我有惊喜要给你。”

梦寻眼睛一亮：“什么东西？求剧透！”

白宙爱抚着梦寻的头发：“你的漫画，我偷偷帮你投了稿。结果你猜怎么着？被一家大出版公司看中啦。你的第一本漫画已经出版了，而且，明天下午两点，明月广场，你的新书签售会，隆重举行！”

夏梦寻张大了嘴巴：“阿宙！你说的是真的？我怎么感觉这几天一直在做梦？刚做完噩梦，就来美梦啦！太突然了。签售会？我，我这第一本，会不会没人来，超糗啊？”

白宙宠溺地看着他的心上人开心的样子，舒心地笑了：“怎么会没人呢？我可是你的头号粉丝，我是肯定要去讨一本签名纪念版的……”心里默默地想：“怎么会没人来呢？当然会人多到爆！我精心安排了这么久，难道会有拿钱砸不出来的人气吗？”

那天与夏梦寻分别后，唐潮直接赶回了唐家，跟父亲汇报了此次经历。唐鸿远听完儿子的经历，沉吟一番，问：“你说那个女孩，姓夏？那应该就是三大家族的夏家了。”

唐潮追问：“三大家族和圣首，具体是怎么回事？您从来没跟我讲过。”

唐鸿远沉默了一会儿，缓缓说：“三大家族，一家一尊圣首，这就是三把钥匙。四连血月之时，身首合并就能打开皇陵镇的宝藏。不管是谁要觊觎宝藏，我们三大家族都不会让他得逞，我们是宝藏的守卫者。”

唐潮再问：“四连血月，到底是什么？”

唐鸿远这次不再回答，只吩咐他：“这事你最近不要管了。明天开始，去公司踏踏实实上班，从基层做起，别再让你妈操心。”

唐潮怒了：“你说什么就是什么？我早就说了对你那公司不感兴趣！谁爱去谁去！”从书房摔门而出，只留下父亲气得拍着桌子大呼“逆子”。

唐潮把自己关进房间，开始上网搜索“四连血月”。看了看资料，又搜“夏梦寻”，居然真搜到了夏梦寻的新闻——明天在明月广场的新书发布会。他觉得，有必要去凑个热闹。

明月广场这天可真是大阵势。巨大的海报板立在广场中间，大屏幕上滚动播放着夏梦寻的漫画原稿串接起来的剧情视频。广场上人头攒动，掌声和欢呼声随着视频不时爆发出来。签售台被一圈满满的花篮围绕。最中间那个巨大的花篮上，飘着金色的彩带，上面“白宙”两个大字超级显眼。白公子给女朋友刷起存在感来，可是从来不惜力的！

如此卖力的白公子，这会儿却一点精神也打不起来——在公司开完会，马上就准备赶来签售会，却正被母亲白凤仪逮个正着。白凤仪本来就不支持儿子和夏梦寻在一起，对于儿子如此卖力讨好小女友的行为更是不屑，再想到上次夏梦寻一条短信就把白宙从唐氏慈善会叫走的事情，更是相当不高兴。于是毫不留情地以工作为由头把白宙扣了下来，白宙对于能干的母亲，敬仰中也含了一丝敬畏。看母亲严肃下来，自己就不敢坚持，只好拿出手机，偷偷给蓝翎发了条短信：“我去不了了，帮我送梦寻去吧。”

签售会一开始，场面更加火爆起来。粉丝们鱼贯而上，依次去索取签名，还趁机向作者提问，有些粉丝还会要求握手，夏梦寻微笑着一一满足。唐潮站在队尾，穿着黑色连帽衫，把帽子戴上，还戴着超大镜片的墨镜，随着队伍逐渐向前靠近。

突然，人群出现一股骚乱。原来是一个小眼镜儿读者，疯狂地冲上了签售台，要求与夏梦寻拥抱，抓着手死活不丢，还大喊着“夏小姐，你是我的梦中情人！让我亲你一口吧！”。这种粉丝每个大明星估计都遇到过，不过夏梦寻还真是第一次见，一时间六神无主，左躲右闪。那小眼镜儿还特别执着，左右堵截，根本不给梦寻脱身的机会。场面十分混乱。唐潮挤上前去，一把把小眼镜儿掀开，拉起夏梦寻就往休息室走。

夏梦寻一路被拉进休息室，直到眼前的人取下帽子和墨镜，这才看清又是唐潮。

唐潮把门反锁上，检查了一下屋子里没人，又拉上窗帘，最后，走向夏梦寻：“我看了你的漫画，你是夏家人，你家里是不是也有一尊圣首？”

夏梦寻努力推开他想去开门：“关你什么事？你今天来干什么？都说了不要再见了！”

唐潮拦住夏梦寻："你听我说一句，你越红，目标越大，对你越不利。这么脑残的签售会，你男朋友怎么不知道给你好好把把群众演员的关？什么渣滓都混进来了！"

夏梦寻："什么意思？什么群众演员？"

唐潮不屑地撇撇嘴："不然，你以为呢？你难道不知道这是你男朋友安排的？"

夏梦寻怒了："你少挑拨离间！你给我走！我再说一遍，我再也不要见到你！"

唐潮笑得很轻松："这次恐怕我要拒绝了。除非你说，你对皇陵镇没兴趣，对你祖上的事情没兴趣。否则，怕是我们不只要再见，还会频繁见面了。"说罢直接拿过梦寻的手机，给自己的手机号拨了个电话，再把手机递还给她，"我的电话，常联系。"然后戴上墨镜，打开门又冲了出去。

夏梦寻走出休息室，蓝翎焦急地赶了过来："这人是谁？倒是帮了大忙。不过他拉你去休息室干什么？"

梦寻简单地答："一个朋友，不过啊，脑子有点问题。"然后拉住蓝翎，"我也有问题要问你。这签售会，是阿宙替我安排好的？"

蓝翎拍拍梦寻的肩膀："听谁嚼舌根啊这么问？对自己有信心一点好不好。我去给你买杯咖啡压压惊吧。"

梦寻给了她一个微笑。看她走远，拨通了夏梦龙的电话："哥，我们家是不是有一尊圣首？"

夏梦龙声音里透着惊讶："你怎么突然问起这个？不过我不知道哎，我一直对这个不感兴趣。"

夏梦龙确实很难对这些感兴趣，因为他确实太忙了。家里的事，公司的事，大事小事都得从他面前过一遍。这青年才俊也不好当啊。

比如说前几天的事情吧。夏梦龙打扮得当，开着小跑去公司，意气风发得不得了，直到接到秘书 JOJO 的电话："老板，bad news，我们旗下一个子公司，被恶意收购了。对手是一家新公司，叫田园投资，我们查了下对方的资料，对方负责人叫田婉兮。"

消息再坏，也没法拒绝。夏总商战多年，还是有这点心态的，吩咐JOJO："约下对方，尽快安排见面。"

挂了电话，心思正乱，就被旁边的一辆红色跑车超了车。

还真是辆不错的车呢，夏梦龙追了上去。两车正前后追逐得起劲，一只小狗突然出现在路中间，红车一个急刹，完成了一个漂亮的漂移之后，横在了夏梦龙车前。夏梦龙也一个急刹，急打方向盘，车在原地打转。

红车主人走了下来，夏梦龙眼前一亮——原来是个美女车主。白衬衫，紧身裙，细高跟，标准的 OL 风。美女看了看夏梦龙的车，遗憾地说："爆胎了。"

夏梦龙看了看手表，开口说："我赶时间，叫拖车怕是来不及了，能捎我一程吗？"

美女敲了敲他的后备箱，问："备胎总有吧？"

然后，在夏梦龙的目光注视下，美女弯下腰，独立地、神速地完成了轮胎的更换。美女直起身来，白衬衫上染上了一道黑印。

夏梦龙递过自己的名片："小姐，能知道你的名字吗？我想请你吃个饭表达一下我的感谢……"

美女抬手看了看表："不了。这下我该迟到了。"言毕，大步离开。

夏梦龙看着远去的背影，暗暗地想，这个人倒是有点意思。

夏梦龙一进办公室，JOJO 就把一大沓资料递了过来："你还有十分钟，田园投资的负责人很快就到。我们约了十点。"

夏梦龙接过资料，把车钥匙丢到桌上。看见车钥匙，想起早上的事情。不禁又笑了笑。然后才开始静心看资料。JOJO 退了出去。

时钟指向十点，并没有人进来。夏梦龙按下了桌上的通话键："安排下一个会吧。不守时的人，我也不愿等。"

恰此时，门直接被推开了。JOJO 在门口没有阻拦住，补充解释："这位就是田园投资的负责人，已经到了。"

来的却是位熟人——今早红色跑车那位美女车主。还穿着那件白衬衫，黑色的痕迹处理过，但是还看得出。

夏梦龙愕然："田小姐，原来是你……"

田婉兮站在门口："我们田园投资约了您一个月，也没排上您的档期。无奈之下，做出收购的举动，为的就是引起你的注意，能见面谈谈。这个行为如此激进，我们想着，应该能赢得你的尊重。没想到，迟到这么短的时间，就又被夏老板拒之千里。我们原打算见面后就把股份归还给你的，看来，没必要了。"说完，扭头就走。

夏梦龙当场愣住。

第四章
唐家内鬼

夏梦龙可不是一个会放弃的人。

尤其是面对这么一个难得的感兴趣的对象。

所以，第二天一早，田婉兮在办公室就收到了一束花、一个精致的礼盒。拆开礼盒，里面静静躺着一件崭新的白衬衫。还有一张温暖的小卡片"Have a nice day"。电话很快就跟着礼物来了，夏董事长在电话里十分谦恭："给我个机会请你吃顿饭吧！"

田婉兮俏皮地扬起了嘴角："那就今天吧~晚八点，NIGHT RED BAR"

夏梦龙嘴角咧起一个大大的笑："那晚上见。"

晚上，在酒吧疯狂地劲歌热舞之后，夏梦龙再也无法抑制心底的感受，一把将田婉兮搂入怀中："去我家吧。"田婉兮却轻轻推开夏梦龙："夏董事长这么自信，这回怕是要碰壁了。"

夏梦龙牵着田婉兮的手不愿意放开。田婉兮只是笑着，却并不应答，只是招手拦停了一辆出租车，径直走了。夏梦龙看着田婉兮的背影，却无法看到，一离开了夏梦龙的视线，田婉兮整个表情都松懈了下来，闭上眼睛。像是换上了另一幅面孔——麻木，呆滞。

回到家，踢掉高跟鞋，直接跑去厕所，对着马桶干呕起来。好半天才起身，洗手台前的镜子里映出她的面容，妖艳却苍白。她盯着镜子里的自己。良久，拿起手机，给夏梦龙发了条信息："化龙池古街，明天要不要一起逛逛？”然后也不等回复，直接把手机丢进包里。对着镜子挤出一个勉强的笑，却比哭都难看。

这样的自己，是自己想看的自己吗？田婉兮觉得自己快要不认识自己了，她厌恶这样的自己。她拿起口红，狠狠地在镜子上画了个红叉。

夏梦龙当然会兴致勃勃地赴约。而田婉兮又穿起了职业装，昨晚的疯狂似乎已经完全抛在脑后了，这种善变越发引起了夏梦龙的兴趣。

田婉兮抬眼看这古街长长的一排古典建筑：“我一直都很喜欢这种韵味，觉得，有故事。”

夏梦龙笑：“说吧，你之前这样费心思地跟我见面到底是为了什么事情？”

田婉兮也回应一个大方的微笑：“我想跟你们华夏集团联合一块儿拿下皇陵镇周边的那块地皮，开发一条商业街。如果它成功的话，那么它就可以成为一个标杆，我们就可以顺势拿下整个皇陵镇古迹的开发。我知道夏董事长的祖上也是来自皇陵镇，现在皇陵镇已经破败，难道你就不想你的家乡重现往日风采吗？”

夏梦龙饶有兴趣地笑笑：“看来你对我还挺感兴趣，这么久远的事情，都能被你挖出来。不过，你为什么要找我合作？而我，又凭什么要跟你合作？”

田婉兮自信地递过来一份计划书“：我找你们，是因为一来，田园资金不够，与大唐和白氏无法抗衡；二来，早就听说你年轻有为，所以很想见识见识。而你为什么找我，看完计划书，我相信，你会找我的。”

夏梦龙接过，田婉兮却不放手。

夏梦龙盯着田婉兮的双眼：“越是看不懂，就越是有兴趣。”

唐潮现在眼中的自己失败极了——他一万个不想去上班，可是老爹让他踏踏实实本本分分一步一个脚印从公司基层做起。他想反抗，可是，拿什么反抗？说起来他是唐家的少东家，实际上一切尽在父亲的控制下，他无非是享受着父亲提供的锦衣玉食罢了。和父亲作对，只有死路一条。

唐潮头痛。最后打开衣柜，换上了夹克和T恤，踩上自己的“新欢”体感车，拉风地出门了——既然不能摆脱被强奸的命运，那就努力摆个舒适的姿势吧！

打定这个主意，唐潮心情总算平复了一些。昂首骑着体感车一直进入公司大厅，果然引来了众人的目光。唐潮心中暗爽，摆出自认为更帅的姿势，一路骑到电梯门口才停下。

拉风的体感车在早高峰的电梯里显得很占地，蹭到了一个人的皮鞋上。唐潮抱歉地点头致意，对方一脸厌恶地朝侧面又让了让。出电梯时，唐潮非常小心，可还是又一次从之前已经被蹭了一次的皮鞋上碾过……皮鞋男再也忍不住：“你这是来上班？这衣服、这车，你是来度假吧？跟我来！把车给我停边上！”

唐潮就这样，在上班的第一天，得罪了著名难缠的秦凯秦经理。不过唐潮并没把秦凯的报复太放在心上，他心力全被这“报复”的内容吸引了——秦凯让他录入的一大堆资料里，有不少皇陵镇附近地块开发的内容！

晚上，唐潮主动为这地块的事情去书房找父亲唐鸿远。

唐鸿远看着儿子：“我让你上班的时候，给你的资料里就有，是你自己不看。那里本来就是我们唐家的老宅子，我想修复老宅子，你有什么意见吗？”

唐潮揣摩着父亲的话语和表情，还是觉得其中有蹊跷。思虑再三，最后顺着父亲的话说了下去：“既然是修复老宅这么重要的事情，让我来亲自负责吧。”

唐鸿远觉得儿子一脑子鬼主意：“参与可以，那就以普通职员的身份就够了。负责？这么大的事，你还是算了。否则大家马上就知道你的身份不寻常了，我锻炼你的本意就达不到了。”

唐潮点点头，冲老爷子说：“爸，我会给你惊喜的。”

第二天中午，唐潮带着妈妈准备的爱心午餐来到天台，也没舍得放下手中的文件，准备边吃午餐边看文件。但是，天台那边传来了吵闹声，引起了他的注意。

他轻轻走了过去，发现一块闲置的广告板后面，是公司里一个叫露露的女孩在哭着跟人争吵。今早在茶水间他还跟露露聊过天呢，非常年轻漂亮，声音带着股嗲劲儿。他对露露的声音印象非常深刻，所以这会儿他的位置虽然只能看见露露的脚，他也凭声音辨识了出来。他再往前探探头，看见露露对面，是一双黑皮鞋，跟今早冤家路窄蹭了两次的秦凯的皮鞋一模一样。他想再看清楚些，又走近一步，结果碰触了声响，黑皮鞋马上转身没了踪影。露露转了过来："唐潮哪，你怎么在这儿啊？"

唐潮举了举手中的饭盒："下面人太多了。我找个清静地方吃饭。"

下班后，唐潮一路跟踪露露跟到了一个健身会所门口，略等了几分钟，也尾随露露跟了进去，只见露露在大厅和一个小胖子正在说话，言语间似有争执。他就躲在一旁，一直等到露露又扭身出了会所，这才看清，这小胖子，不是石磊又是哪位！上次一别之后，没想到在这儿又碰上了。

犹疑间，石磊看到了唐潮："嘿！哥们儿！"原来石磊竟然是这个会所的老板。唐潮刻意想打听露露的事情，便把话题转了过去："刚才那位美女，你认识？"

石磊笑："别提了！一客户，不知道哪儿找到个有钱男朋友，来给她办了健身卡。她倒好，回过头来就找我退卡，想拿钱回去。你说这现在的女人啊……话说回来，你那位小野蛮女友呢？你不带着自家女朋友，倒来这儿又看上了别人家女朋友了？"

唐潮赶紧解释："说什么呢！她是我同事，我……有点八卦而已。对了，帮她办卡的男朋友，是不是不戴眼镜，不苟言笑像个面瘫？"

石磊眯着眼睛努力回忆了一下："好像……差不多吧……"话说着，注意力已经明显飘走了。他的眼神定在了门口刚进来的一个年轻女孩身上。

唐潮看了看，女孩皮肤白皙，身材高挑，气质有些清冷，确实非常漂亮，难怪石磊的眼神被牢牢吸引了。唐潮觉得这女孩很是眼熟，细想却也不记得是否真的见过，又是哪里见过。

唐潮想再与石磊继续聊了关于露露的事情，石磊开始明显前言不搭后语，眼神更是压根就不再看望唐潮了。

唐潮无奈，还真没见过这么重色轻友的家伙！

石磊盯着女孩看了一会儿，就上前搭讪。唐潮远远地看着，那女孩表情很冷，不像是会吃石磊这套的感觉。唐潮正准备过去找石磊继续说露露的事情，却听声后传来熟悉的女声："蓝翎！不好意思我来迟了……哎？石磊？"

石磊转身，也愣住："夏梦寻？你，你认识这位小姐？"

夏梦寻高兴地把石磊、蓝翎互相介绍了一番，然后突然注意到旁边的唐潮，大喊一声："唐潮！你怎么又跟着我！！！"

被石磊晾了好一晌的唐潮从旁边走了过来，也很生气："我是先来的，我在跟石磊说话呢，你这后来的倒说我是跟着你来的？讲不讲道理啊？"

石磊出来打圆场："都是朋友！各位既然有缘聚在我这儿，说明都是对运动感兴趣的人，不知各位听过飞达拉攀岩没？我朋友的店。咱们去那儿玩玩儿？"

夏梦寻玩味着石磊的话，瞥了眼唐潮："飞达拉攀岩啊？这个我倒是有兴趣的。不过啊，有些人在场，我是真没心情玩儿。"

石磊一看有戏，当机立断，对着唐潮肩膀又是一拍："哥们儿！你今天还有事忙是吧？那兄弟今天就不多留你了，咱们改天再约！"

唐潮快被石磊这德行给气笑了，为了头次见面的"女神"，也太拼了吧？

一旁沉默的蓝翎却说话了："这不是上次签售会救场的那位先生吗？上次你走得急，还没来及好好谢你，一起去吧。"

唐潮却头也不回地走了："有些人在场啊，我也是没心情玩的。"

剩下笑嘻嘻的石磊："二位美女稍等，我去开车过来。"

三人驱车赶到飞达拉攀岩，已经是一个多小时之后的事情了。一下车，车上的疲惫顿时被一扫而空——飞达拉攀岩不愧是本市最知名的攀岩场地，看起来十分险峻。

夏梦寻跃跃欲试。蓝翎却有些迟疑："梦寻，我们看看就算了吧。我有点恐高……你也别挑战这么危险的事情了……"

石磊立马凑了上来："梦寻你放心去玩儿吧，我照顾着蓝翎。蓝翎你也别担心，这里的教练都特别专业，会保护好梦寻的。"

梦寻接过一旁全副武装的教练递过来的护具，说："放心吧。我没问题的。还有教练保护呢。我就喜欢有挑战的事情。你们去边上等着看我的英姿吧！"

夏梦寻将各种护具穿戴整齐，开始试着向上攀爬。教练在旁边跟着往上爬，却比夏梦寻更快一点。夏梦寻不服，加快速度前进，想追上去，可是教练像刻意挑战她一样，也加快了速度，刚好让她追不上。夏梦寻更着急了，手下有点慌，结果一个不慎没抓住，要失手摔下！好在教练眼疾手快，迅速抓住了她，又帮她将手放回了抓手处。夏梦寻吓了一跳，忙说："谢谢！"

教练说："再说一遍！"

夏梦寻愣了，这教练什么意思啊？茫然地又说了一遍，疑惑地看着教练。

教练掀开头盔，露出脸来，竟然是唐潮的脸。

夏梦寻气极，大喊："唐潮！你到底要不要脸！"

唐潮一副无所谓的样子："我就是来看你笑话了，怎么着吧？"

不欢而散。

夏梦寻带着一肚子气回到家，想找哥哥吐槽，发现哥哥又不在。自己生了一会儿闷气，拿起手机给白宙发了个微信："不开心。"

白宙信息回得很快："这么巧？我刚给你准备好一个礼物，想着你收到后会不会开心。"又分享了一个地址过来。

梦寻露出了微笑，还是白宙贴心啊！她叫了个车按着地址找了过去。

夏梦寻走进一间光线充足的画室。墙面是橙色的，让人心生暖意，一看就是费了心思。专用的工作台，摆放了整套的绘画工具。

白宙温和地看着她，问："喜欢吗？"

夏梦寻高兴地摸着那些绘画工具，连声说"嗯"。

白宙说："上次签售会我没安排好，让你受了惊吓。我真是太内疚了！请你原谅我吧。不过我还给你准备了一个礼物……"说着拿过梦寻的手机，下载了一个 App，一边解释一边示范："这是我专门为你开发的 App，只要把我的电话号码设置成你的紧急联络人，然后你连续按三次电源键，我的手机就会收到。然后我就可以根据卫星搜索到你的位置。如果你下次再遇到变态粉丝这种情况，而我又碰巧不在你身边，你只要按三下电源键，我保证会第一时间冲过去救你的。"

夏梦寻拿着手机比画着，手机却响了起来，来电显示：唐潮。

白宙脸色不太好：“又是那个唐潮？我查了，他是大唐集团的少东家。”想想，忍不住又多说，“梦寻，你最近跟他走得太近，我有些担心……”

夏梦寻：“你多虑了，他这人确实是个浑蛋，但倒也不至于害我，而且我必须要解释一下，我没有跟他走得很近，我跟他每一次都是碰巧遇上。”

白宙觉得自己的女朋友真是天下最纯真的小白：“你觉得是碰巧，但实际上却未必。拍卖是碰巧？签售会是碰巧？连绑架都是碰巧？也许你应该想一想，是不是自己想得太简单了，实际上是一个局。”

夏梦寻已经有些生气了：“阿宙，你虽然说出了一番道理，但你心里实际上是不信任我。”

白宙：“就算是不信任，那也是关心之切。你能不能答应我，以后不要再跟他见面了，行不行？就这么一个小要求。”

夏梦寻：“可是我跟他真的没什么！为什么我要刻意避开一个无关紧要的人呢？你应该对自己更有信心，对我们的感情更有信心，要不然我觉得自己的压力很大。我累了，我先回家了。”

夏梦寻完全没了来时的兴致，转身走人。

梦寻找蓝翎来聊天。她和蓝翎从小到大，一直是无话不谈的朋友。连最开始认识白宙，都还是蓝翎介绍认识的呢！现在跟白宙，总觉得有点越来越生疏的感觉了，她还是想和蓝翎聊聊。两人躺在松软的大床上，你一句我一句地说着最近的事情。

蓝翎却是为白宙说话：“他太在乎你，才会吃醋啦！说实话，你是不是也有点喜欢那个唐潮啊？最近和他接触是蛮多的。”

夏梦寻：“不会吧，连你也怀疑我？全天下男人死光了，我都不会喜欢他。阿宙不许我们见面，你不觉得太夸张了吗？虽然我不跟他见面也没什么，可是阿宙这样让我感觉很没自由！”

蓝翎：“我还是那句话，他紧张你，是因为他喜欢你，他要是不喜欢你，才懒得管你。阿宙对你好，又专一，像他这样的好男人，全世界也没几个了。你啊，还是好好珍惜他吧。”

夏梦寻想起白宙说唐潮就是大唐集团的少东家，突然意识到：“我奶奶日记里提到的唐家少爷难道就是唐潮的太爷爷？不可能吧，这也太巧了吧。”

书商颜老板的电话此时响起：“姑奶奶，截稿期要到了，你再不更新就要开天窗了，你到底什么时候才能更新？”

梦寻头疼，更新、更新、更新，没有圣首的消息，感觉更新漫画就是巧妇难为无米之炊啊……

唐潮也在头疼，他熬了一个通宵，头疼欲裂写出了计划书，想着要在投标项目组大有可为一次，没想到，第二天一早到了公司，得到的却是唐家被取消竞标资格的消息。

据分析，是有人在财务上做了手脚，导致存保证金的账户三天后自动回款了。而秦凯这个时候请了长假，露露也没了踪影。所有证据指向，应该是他俩动的手脚。秦凯这么做，其实保证金他也拿不走。所以可以推断出他是被人收买，专门来搅黄这件事。

唐潮猜测，这块地下面一定藏的有什么东西，才这么引人注意！而到底是什么东西呢？该不会是圣首直接埋在下面吧？或者，至少也该有点别的线索？

他决定沿着秦凯这条线先往下查，而且动作要快。如果没猜错的话，秦凯很快就要真的跑路了。要找秦凯，还是得先找露露。

石磊给唐潮带来了露露的消息：“露露要来我这儿退款了！我拖着她，你速来！”

唐潮赶到会所，正赶上露露出门拦了个出租车要走。

唐潮赶紧也找出租车，这时一辆熟悉的车突然停在了面前。

夏梦寻走了下来：“唐潮，你果然在这儿，我有事问你。”

唐潮看露露的车已经发动，来不及跟梦寻解释，直接跳上了梦寻的车，招呼她：“快走！”

夏梦寻不解何意：“你给我下来！搞什么鬼啊！”

唐潮急得不行：“跟皇陵镇有关！上来说！”

夏梦寻坐上副驾驶，唐潮开车急忙开车去追出租车。

出租车停在了一个酒店门口，露露下车进了酒店，唐潮远远地停了车看着这才来得及跟梦寻解释："我们家公司里出了内鬼，这个女人应该是内鬼的情人，他去酒店应该是跟这个内鬼见最后一面，接着内鬼就要跑路了。"

夏梦寻一听便恼了："我对你们公司内鬼这些乱七八糟的事完全不感兴趣。我今天来是想跟你确认，你们唐家是不是皇陵镇三大家族之一的唐家？我太奶奶日记上写的唐家少爷是不是就是你太爷爷？"

唐潮点点头："是啊！你不会刚知道吧！我抓这个内鬼你也一定会感兴趣，因为这跟皇陵镇有关！"

说话间，秦凯的车从酒店停车场开了出来。唐潮赶紧开车跟上去。

夏梦寻看着一路的景色，觉得十分眼熟，然后反应过来，秦凯走的就是去皇陵镇的路！

前方秦凯停车突然停车，下车往丛林里走去。

唐潮和夏梦寻也赶紧下车，偷偷跟了过去。

秦凯往丛林深处走，进了一个营地。营地正中是一个大帐篷，周围有一个木制遮挡物，帐篷周围有人巡视。他左右看看，进了帐篷。

趁着巡视的守卫刚好背对帐篷的时候，两人赶紧往帐篷那边快步跑去。梦寻顺利地跑到了帐篷旁边，这个帐篷有几个角，有多扇门，她正好在一扇门后。唐潮没来得及，就看见巡逻的人又要转过来，赶紧就近缩到一个遮挡物的后面。

夏梦寻有点好奇，偷偷透过帐篷门的缝隙往里头看，里面正面坐着的是秦凯，还有一个人背对着夏梦寻，再跟秦凯说话。

夏梦寻想把缝隙稍微掀大点，未想，背对她的这人突然转身掀开门，和夏梦寻打了个照面。

夏梦寻惊声尖叫："啊——"

她惊恐的眼睛里，映出的是廖斌的脸……

第五章
螳螂捕蝉

夏梦寻毫无反抗之力地被廖斌的手下拿下。她习惯性地回头张望，唐潮没了踪影，也不知道是独自跑了还是去想办法来救自己了，一时心中滋味很复杂。

廖斌把夏梦寻带了出去，又反绑双手关在一个小帐篷里，拔出腰间的匕首，缓缓靠近她的脸，夏梦寻吓得大叫。

廖斌露出了满意的笑容："害怕啦？那就给我老实交代，你怎么过来的？来这儿干什么！"

夏梦寻强忍恐惧装糊涂："我……迷路……"

突然，外面响起"嘭"的一声爆炸巨响，震得大家都左右摇晃。廖斌也钻出了帐篷看情况。只见熊熊大火正在吞噬营地。廖斌赶紧指挥众人出来救火。

唐潮趁乱跑到关着夏梦寻的帐篷外，用匕首悄悄割开帐篷往里看，见里面只有夏梦寻一人，赶紧溜进去将夏梦寻松绑。夏梦寻掏出手机，连摁三下电源键。这才跟着唐潮往外跑。

没跑出多远，就听见营地里传来喊声："她跑了！快去追！"

唐潮拉着夏梦寻玩命地跑，路线也不走直线，左拐右窜。直到几个追兵掉进了陷阱，夏梦寻才明白过来，唐潮居然还事先挖好了陷阱！

两人气喘吁吁地跑出了树林，却见一辆越野车突然冲出来拦住了去路。

白宙探出头来："上车！"

两人慌忙开门上车，白宙一脚油门，车疾驰而去。

开着车的白宙满脸不悦。副驾驶上的夏梦寻如小女生做错了事，低着头。后排的唐潮感觉到了车里的气氛不对，清了清嗓子：“你好，我叫唐潮，请问你是？”

白宙并不答话。夏梦寻觉得不好意思，出来介绍：“他叫白宙，他是我男朋友。”

又开出一段距离，估摸着应该甩掉那群人了，白宙突然刹车停了下来，转身看向唐潮：“你下来，我有话对你说。”

夏梦寻看这阵势，乖乖地坐在副驾驶上，看两个男人走到车前去谈话。

白宙与唐潮面对面站在车前，相互对视。

白宙盯着唐潮，边说边观察他的表情：“唐潮，大唐集团的少东家，皇陵镇的后人。有件事儿我要跟你说清楚。梦寻她是个想象力很丰富的女孩，容易被那些匪夷所思的故事所引诱。但于我而言，这些都是故事！而且我希望它仅仅是故事。所以，麻烦你以后离她远一点。”

唐潮听白宙说完，问：“就这些，没了？”

白宙利落转身，上车发动了引擎。

唐潮站在车前，目光落到了夏梦寻脸上。夏梦寻有些心虚，低下头不跟唐潮对视。

终于，唐潮退开一步。白宙载着夏梦寻开走了。

唐潮掏出手机给石磊打电话：“抓蛀虫抓出条蛇来，真是太刺激了。快来接我，我要在毒蛇的尾巴消失之前把它逮住！”

露露正在急匆匆收拾行李，门铃响了。她透过门洞看了一眼，开了门。

田婉兮闪身进屋，看见一地行李：“你走之前，还有一项任务必须完成。”

露露问：“不是该做的都做了吗？”

田婉兮微笑着递过来一个信封：“唐潮知道你和秦凯是受了人的指使，可是到底是谁指使了你们，我们得给他一个明确的怀疑对象。也不用你太麻烦，东西我都准备好了，你亲手交给白宙就行。说不定还能帮你赚笔路费。”

露露接过来一看，面露惊讶，随即又神秘地笑了。

白宙刚把夏梦寻送到家，苦心教导她，真的再也不要跟唐潮打交道了，梦寻只是不停解释，两个人谁也无法说服对方，场面很僵。

白宙的手机响了，收到一条短信。他看了眼短信，找了个借口就出来了。

然后，直奔露露家。

到楼下等了露露好大一气，露露才戴着大檐帽和墨镜、口罩，一步三扭地拿着个信封走到车窗前："白公子，久等了啊~"

白宙问："你不是说有唐潮和夏梦寻之间的秘密吗？到底卖的是什么关子？"

露露将信封拿出来交给白宙。白宙拿出来一看，是唐潮和夏梦寻在边城时被偷拍的照片。里面有各种看似亲密的举动。

白宙想了想，从兜里掏出一个厚厚的信封，递给露露："这些照片，我买了。不要再让任何人看到！"

露露开心地拿钱离开。

楼旁边的另外一辆车里，唐潮和石磊将这一幕交换看得清清楚楚，还用手机拍下了视频。

白宙回到办公室翻看这些照片，最开始是有些气愤的，后来便有些伤起了心。和夏梦寻好了这么多年，把她捧在手心里，见她愁了就赶紧就逗乐，见她笑了就赶紧陪着。自己一直在刻意讨好她。这种讨好并不是一种负担，而是一种享受。

可是……夏梦寻，需要这样的自己吗？

这样的想法让白宙有点心慌。他相信自己一定会跟夏梦寻在一起，相信夏梦寻也爱自己，相信夏梦寻对这个唐潮并没有别的意思。可是……看到他们这样亲密出行，要说自己一点想法也没有，那也绝对是假话。

他用力地按了按眉心，想理清思路。可是一涉及到夏梦寻，他就是剪不断理还乱，怎么也没办法跳出自己的思维。

思虑再三，他拿起车钥匙出门，还是要去找夏梦寻问个清楚。

毕竟，作为恋人，首先要坦诚才对。

他约了夏梦寻在星城广场见面，手里紧紧捏着装着照片的信封。

夏梦寻见白宙急约见面，也不知道原因，也匆忙赶过来："阿宙，找我什么事啊？"

白宙见夏梦寻急匆匆赶到，突然又犹豫了，怕梦寻生气，支支吾吾起来。

夏梦寻觉得白宙今天样子很奇怪，可是又问不出个究竟，正追问呢，突然发现不远处广告牌后面躲着个人正在朝这边偷看，定睛一看，不是唐潮又是谁！

唐潮眼看躲不过，就直接站起身走了过来。却不理夏梦寻，只盯着白宙。

白宙也毫不退让，盯着唐潮，眼中怒火熊熊。

唐潮见白宙不说话，便主动发问："秦凯被人收买，害得大唐集团失去竞标资格，是不是你干的？"

白宙不屑于回答，冷哼一声。

唐潮接着逼问："那你怎么解释我们跟踪秦凯，反被抓了，刚逃出来，你就恰好在正确的时间出现在了正确的地点，完成了一出完美的英雄救美？"

夏梦寻听到这儿才明白过来唐潮说的是怎么回事，无语至极："唐潮你搞什么啊！是我给阿宙的求救信息啊！"

唐潮没想到还有这出，愍了一下，又觉出不对劲："星城到那儿好几个小时才能到呢，你发信息过去他也不该来那么快啊！"拿出手机播放之前录下的白宙和露露交涉的视频，说，"这个女人你应该知道是谁吧？"

白宙看见这个视频，顿时怒了："我到得快，是因为当时就在附近，那儿有一块土地开发权正在竞标。至于我见这个女人，哼！"他把那沓照片抽了出来，甩到唐潮脸上，"我见这个女人是因为你一而再地出现在夏梦寻的身边！"

夏梦寻捡起照片，翻看了几张，赶紧跟白宙解释："阿宙，我和唐潮就是偶然碰见了几次，真的没什么。那些照片不是看上去那样子的……你相信我……"

白宙根本控制不住自己的情绪："我当然相信你！可是我不相信他！答应我，不要再见他！"

夏梦寻急了："可是，我漫画还没画完啊，太奶奶的日记里记录着唐家太爷爷的事……你知不知道出版社那边现在给我多大的压力，我就是因为唐家太爷爷后续的线索断了，漫画迟迟不能更新。你怎么能让我就这么放弃了，怎么能这么自私！”

夏梦寻气呼呼地拦了出租车离开。白宙站在原地，目送出租车远去。

夏梦寻气鼓鼓地回到画室，想到今天的不愉快，生气地捶床：“讨厌讨厌讨厌！大坏蛋大坏蛋！”

突然有人敲门，夏梦寻一开门，蓝翎也是怒气冲冲的样子：“夏梦寻！你到底干了什么！怎么把阿宙气成那样！”不等梦寻解释，蓝翎像连炮竹一样叽叽呱呱说了一大堆，“我看你是被宠惯了，为什么每次都必须是阿宙让着你，必须是阿宙哄着你，必须是阿宙来成全你的梦想！你不知道阿宙多难过！他那么爱你，真心真意为你考虑每一件事情，你就不能为他考虑一点点吗？我作为你的朋友，都要看不下去了！”

夏梦寻被蓝翎的样子有点吓到了，完全没想到蓝翎会这么激动。她喃喃地说：“难道……真的……这次是我过分了吗？”

蓝翎摇头叹息。

唐潮目睹了白宙和夏梦寻的争吵，开始有点怀疑自己之前的判断了。毕竟，但凡一个有自尊心的男人，都不会用这种借口来为自己开脱吧。白宙当场甩出自己和夏梦寻的照片，虽说自己和夏梦寻是清白的，但是白宙这么做就等于是认为自己女朋友红杏出墙。他看着还那么关心夏梦寻，更不至于拿这种事情当借口，还白白给自己戴上一顶绿帽子呢。

按这个思路，那露露跟白宙交接的那一幕，应该是故意有人诱导自己去错判了吧。那这个真正的幕后黑手，又是谁呢？这个人挑拨自己和白宙，就是挑拨了大唐集团和白氏家族，恐怕目的还是在那块地上。

唐潮去跟石磊谈了自己的想法。石磊也深表赞同，不过石磊也非常好奇：“你跟我说实话，那块地里面到底有什么？”

唐潮无奈：“我也不知道啊！只知道是我们的祖宅，估计有宝贝吧。具体是啥，我哪儿知道。”

石磊摆摆手：“算了算了，不谈这个烦心事了。来点喜庆的，快帮我看看，我想给蓝翎发条短信，内容呢，就说，蓝翎，你好。可是这个你好两字后面，该发个感叹号呢？还是该直接用个笑脸？哎呀会不会太死板了，会不会用那个心的符号更合适？”

唐潮顿时没了脾气，这都什么人啊！他故作正经地说：“全放上啊！正好代表了你纠结、复杂的内心世界，证明你是在乎她的，你想跟她说的每一句话都是经过深思熟虑。”

石磊沉浸在短信里：“有道理哦……”

典雅精致的餐厅内，夏梦龙和田婉兮正有说有笑。

田婉兮举杯，调皮地歪着头看着夏梦龙：“大唐集团被取消资格，这次土地竞标，我们最强大的对手已经退场了。得恭喜夏总了～”

夏梦龙盯着田婉兮的表情：“这件事，还挺蹊跷的……该不会就是你干的吧？”

田婉兮咯咯笑了：“你也太瞧得起我了！大唐是经营几十年的豪门财团，我们田园投资成立才多久，给大唐集团使绊子？我们哪有那个本事！”

吃完饭，两个人走出餐厅，边走边说。一个压低帽檐的青年人突然冲过来，抢过田婉兮的挎包就跑。田婉兮还没有反应过来，夏梦龙转身对着小偷追了过去！夏梦龙大步流星，几步就追到小偷的身后，飞起一脚，踹到小偷的后背。小偷摔倒，转身，恼羞成怒，从怀里掏出一把匕首来。

田婉兮大惊失色，拽了拽夏梦龙的胳膊：“算了……”

夏梦龙呵斥小偷：“把包留下！”

小偷冷笑一声，突然把包扔向夏梦龙的面门，随即拿着匕首对着夏梦龙刺去。夏梦龙侧身避过要害，用膝盖撞向小偷的肚子。小偷吃痛，踉踉跄跄地后退几步，瞪了一眼夏梦龙，转身逃离。

夏梦龙转身捡起包递给田婉兮，这才发现刚才打斗中，肩膀被匕首划破了，鲜血染红了袖子。

田婉兮一脸紧张，赶紧叫车陪夏梦龙去医院。好在只是点皮外伤，医生给包扎好就让回去休息。田婉兮一直把夏梦龙送到家。夏梦龙有田婉兮陪着，真是觉得今儿这点小伤太值得了。

一进家门，夏梦龙就忙着要去给田婉兮端茶倒水。田婉兮都来不及制止，就看见夏梦龙半裸的肩膀上缠着的绷带，又渗出血来。

田婉兮摁着夏梦龙坐下，一点点展开绷带：“我帮你重新包扎一遍吧。”

夏梦龙裸露的健硕肌肉碰到田婉兮葱般的指尖，两人间有些异样的氛围……

“咳！”在门口站了好大一会儿的夏梦寻忍不住刷了一下存在感。

夏梦龙扭头看着妹妹，满脸的恨铁不成钢。

田婉兮站起来自我介绍：“你是梦寻吧？常听你哥哥说起你。我叫田婉兮，是你哥哥的……朋友……”

夏梦龙望向田婉兮，眼睛里柔情蜜意，然后目光转向夏梦寻：“你怎么没跟白宙出去玩儿，在家待着干吗？”

夏梦寻气结：“得得，我明白，我现在在家就是电灯泡，我这就出去！”

夏梦寻孤零零地走在大街上，看着沿路各户人家的灯光，越发觉得孤独落寞：这下可好，跟白宙闹翻了，哥哥也嫌自己是个电灯泡了，还能去哪儿呢？这白宙也太气人了吧，就不知道服个软认个错吗？就不知道女人是要哄的吗！真是让人生气。

她掏出手机，狠狠连按电源键三下：“你不是说能过来吗？怎么不过来啊！大傻瓜！”

话音刚落，白宙的声音就出现在夏梦寻身后：“我来了……你说得对，我是大傻瓜，我太自私，我乱吃醋怀疑你，全是我的错。可是，我真的太爱你啊梦寻！哪怕你不要我了，我也满脑子都是你！你就在我脑海里跑来跑去，我别的什么事情也做不了……”

夏梦寻瞬间被感动了：“阿宙，对不起，这件事情是我太任性。可是，我跟那个唐潮，真的没有什么，你要相信我！”

小情侣甜蜜地又和好了。

H26 地块的竞标会场，各家企业的代表纷纷入座。

夏梦龙一副意气风发、志在必得的样子带着田婉兮走了进来。夏梦寻跟在他俩身后落座。

夏梦龙得意地跟夏梦寻说："这次带你来，就是让你见识一下，什么叫作躺赢！"

这边说着，那边唐潮和石磊也身穿正装，走进了会场。他俩远远看到了夏梦寻一行人，便扮起自信的笑脸，走了过来。田婉兮突然起身，低着头："我突然有事儿，出去一下，失陪。"不等夏梦龙反应，就匆匆转身向会场后门走去。唐潮只看见个远去的背影，有点愣神。

竞标会的工作人员走上台，一脸喜庆地开始了讲话：

"欢迎各位参与这次土地招标公示会，过去几个月来，对于市郊 H26 地块的开发利用，我们组织报名、审核、开标、评标等一系列的流程，参与报名的企业有十几家，最终是哪家雀屏中选呢？我们马上就来宣布——"

夏梦龙不耐烦地跟夏梦寻嘀咕："那么多废话干甚啊。现场这些企业，对华夏根本不构成威胁……"

工作人员拿出一个信封，取出其中的最终结果："我宣布，经过重重筛选，最终获得 H26 地块土地开发权的企业是——白氏集团！"

在场所有人都愣住了。

夏梦龙："什么？白氏！他们什么时候参与竞标的！"

夏梦寻："白氏……怎么会这样。可是阿宙也没有来啊……"

人群中，白凤仪站起身来，风姿卓越地向众人点头示意，双手合十表示感谢。

第六章
战略同盟

白宙跟白凤仪回到办公室。

他不解地问母亲："妈，你这一招螳螂捕蝉黄雀在后用得漂亮，但我真的糊涂了，这到底是为什么？"

白凤仪神秘地一笑："阿宙，我知道我如果说是为了商业价值，你一定不会相信。直接告诉你吧，既然这块地夏家、唐家都想要，我的目的很简单，我就是不让他们拿到。"

白宙有些为难："这，也得有个原因吧。无缘无故地惹恼夏家和唐家，对我们也没好处吧。虽然您不支持我跟梦寻在一起，也不用这么大费周章吧？"

白凤仪走到窗边看着外头，露出志得意满的表情："原因我将来会告诉你的，但不是现在。你只用记住，这世界上唯一不会害你，一心只想保护你的人只有我，我为你做的任何决定都是经过深思熟虑的。"

唐潮也在家跟父亲商量今天的事情。

唐鸿远感慨："白凤仪这个人，我认识她几十年了，真没想到这次她居然连我都骗过了！"唐潮追问："这个白凤仪到底什么来头？这块地她怎么也会感兴趣？地下到底藏着什么？"唐鸿远却不肯回答，只搪塞说该说的已经都说了，让唐潮踏实上班便是。

唐潮过够了朝九晚五的日子，郁闷至极："你不说！我还不会自己查吗！那班我是肯定不去上了！"

唐潮自己在网上查了查白凤仪的资料，全是她之前的一些慈善事迹，并没有什么大发现。唐潮又找石磊帮忙查夏梦寻的画室在哪儿。他想好了，要查清楚这块地，还是得跟夏梦寻合作。夏梦寻手上有祖上的日记可以当线索，而且夏梦寻本人也对这个古老的传说非常感兴趣，所以两人联手行动应该会容易得多。虽然夏梦寻的大小姐脾气上来的时候颇有些可怕，可是整体来说，还是个善良的人，不用担心有太多的鬼主意害人。

收到石磊发来的画室地址，唐潮就收拾好日常必带的一些证件之类常见的东西，背着一个双肩包就蹲画室门口去了。

一大早，夏梦寻来到画室，刚想开门，一旁闪出一个背着双肩包的人，夏梦寻吓得够呛，差点跌倒。等看清是唐潮，更是骂出来："神经病啊！躲我这儿干吗！"

唐潮真诚地看着她："我等了你一整晚了……"

夏梦寻被看得浑身发毛："等我干什么？"

唐潮试图把事情说得尽量轻松："一件小事请你帮忙，别太介意……就是呢……我最近在家里有点……你这儿呢比较清静……最近一小段时间呢，我就在你这儿暂住几天……"

夏梦寻终于听到了重点，一口拒绝："不可能！绝对不可能！"说着就把唐潮往外推。

唐潮死死站住："我就问你一句，你还想不想把漫画完成了！"看着夏梦寻表情有松动，赶紧再添把柴，"你想把这部漫画画成经典，皇陵镇的故事线索就不能断，但现在线索就要断了。"再爆个猛料："这个天大的秘密我也不藏着了，我告诉你，那块拍卖的地下面埋着线索。"看着夏梦寻怀疑的眼神："那里原来是我们家老宅，我爸告诉我的，线索就在地下，是我太爷爷埋的，说不定还是跟你太奶奶一起埋的呢。"感觉到夏梦寻手下的力道松了，唐潮伸手做了个开门的动作："现在地被白凤仪买去了，咱们得赶紧进去啊商量下对策啊！"

夏梦寻被唐潮说得一愣一愣的，拿出钥匙开了门。

唐潮一进去就毫不客气地躺在了沙发上："还行！我就住这儿了！"

夏梦寻拿起垫子丢他脸上："你为什么非得住我这儿？我凭什么要同意你？"

唐潮一骨碌坐起来："我住你这儿，是因为我想背着我爸，不想让他找到我在做这件事情。你会让我住在这儿，是因为我对你有价值——我可以帮你找线索完成漫画啊！"

夏梦寻见他说得有理有据，一时也想不出什么理由反驳，就提出了三个条件："第一，每天晚上我是要回家住的，我回去以后，这里的东西你不许乱动，特别是我的画；第二，不许让别人知道你住在这儿，更不许带人过来；第三，现在我是计划的领导者，你有任何行动和发现都必须第一时间向我汇报。"

唐潮从善如流："好的，领导！我对领导只有一点期望：千万不要把我在这儿的消息告诉白宙。毕竟是白宙他妈也参与了这件事，现在她可能是我们的敌人。"

夏梦寻犹豫了一下，还是点了点头："对。白宙会理解的。"

唐潮趁着夏梦寻心情好赶紧再补充要求："你能给我套睡衣穿吗？我出门没带……"

夏梦寻无语地指了指衣柜："右边那个柜门里有件运动服，你将就着穿吧，如果你穿得进的话……"

第二天一大早，夏梦寻推开画室的门，被眼前的情景惊呆了——一个穿着粉嫩兔子睡衣的身影正坐在地上做瑜伽，正是唐潮，姿势呼吸有板有眼。

"你……你……你穿的什么……"夏梦寻指着唐潮身上的衣服。

"我觉得这件比运动服好啊。"唐潮穿着小一号的兔子睡衣，一伸懒腰露出肚皮。

夏梦寻一副受不了的表情，走到桌前，又是一声惊叫："唐潮！"

唐潮顺着她的眼神往桌上看，原来是几张漫画手稿。昨晚唐潮在废纸篓里看到，见画得不错，就又捡了起来，抚平放在了桌子上。唐潮赶紧解释："我没动你的画啊！这是我从废纸篓捡的！不算违反你的约法三章！"

夏梦寻："我知道……可是既然我都扔了，你为什么还捡起来？"

唐潮拿起一张手稿："我看画得很好啊，觉得可惜，就捡起来了。而且啊，其实每一笔每一画都是一幅画的生命过程，虽然结果未必满意，可并不能抹杀他们存在过的意义。没有它们，怎么会有最后满意的作品。这就跟很多伟大的作家到死都保留着他们的记录手稿是一样的，上面可能有很多的删减修改，但即便那些被删掉的文字都代表了他们的心血。就如同恋人一般，就算分手，但不能否认曾经爱过。"

夏梦寻望着那些废弃的手稿，陷入了回忆。之前她扔了手稿，如果白宙陪着，白宙都会静静地帮她把废纸篓倒进垃圾袋然后扔出去。然后，有时她有了新的想法想从废纸篓里找出先前扔掉的，却发现废纸篓空空如也。当然，这不是白宙的错，是自己扔的，可是……

她收住思维，对唐潮轻轻地说了声谢谢。

唐潮看着夏梦寻认真的样子，扑哧笑出声来："顺便我还能从你的画里找找皇陵镇三圣首的线索……找了一夜，收获并不大……"

夏梦寻这才发现又被耍了，追着揍他："原来你是抱着这个目的！以后你不许动我的画！连我扔的也不可以！"

两人正在追打，门铃响了起来。唐潮冲猫眼上一看，瞬间着急起来，对着夏梦寻比画口型："白宙！"

夏梦寻一惊，冲过来，看了一眼猫眼，随即把唐潮往卫生间里拖。唐潮伸手按了一下抽水马桶的按钮，发出"哗啦啦"的水声。见夏梦寻不解，唐潮解释："假装上厕所，要不然你干吗这么久才出去。"夏梦寻点点头，打开水龙头洗了个手，这才去开门。

白宙一进来，并没有问夏梦寻为什么这么晚才开门之类的，直接说了主题："我想跟你解释一下先前那块地拍卖的事情。"

夏梦寻愣了一下："其实是我哥他想竞标那块地啦。生意上的事情，我不插手的。不过这次我哥是蛮失望的。"

白宙点头："我一定会找机会跟梦龙哥解释。我妈这次事先一点儿风声都没有走漏，我并不知道她要同你们华夏集团竞争那块地。我不希望这件事会影响我们之间的关系。"

白宙说完这些，才放下手中的包，说：“我想去个洗手间。”

夏梦寻着急要阻拦，却实在想不出理由。犹豫之间，白宙已经伸手推开了卫生间的门。

穿着粉嫩兔子睡衣的唐潮还想往浴帘后躲，被白宙揪了出来。

唐潮出来，主动声明：“我先解释下，我只是借宿，我对她没有任何非分之想；其次是我要求她不跟你说，免得你为难。而夏梦寻同意我住这儿，只是为了找到完成漫画的线索——你妈买去那块地，肯定另有目的。夏梦寻之所以不去找你，是因为不想你为难，更不想你因为这件事跟你妈产生隔阂。”

白宙阴沉着脸：“你以为我会相信你说的话？”

唐潮继续解释：“我知道你对我有偏见，其实我对你也有。可是我们有没有想过，是不是有人在刻意挑拨我们呢？当初露露把照片给你，让你误会我跟夏梦寻，也让我误会你是秦凯的背后主使，故意转移目标故意挑拨大唐和白氏的关系。但是我发现你没中计，你是个聪明人。”

白宙脸色稍稍和缓了一下，又阴沉下去：“那你是怀疑我妈了？毕竟她拍到了这块地，是受益者。”

唐潮：“我不是挑拨你和你妈的关系，可是你也该帮帮夏梦寻。她那么想把她奶奶日记的漫画出版，可是现在却卡在了这里。能帮她的，只有那块地里的线索。如果你爱她的话，你就应该帮她完成这个梦想。”

白宙回头看看夏梦寻，两人对视。

白宙虽然一时嘴上不想承认，但是心里还是被唐潮说动了。他自己心里也好奇那块地到底有什么，而且，夏梦寻感兴趣的东西，他白宙是一定一定要想办法帮她得到的。

几个人最终商议一番，决定去工地探个究竟。工地把守严密，而且白凤仪还防着儿子，虽然白宙自己进得去，但是想瞒着白凤仪就困难了，更别说还要带夏梦寻和唐潮进去。

最后还是唐潮想出了个鬼点子，让白宙帮忙弄来了一套工地工人的工服和胸牌，让唐潮先扮成工人在内接应。再让夏梦寻假扮送外卖的，送着饭走进去。至于白宙，怕是太多人认识他，就先在外守着，随机应变，先不进去了。

一进施工场地，夏梦寻和唐潮就发现，这个地方完全不像建筑工地，反而像考古挖掘的现场。现场分割成了数个区域，好几台挖掘机正在不停地工作，考古用的洛阳铲随处可见。不用说，这里的工人根本不是建筑工人，而是白凤仪请来挖东西的。

夏梦寻赶紧拿出带进来的饭，招呼正休息的工人："几位大哥，香菇滑鸡，还有豆腐肉臊饭，你们要哪种？这是工地上的爱心午餐计划，老板看大家辛苦，额外订了让分给大家吃。"

唐潮赶紧先凑上来拿一份，故作不经意地抱怨："哎呀，你们说，忙活来忙活去，东西什么时候才能挖出来啊……？"

一个工人接茬抱怨："这哪有准儿。要是知道挖的是啥，倒也好办，问题现在老板也不清楚，到底下面藏的是什么东西。这不瞎耽误工夫吗？叫人怎么找啊！"

唐潮和夏梦寻面面相觑。

回去的路上，唐潮和夏梦寻你一言我一语地议论今天得到的消息。

唐潮看着正开车的白宙："事情已经越来越清楚啦，白氏集团拍下这块地，根本不是为了发展什么房地产，就是冲着我家祖宅下面埋的东西！"

夏梦寻马上跳出来维护男朋友："关阿宙什么事啊！那是白董事长的主意啊。倒是你，好好跟你爸谈谈吧，他要是肯讲个线索出来，咱们就好继续了啊，否则这就像大海捞针啊。"

唐潮也无奈了："我爸不肯说啊，我也没办法，就算是大海捞针，也只能靠咱俩使劲儿捞了。其实我有件事儿一直没问，你哥那时候为什么会去参加那块地的竞标呢？听说他最近跟一个女人走得特别近，会不会是这个女人……"

夏梦寻摇了摇头："你说田婉兮啊，我接触过她，人很好的。"

唐潮还是有点怀疑："坏人脸上也不会写坏人两个字啊。我建议你还是要提醒你哥小心点。"

白宙一路都阴沉着脸，不参与讨论。

晚上，夏梦寻和唐潮回到画室。

夏梦寻疲惫地坐在沙发面前的地上，叹气道：“这么大的建筑工地，这么多人挖了这么久都没找到，我们两个人，得找到什么时候才能有结果啊……”

唐潮边开电脑边安慰她：“这事情啊，不能光拼人多，还得拼资源！她白凤仪有人，可是，我唐潮有料啊——给你看个东西！”

夏梦寻凑过去看，只见一张对唐氏祖宅进行还原的图，图非常详细，对唐宅的各部分结构、功能、方位都进行了标注。

唐潮给夏梦寻指图的外围的一圈像罗盘的一样的东西：“这是风水罗盘。我用这个罗盘做辅助，是想要还原我家祖宅几十年前的布局。我相信，祖上不会把东西随便埋在一个什么地方，而是会考虑到风水的因素。我们想找到线索，就得先搞清楚祖宅的风水问题。”

夏梦寻完全被说服了，恍然大悟：“懂了！咱们找找哪个位置风水最好，最适合埋藏镇宅之宝，就该直接去哪儿找线索了！”

从这天起，唐潮和夏梦寻就一头扎进了书堆中，他们从图书馆的书架上，将所有书名中有“风水”二字的书全部拿了下来。两人将印制出来的祖宅风水图纸出来，挂在了墙上，一边翻着手头的书、笔记本，一边对照祖宅图纸，拿着笔在图纸上涂涂改改。

钻研了整整三天，把祖宅里几个大吉大凶之地都标了出来，圈圈点点之后，只剩下非常有限的几个点。

夏梦寻继续琢磨这几个点，看还能不能继续缩小范围：“93 星会火木通明，出聪明奇士；或者就是 14 文昌星会，书房这里；哦，也可能是这里，69 星会外见远山高地……唐潮，我有个疑问，白凤仪的人应该有的是风水高手啊，他们完全可以根据实际情况画出唐家的祖宅图然后来分析风水，按说，该比我们找得更顺利、更准确啊，却为什么还什么都没挖到……”

唐潮低头沉思了一会儿：“会不会是因为他们在思路上跟我们陷入了同样的误区？其实不该把它想象成镇宅之宝？它是一个机密，机密到我的老祖宗不希望其他人注意到它、发现它……”

夏梦寻点头：“它应该会被放在一个别人想都不敢想的位置！”

唐潮终于在图纸上的一个位置，画了一个红点，意味深长地说：“就是这儿了！按照“九宫飞星”学的观点，大凶星“五黄”所在地，也就是整个宅子中最不吉利的地方，别人绝对不会想到这里会有宝贝。我们唐家世世代代都是天才基因，老祖宗们思路肯定跟我一样，既然要藏东西，就必须跟一般人的做法相反！”

第二天，两人像上次一样，轻车熟路混进工地，然后潜伏到晚上，直奔选定的位置，开挖!

借着月色，一个小铁盒被挖了出来。

唐潮捡起铁盒，用力抠开，只见里面躺着一个材质不明的筒状物体。

第七章
密码谜云

唐潮和夏梦寻刚捡起密码筒，就看到一些零散的手电灯光，伴着脚步声靠近。

唐潮赶紧把密码筒藏进衣服里，拉着夏梦寻准备想躲起来，可是四周全是空地，根本无处可躲！情急之下，他一把搂住夏梦寻的腰，将她逼到一棵树边，深情地看着她，俯身要亲上去。夏梦寻又急又窘，把他往外推：“你要干吗？”

脚步声已经越来越近了。

唐潮小声地说：“演情侣啊，要不然你想被他们抓起来？”

夏梦寻不再言语，但是唐潮离那么近盯着她，让她非常害羞。虽然知道唐潮不会真的亲上来，可是感觉到唐潮的嘴似乎隔自己越来越近，她还是害羞地紧闭双眼偏过头去。

手电光聚拢在他俩身上，工人发现了他们：“干什么呢！”

唐潮念叨着“不好意思”，假装被惊扰，拉起夏梦寻的手往外走。工人们也转身离开。眼看就要蒙混过关，意外发生了，一名工人走到刚才唐潮所在的地方，掉进了唐潮挖的洞里。工人们反应过来：“糟糕！拦住他们！站住！”

唐潮赶紧带着夏梦寻想跑，却看见旁边又走出一个人来。那人走到手电筒的“聚光”之下，原来是白宙！

白宙对工人们说：“我认识他们。你们先去干自己的事情吧。”然后转身看了看唐潮和夏梦寻，夏梦寻赶紧挣脱唐潮的臂弯。

走出一段距离，白宙突然发声：“你们来这儿为什么都不跟我打声招呼！”

唐潮说：“我们只是突发奇想，也许我祖上就喜欢逆向思维，所以把东西埋在大凶之地啊，就来试试。谁知道，是我多想了。啥也没挖到不说，还玩了把历险记。还多亏你没来，来了的话，还真不知道这会儿还有谁能救我们了！”

夏梦寻惊讶极了！明明挖到了啊！为什么要瞒着阿宙！她想解释，可是唐潮扭脸对她使了个眼色，她又犹豫了一下，没马上开口。

白宙又转身问夏梦寻：“他说的真的？”

夏梦寻：“啊？……我们……”

白宙低头看了眼手机，示意夏梦寻先别说了：“我妈已经知道今天的事了，你们先走，我回去跟她解释下。”

回去的路上，夏梦寻开着车，唐潮在副驾驶研究密码筒。这密码筒结构相当复杂，简单来说，两侧是固定的木质结构，其中一侧木质结构比较大，而中间则是可以旋转的魔方结构，分为横着的五格，每一格都有七个图案，显然可以通过旋转选定每一格的正确图案后来打开这个密码筒。具体的图案非常玄幻，像是一些神秘的符号。

唐潮试图尝试转动密码筒，夏梦寻猛踩刹车：“别动！”

唐潮不知道发生了什么，举着密码筒一脸迷茫看着夏梦寻。

夏梦寻不好意思地笑笑：“我就是突然想到，这东西在国外被称为达·芬奇密码筒，密码只要错一个里面的东西就会被摧毁，还是谨慎点好吧……我好像在太奶奶日记上见过类似的东西，等我们回去翻翻日记再说吧。”

唐潮看了看手里的密码筒，想了想还是揣进怀里收好了。

一回到画室，夏梦寻就拿出太奶奶日记翻找。找到相关内容一读，顿时无比庆幸没有胡乱尝试。原来，日记上记述了，这个密码筒正是唐家明所手制，唐家明把它叫作“密盒”，放在这里面的秘密，除了知道密码的人，其他人永远不可能知道。为了防止有人暴力破坏密盒，在密盒里放了一个放满了醋的玻璃瓶。如果你用东西砸，或者密码错了，那玻璃瓶就会破碎，那么里面的醋就会流出来，放在里面的莎草纸也就会被融化，那么这个秘密也就消失了。如果要打开密盒看到里面的秘密，就得分别解开金木水火土之谜，而金木水火土之谜的答案，根据这段日记前后一段的内容来看，夏以柔和唐家明应该就是把答案藏在了星城的各个角落，等待解谜人去寻找、发现！

白宙从工地出来，直接赶回家。

白凤仪已经在书房等他。听见白宙进来，她头也不抬，继续看手里的资料："我早就让你别过问那块地了，你到底还听不听我的话了？"

白宙不答话，只问母亲："妈，那片地根本没在开发盖楼，你手底下的人究竟在那儿挖什么？"

白凤仪的电话响了，她拿起手机看了眼，抬眼瞅了瞅白宙，走到书房外去接电话。

书房只剩下白宙一个人，他回头看了眼母亲还在打电话，快速走到书桌这边，翻了翻白凤仪刚才正在看的资料。只见上面写着："拍卖会上对圣首感兴趣的两个人已查明身份。唐潮，大唐集团董事长唐宏远的儿子。夏梦寻，华夏集团总经理夏梦龙的妹妹。唐潮与夏梦寻最近正在联手追查圣首的线索。新成立的田园投资公司总经理田婉兮接近夏梦龙，目的不明……"

听见外面母亲挂了电话，白宙赶紧把资料恢复原状，重新站好。

白凤仪走进来："我也不想和你吵架，但是确实不希望你再过问这块地。碰巧，英国那边一个项目出了问题，情况有些紧急。我希望你去主持大局，让蓝翎陪你一起。你能不能明天趁早去一趟？"

白宙苦笑："你这是想把我支开？"

白凤仪深沉地说："你要记住，我做的一切都是为了白家。去英国只是我一个提议，去不去在你。"

白宙望着白凤仪，想了想，点头说好。

第二天一早，夏梦寻和唐潮铺开了一大张星城的地图，先在网上查了下老星城的地图，把老城区范围勾勒了出来，范围一下子缩小了很多。

夏梦寻指出地图上一个点，用红笔画了个圈圈："以前的星城标志性的建筑并不多，我昨天上网查了一下，我觉得金可能就是星城第一佛，这座佛像曾经遍体覆盖金箔，我们先去这儿看看吧。”

唐潮点头称是：“我小时候也听过那个歌谣，朝宗门有个朝宗庙，朝宗庙前有个朝宗亭，朝宗亭里有尊朝宗佛。今儿，我们就去拜拜这金佛！”

两人兴致勃勃赶到地图上的地点，却都呆住了——周遭已经全部都是现代化的商业街道，朝宗亭还在，可是亭子里的佛像却没了踪影。其实这也毫不意外，百年沧桑巨变，城市里拆拆建建多次，早就不是当初的样子。

夏梦寻站在朝宗亭里，打开手机上网搜索“朝宗门金佛”，居然真的有发现！原来，佛像前些年被一个叫孙朝阳的商人买走了。这个孙朝阳是何方神圣呢？

夏梦寻推推唐潮：“要不，你还是去问问你爸爸吧，他应该认识的人很多吧？”

唐潮拒绝：“不行！我爸本来就反对我查这些事情。如果他同意的话，我哪儿用得着现在寄人篱下这么惨……”

夏梦寻对唐潮这个寄人篱下的说法表示强烈不满：“我是让你饿着了还是让你冻着了？每天在我那儿好吃好住的，你还有什么可抱怨的。不想寄人篱下，那你走啊，我还不想天天对着你呢。”

唐潮没想到一句话又引爆了夏梦寻这个炸药桶：“我随便说两句，你就跟我急眼。像你这种暴脾气，大概只有白宙受得了。你这样的人啊，天生就是用来反衬女神的完美的！”

夏梦寻也不示弱：“女神？女神二字从你口中说出来都脏了这两字！”

唐潮笑了：“你可还别说，我前女友可就是公认的女神，永远三句话：干吗、呵呵、在洗澡。冷到骨头里，当然不是对我。”

夏梦寻鄙视地看了他一眼：“前女友？被甩啦？为什么被甩啦？还不是你因为你太不靠谱。算啦，我去问问我哥哥认不认识这个孙朝阳吧。”

夏梦寻这回却在哥哥面前碰了钉子。夏梦龙确实认识孙朝阳，虽然不算熟悉，但是也算认识。但是，却一口拒绝了夏梦寻求引荐的要求。原因呢，归根到底还是出在了夏梦寻和唐潮的关系上。

夏梦龙本来正在和田婉兮喝咖啡，听了妹妹的要求，苦口婆心劝她："我听说白宙已经被你气得出国了。你和那个姓唐的小子究竟怎么回事？你画漫画不要紧，耽误了和白宙的感情可是大事啊！我看你还是适可而止，赶紧去跟白宙解释清楚吧。"

夏梦寻听得头大。还是田婉兮出来打圆场："我和梦寻来聊聊我们女孩子的私房话吧。你们男人啊太武断了，真难沟通。"

夏梦龙只得站起身："那我去外边站会儿吧，你们聊。"

田婉兮目送夏梦龙走出去，微笑着问夏梦寻："你爱你的男朋友吗？"

夏梦寻不知道田婉兮葫芦里卖的什么药："爱啊……"

田婉兮再问："那他如果现在就跟你求婚，你会不会答应？记住，是结婚哦，一辈子就爱他一个，无论贫穷富贵健康疾病也都爱他一个。"

夏梦寻认真思考着田婉兮的这个问题。

田婉兮一副明白了的表情："很好，你没有马上回答，说明你对这件事情很理智。但同样的，也说明你很犹豫。但恋爱中的女人，不应该是理智和犹豫的。如果你不懂回答，那么我可以告诉你，你不爱他，起码，不够爱他。"

夏梦寻也没急着反驳，只是反问："那，你有没有特别想嫁的人？"

田婉兮平静地答："有过一个。不过遇到了一些困难，不得不分手，我也很遗憾。"

夏梦寻没想到田婉兮会说起往事，不由得关心起哥哥了："那我哥呢？他可以取代那个男人的位置吗？你想嫁给他吗？"

田婉兮真诚地说："我很欣赏你哥哥，可是现在来说，还没到思考嫁不嫁的程度。但以后的事，谁说得清呢？所以梦寻，你不用苦恼，每个人都有追求真爱的权利。而女人，一定要嫁她最爱的人才幸福。没遇到的时候，不强求，遇到的时候，不放手。"

夏梦寻被田婉兮的话感动到了，她握着田婉兮的手："田姐姐，你说得真好！"

田婉兮又起身去外边跟夏梦龙聊了几句，夏梦龙进来跟妹妹说："算了，你的感情的事情，你自己想清楚吧，我也不多插手了。不过，以后凡是关于日记、漫画、皇陵镇这些事都不要来找我帮忙。为了这些有的没的，花那么大精力，太不值得了。”

夏梦寻气呼呼地跑走：“说了一大堆，还是不帮忙呗！”

夏梦龙看着夏梦寻远去的背影，深深叹了一口气。

田婉兮感慨：“其实我也挺遗憾的。梦寻的漫画我看了，很有意思，可惜，看来看不到结尾啦……话说回来，根据梦寻的漫画，宝藏的关键是那三尊圣首，所以你们夏家也有一尊咯？”

夏梦龙盯着田婉兮：“没想到你这么聪明的女人也会相信这些。什么夏家的圣首，我从来就没有见过。”

田婉兮也不追问：“好吧好吧，我不再好奇了，我还是乖乖等着梦寻的书更新吧。”

夏梦寻约了唐潮在石磊的健身房见面。

一说起这事她就一肚子委屈：“我哥他明明就认识孙朝阳，就是不肯给我介绍，还怪我气走了白宙。亏我还是他的亲妹妹，胳膊肘从来都是往外拐。”

唐潮一听夏梦龙真认识，赶紧劝梦寻：“他真的认识孙朝阳啊？那你还不去求求他。适当的低头和牺牲，都是做人必经的过程。要不然，人怎么长大？你啊，就是太幼稚，不成熟。”

旁听的石磊打断了两人的争吵：“等等等等，你们刚才说的孙朝阳，是不是就是三阳的老板？我认识啊………”踏破铁鞋无觅处，得来全不费工夫。之前还真没想到，石磊有这人脉！石磊一挥手：“走！哥带你们去！”三人立刻起身去见孙朝阳。

街角，几双眼睛默默盯着几人从健身房走出来。

廖斌对手下吩咐道：“盯紧了！我那边要收网，先走了。”

蓝翎和白宙走出了边城机场。

白宙有点不好意思：“蓝翎，委屈你又跟我来这儿。我发现了我妈有份文件，里面有圣首的照片，就是夏梦寻上次来边城拍的那一个。皇陵镇的那些陈年往事，夏梦寻在查，大唐集团在查，我妈也参与其中，我想弄明白之中到底有什么关系。”

蓝翎只是轻轻一笑：“说什么委屈呢！我跟着你还放心点。你准备怎么入手？”

白宙见蓝翎能理解，松了一口气：“我跟拍卖行老板约好了三点在边城酒店见面，我们先去咖啡厅等他吧。”

蓝翎点点头。

时间过得飞快，两人在咖啡厅边喝边聊，不知不觉时间已经三点多了。

白宙看了看表，拿出手机准备给拍卖行老板打个电话。

关机！

白宙顿时觉得不妙，这个拍卖行老板肯定有问题！看来已经溜走了！白宙赶紧带着蓝翎去拍卖行找他。

两人一出酒店，突然一辆面包车开来，下来了几个强壮的打手，直接把蓝翎拽上了车。白宙拼命反抗，也被打晕了扔上车。

白宙悠悠醒转过来的时候，蓝翎正趴在自己身上哭。

白宙想拍拍蓝翎，才发现双手被反绑了，动弹不得。再看看蓝翎，也是这般遭遇。有个大胡子的打手就在旁边守着他俩，门外还有两个打手在抽烟。大胡子看见他四处张望的动作，朝他狠狠瞪了一眼。

他嗓子发干，艰难地开口：“你们想要什么，我们可以谈。”

打手冷笑：“省省劲儿吧。我们要的，你们给不了。”

蓝翎害怕地靠近白宙。

白宙低声安慰她：“都怪我把你害了，不过你别怕，我一定想办法……”

蓝翎脱口而出：“跟你在一起我不怕！”又觉得这话有点过，又说，“我是说，如果我一个人，我会怕极了。多个人感觉还是好很多。”

白宙没觉察到蓝翎话里的意思，一心分析局势：“这说明那场拍卖会确实有问题，背后的谜团我一定要解开。不过，既然连我都抓进来了，这应该跟我妈没关系。会是谁呢……”

外边进来另一个刀疤脸的打手，把一个文件袋递给大胡子。大胡子抽出文件看了看，点点头，把文件袋丢在了旁边的破凳子上。

石磊把唐潮和夏梦寻带到了明月广场，这里正是三阳集团的地盘。

孙朝阳正在巨大的电子屏幕前玩着赛车游戏，他全神贯注，拿着手柄，身体跟随画面左右摆动。直到一局结束，电视机里发出巨大的欢呼声，他才挥舞着拳头跟着摇摆起来。

石磊上前打招呼："孙总果然好身手啊！"

孙朝阳瞥了他一眼："你来过几次了吧，我记得，四石集团的。还是你们健身房想到明月广场开分店的事吧？我都说了，这事找下面的人谈就好。"说着又继续玩起了游戏，边玩边说，"压力是需要释放的，我喜欢速度和力量的刺激！"说着话，又赢了一局，孙朝阳又振臂一挥，一脸兴奋！

唐潮抓紧时机走上前，"压力是需要释放的，不过纸上谈兵可不过瘾。看孙总游戏玩得不错，不过你们这代人啊，实战一般不如年轻人了，有些过于求稳，不够刺激……"

孙朝阳转过身："哟？年轻人，你这是向我挑战吗？"

卡丁车场，孙总和唐潮都穿戴整齐，坐进了卡丁车内。

石磊使个眼色，夏梦寻一横心走上前，脱下外套，一手叉腰展现自己婀娜的身段，一手挥舞衣服示意出发，活脱脱一个热辣的赛车女郎。

孙朝阳满意地吹了声口哨，和唐潮一起驾驶卡丁车向前飞驰。

第八章
险象环生

夏梦寻盯着赛道上你追我赶的两个人，心急如焚，紧张得心都要跳出来，大声呼喊："唐潮，你能不能快点！已经最后一圈啦！"

一个弯道，唐潮一个加速将孙总甩在了身后，然后速度越拉越远。终于，像箭一般冲过了终点线！夏梦寻手上拿着格子旗，干脆利落地挥舞下去！

孙总随后冲过终点："小兄弟，开得好，我心服口服。不过今天开得很爽，输了我也开心。"

唐潮谦虚地笑笑："孙总开心就好。"

孙总也是个明白人，直接问："说吧，你们想干吗？我知道你们肯定是有求于我。"

唐潮见孙总直说了，便也不绕弯子："不瞒孙总，我们在制作一本关于星城古迹的摄影册，以前朝宗门那有一尊佛像，辗转听说现在已经被孙总收藏了，所以想麻烦孙总让我们看一看拍几张照片。"

孙朝阳笑了："就这啊？那你们直接去我公司吧，我马上给那边打个电话就好。你们现在就去，有人接待你们。"然后扭头跟站在一旁的石磊说："他们先走，你留下吧。我觉得健身房意义不大，可是卡丁车场有点意思，明月广场可以考虑也开一个……"

唐潮和夏梦寻火速赶回明月广场，果然有工作人员等着他们，把两人直接带到了安放着佛像的露台上，告诉两人随便怎么拍都行，然后就先退下了。

佛像上的金箔早已脱落，两人围着佛像上下搜索半晌，也没发现特别的地方。

到底要找什么样的线索呢？应该是个一看就能明白的东西吧！可是这上上下下都看了，确实什么也没有啊。两个人都有点被打击到了，不知道该怎么办。

夏梦寻怅然若失地看向远方："我太奶奶的日记跟今天相隔了这么多年，你看看，现在这个世界跟当年早已经沧海桑田了，她留下的这些线索也许早已经都消失了……我突然觉得也许我想寻找的这个故事终究只是一个不切实际的梦，为了这么一个梦，我伤害了很多人，阿宙一直默默地关心我，我却一直让他误会。"

唐潮可还不想放弃，赶紧鼓励夏梦寻："我们在干一件很严肃的事情，你能不能不要这么伤感？你男朋友如果真的爱你，就会理解你、支持你去追寻自己的梦想，怎么会怪你呢？"

夏梦寻将信将疑："我还是觉得对不起他……如果你是他，你会怎么想呢？"

唐潮想起往事，有些感慨："你知不知道我跟前女友为什么分手？因为她不告而别，就这么从我身边消失了。没有人知道她为什么离开。但这几年我没有怪过她，我相信她一定有她的原因，总有一天她会亲口告诉我。这就是两个人之间的信任和包容，如果连这点理解都做不到，就不是真爱。我说这些，就是想告诉你，哪怕是为了白宙，你也要坚持下去。这是你的梦想！你要相信他能理解你！"

夏梦寻眼眶有些湿润，转头避开唐潮的眼神。

唐潮拿手表反射太阳光照夏梦寻的眼睛闹着玩儿："不会吧，哭了？是不是被我感动了。快让我看看……"

手表反射出来的光正巧照在了佛像胸口处，被反射的光线照到的地方隐约浮现出隐藏的纹路图案。唐潮疑惑起来，拿着手表认真地调整角度往佛像胸口照，确实有模糊的图案，但是很不清晰。

夏梦寻也看到了这个场景，赶紧从包里拿出化妆镜，反射阳光往佛像胸口照。佛像胸前浮现出一个清晰而完整的图案！

唐潮喜出望外，拿出密码筒，发现佛像胸前的图案与密码筒上的其中一个图案一模一样！他屏住呼吸，小心地转动密码筒，只听轻微的“咔”的一声，密码对上了！

夏梦寻双手合十：“感谢太奶奶的庇佑！”然后转头问唐潮：“你说要是你太奶奶和我太爷爷知道这么多年后在这里寻找线索的竟然是我跟你会怎么想？”

廖斌站在窗边，举着望远镜观察着对面高楼上的唐潮与夏梦寻，露出一丝阴笑：“让你们再高兴高兴，再帮我们找会儿。”

夏梦寻满脸挂着笑，开开心心地回到家。

一推开门，她就后悔了——客厅里灯光昏暗，闪着烛光，响着浪漫的音乐……她又当电灯泡了！

夏梦龙和田婉兮正在忘情拥吻，突听到门响，一时尴尬无比，赶紧分开。田婉兮脸色通红。

夏梦龙忍不住有些生气：“你天天说回就回，说走就走，像个什么样子！”

夏梦寻更生气了，转身上楼：“你还知道关心我啊？你都快忘记有个妹妹了吧！”把房间门“啪”的一声重重关上。

过了一会儿，田婉兮轻轻地敲了敲门，问：“梦寻，我可以进来吗？”

夏梦寻听见是田婉兮，便起身打开了门：“田姐姐，我不是针对你，我……”

田婉兮示意她不用再说：“我知道，你只是觉得你哥哥好久没关心你了，对吗？”

夏梦寻被田婉兮说中心事，眼泪都在眼眶里打转：“他原来什么都依着我顺着我，现在我为了画漫画，去找些往事的线索，他却什么都不帮我，连理也不理……”

田婉兮轻轻地抚摸着她的后背，帮她平静心情：“你也不要全怪你哥，你哥这么做，也是为了你好，他担心你的安危。你的漫画我特别喜欢，我也特别想看你写下去呢。你的点子可真多，那么多奇思妙想。”

夏梦寻破涕为笑：“真的喜欢吗？田姐姐，那你有机会，可要帮着劝劝哥，叫他别那么反对他妹妹的事业。我那漫画，大多数都是我太奶奶的真实故事呢。你在这儿等下，我下去拿点零食上来，我们慢慢聊！”说着就蹦了出去。

田婉兮目送夏梦寻的身影消失在门口,立即开始翻夏梦寻扔在桌上的包。她手脚伶俐地从夏梦寻的包包里翻出了太奶奶的日记，拿起手机就对着日记照起了照片。她边拍边注意着门外的动静，听着夏梦寻上楼的声音，赶紧结束动作把日记又塞了回去，把包摆回本来的样子。

夏梦寻完全没发现任何异样，把零食往桌上一摆，拉着田婉兮又聊起来。

夏梦龙对妹妹的不听劝很无奈，要求她带着自己去见唐潮，说有话要跟他俩说。

夏梦寻觉得很没必要，却还是在哥哥的坚持下把他带来了画室。

两人开门进来，唐潮还在大喇喇地睡觉，一条腿还露出被子，睡姿很是狂放。

夏梦龙忍不住皱了皱眉：“再怎么说这里也是白宙送你的礼物，你就这样招待另外一个男人，连我都看不过去。”

唐潮被声音惊醒，看屋里站着这兄妹俩，很是意外：“你怎么把你哥也带来了？”

夏梦龙：“唐潮，梦寻现在着了魔了，我劝不住，但我也不能放任她跟着你继续胡闹下去。从现在起，梦寻不参加你们的探险之旅，而她画漫画需要的素材，将由我来代替寻找。”

夏梦寻看向唐潮一脸无奈，唐潮有些郁闷。

夏梦龙无视那两人的无奈和郁闷，继续说：“我不喜欢你们两个老是在一起影响梦寻跟白宙的感情，而且这件事有一定的危险性，我认为女孩子还是不要冒险的好。听说你们有了线索，说吧，接下来我们去找哪个地方？”

夏梦寻插进来一句：“既然你们有两个人，那不如兵分两路，这样既能省时间，又不浪费资源。”

唐潮看了她一眼，说起了当前的情况：“经过分析，我们认为鹧鸪洲头（橘子洲头）就是五形中的水，因为上面有一座江神庙。而双龙滩应该就是木，因为一百年前这个地方曾经有一棵整个长沙都知晓的古树。”

夏梦龙点头表示认可：“听着有些道理，那这样吧，我去双龙滩，你去鹧鸪洲头。夏梦寻回家！”

夏梦龙出门后没有直接去双龙滩，而是先去接田婉兮。田婉兮换上休闲装束跟他上了车：“这样的探险，有点浪漫哦。”两人相视一笑。

等到了双龙滩，两人就笑不出来了。比上次唐潮夏梦寻遇到情况更夸张，这个双龙滩现在已经完全变成了现代建筑的地方，周围别说古树了，连小树苗都没几棵。

唐潮直奔江神庙。

一进庙门，夏梦寻正笑嘻嘻地等着他：“有没有感到很惊喜？”

唐潮大笑：“你一说兵分两路，我就知道你什么意思了！你对你哥可真有招儿！”

夏梦寻骄傲地笑了，往墙那边指指，说：“我已经调查过了。你看墙上那些满满的抽屉，里面都是满满的心愿哦。据说把心愿或者两个人的生日写下来放进抽屉，就会心想事成有情人终成眷属。我太奶奶的日记里曾经记载过有一天她和你太爷爷来到这里，也在某个抽屉里放了一张纸条。”

唐潮环视四周，思考了一下，问：“你的意思是，我们得找到这张纸条？这么多年了，能保存下来吗？而且这么多，怎么找啊？”

夏梦寻很肯定地说：“既然留的是线索，他们肯定会考虑到保存的问题啊，咱们就只管找吧。至于怎么找……我看，一个一个挨着找吧……”说着就拉开一个抽屉查看。

一个上了年纪的管理员上前制止了她：“每个抽屉里藏的都是别人的心愿，还是不要去看了。”

夏梦寻双手合十表示道歉：“不好意思，我们不是想窥探别人的隐私，我们只是在寻找家里长辈当年写下的心愿。那个纸条对我们而言，很重要！”

管理员一听是长辈的心愿，更是摆摆手：“那就算我允许你们找，你们也找不到了，因为这里曾经遭遇过火灾，整个都重建了，当年的心愿纸恐怕是找不到了。”

唐潮顿时急了："不行啊，我们必须要找到这张纸。其实我们俩的祖先曾经一起经历了很多事，而且还遭遇了许许多多的危险，但他们彼此相爱，不仅努力在一起，而且拼命地保护自己的家乡，但因为种种原因，最终他们没能在一起，而且他们的故事也是支离破碎，我们作为他们的后代，我们觉得必须要搞清楚整件事。"

管理员点点头："当年一对恋人来到这里，今天他们的后代再次来到这里，这就是姻缘啊……你们说的长辈，是多少年前的？这里的抽屉每隔十年我们就清理一次，所以当年火灾发生的时候，有一些年份久远的纸条我们已经送到仓库里保存了。"

听到这个消息，两人又有了希望，顾不上反驳管理员的"姻缘"一说，异口同声："一百年了吧！"

管理员笑了："那恭喜你们，两位年轻人，应该还能找到。我让人带你们去仓库吧，你们找完之后记得给我恢复原样。记得早点回来，仓库偏僻，晚了连车都没有。祝你们好运啦。"

那边白宙和蓝翎已经被关了有段时间了，两个人都感觉四肢有些麻木起来。

大胡子打手喝了些啤酒，开始对蓝翎不规矩起来。开始只是说些污言秽语，到后来，直接上前动起手来，去摸蓝翎的脸。

白宙用力地撞开他，结果自己被结结实实挨了一拳。白宙不放弃，奋不顾身地继续往大胡子身上撞去。刀疤脸也进来对他拳打脚踢。白宙被打倒在地，嘴角淌血，还恶狠狠地盯着两个打手。外面有一个胖乎乎的守卫进来，劝那两个打手："老板只让我们看着他们别跑了，何必惹一身腥呢？"两人便不再上前，骂骂咧咧地出去抽烟了。

蓝翎哭得满脸是泪："阿宙……你怎么这么傻，你会被他们打死的……"

白宙喘着粗气："你放心，只要我有一口气，我绝不会让你被欺负的。"

这个胖守卫蹲在他俩旁边，劝他们："你们既然被抓起来了，该认命的就得认命，何必这么自讨苦吃呢？"

白宙抬眼看着他："你有没有想过，你如果这么做了，你以后怎么办？

一辈子就跟着他杀人了？一辈子就不见天日了？”

胖守卫眉头皱了起来：“说这些没用的整啥。要不是走投无路，谁干这个……”

白宙似乎看到了希望：“你无非就是为了钱吧。钱嘛，我有。我现在身上就有张卡，里面有300万。你把我们放了，我告诉你密码。”

胖守卫看着白宙的眼睛，揣摩着这句话的真假，最后问：“你别耍滑头，卡在哪儿？”

白宙心跳得像打鼓一样，故作镇定：“就衣服口袋里。”

胖守卫低头凑了过来，白宙趁其不备狠狠地用头撞向他的后脑。胖守卫毫无防备被撞倒在地，白宙对准他的后脑狠狠踢了几脚，胖守卫彻底躺倒不动了。

白宙挪到他身边，从他兜里掏出了小刀，用小刀给蓝翎解开了绳索。蓝翎被松了绑，又帮白宙解开。然后两人赶紧向外逃去。临走，白宙还顺手带上了破凳子上的牛皮袋。

两人跑出好远，终于拦了一辆出租车，直奔机场！

白宙打开牛皮纸袋，把里面的东西倒了出来，愣了——里面是一些文件和一些照片，其中一张照片赫然是唐潮与田婉兮亲密的模样。

唐潮？田婉兮？他们搞什么鬼！夏梦寻和夏梦龙知道吗？

夏梦寻和唐潮被带进了江神庙仓库，两人在层层叠叠的箱子里找到了标着“1900–1910年”字样的几个箱子。

一共三个大箱子，两人开始坐在地上一张张翻找。

夏梦寻叮嘱：“我太奶奶的笔记你熟吧？看仔细点，别看漏了。”

唐潮一边应着，一边飞快地翻着纸条。夏梦寻则就慢多了，会仔细去看纸条的内容，还时不时为纸条的内容感慨下。这些百年之前的心愿，一旦涉及到情情爱爱，看起来和今日的竟也没太大区别。有个纸条写着“我到底该不该嫁给他”，夏梦寻眼前似乎都能浮现出这个纠结的女子的样子，她小声地把字条念了出来。

唐潮无语："嫁不嫁还要犹豫的话，根本就没有刻骨铭心的爱吧？算了，跟你说刻骨铭心你也不懂。唉！"

夏梦寻不高兴了："就你知道！你又要说你跟你前女友的那段吧。我怎么不懂了，我跟白宙也是啊！"

唐潮翻起眼睛看她一眼："我看未必。你周围每个人都认为你该和他在一起，你根本都没机会去想一下如果不是他行不行。你跟他是理所当然的一对儿，却未必感受过刻骨铭心。你为他心痛过吗？就像那种心如刀割的感觉。你为他患得患失过吗？吃不下、睡不着，就连呼吸都困难？体会过吗，只为让他看到这种改变而开心地笑一笑？什么都没有吧？你们的感情确实很完美但绝不是刻骨铭心。"

夏梦寻沉默了，想反驳却又不知道该说什么，眼眶红了起来："为什么你和田姐姐说的都一样呢，你们说得对，从认识白宙起，我就好像被安排好了一定要嫁给他，我好像根本没有选择的权利，我……"

突然，门被推开，廖斌带着几个手下冲了进来！两人试图反抗，想冲出去，可是对方拿着刀。很快，夏梦寻就被一个胖手下用刀顶住了脖子。唐潮怕伤到夏梦寻，也不敢再有大动作。

廖斌满意地看着几个大箱子："我想帮帮你们啊，你看，两大箱子呢，靠你们俩找得找到什么时候了，我手下多，我们来找吧。把密码筒交出来，这件事我们接手了。"

胖手下立马用刀使劲儿往夏梦寻脖子上比画了一下："交出来！否则杀了她！"

唐潮往后退："我跟她又不熟，我凭什么为了她把密码筒给你们。何况给你们也没用，你们破不开密码，只能毁了密码筒。要杀，你杀了就是。"

廖斌不耐烦地："别跟我耍花样，你以为我不敢吗？"然后示意胖手下动手。夏梦寻惨叫一声，脖子上顿时出现一条血痕，鲜血冒了出来。

唐潮一看真的见了血，瞬间慌了，飞快地从怀里拿出密码筒："好，好，好，你赢了，我把东西给你们，放了她！"

廖斌吩咐另一个手下取过去密码筒，拿过来得意地欣赏。

唐潮恼怒：“东西我给你了，你怎么还不放人！”

廖斌似笑非笑的表情很是瘆人：“你别冲动，就快好了，只有一个简单的问题：另外几个线索在哪儿？”

唐潮使劲儿摇头：“我真的不知道啊！我们也还在研究，还没研究出来呢！”

第九章
谜底揭晓

廖斌并不搭理唐潮的装傻，直接示意胖手下动手。夏梦寻忍不住惨叫出声。

唐潮崩溃：“停！我说……五个线索分别对应星城的五个地方，这五个地方代表金木水火土……你可以去找一张星城的老地图来，当时的星城并不大，在上面找到五个代表金木水火土的标志性地点并不难。我真的只知道这些了，我都告诉你了。”

廖斌冷笑：“早这么听话，不就不会吃这么多苦头了。”又示意手下翻夏梦寻的包，翻出了日记，又指示手下扛走了唐潮和夏梦寻翻找的三个箱子。夏梦寻和唐潮眼睁睁地看着，却也无计可施。

廖斌倒也不算食言，最后确实放了夏梦寻，不过临走时把仓库从外面锁得死死的。唐潮和夏梦寻四处寻找可以出去的地方，一无所获。拿出电话，一格信号也没有！

廖斌带着一堆东西回到基地，吩咐手下好好翻找箱内的纸条，自己拿着密码筒翻来覆去地看。他已经看了很久了，却看不出什么机关，也不敢随便动手，十分犯愁。

电话响了起来，是田婉兮。

田婉兮的声音听着没有任何温度：“我把夏梦寻太奶奶的日记拍了下来，发给你了。”

廖斌冷笑：“我已经不需要了。原版日记我都拿到了。”

田婉兮非常惊讶："什么！你私自对他们下手了？计划不是这样的。"

廖斌反问："计划？按计划我得等到什么时候？现在我日记、密码筒、线索都有了，完全可以自己来。"

田婉兮重复他最后几个字："自……己……来……行！我倒是看看你能自己怎么来！等你毁掉密码筒吗？"

廖斌也有点露了怯："那抢都抢来了，还送得回去吗！"

田婉兮冷静地答："那得看怎么送……"

田婉兮在远处打完电话，走回夏梦龙身边，看夏梦龙正在跟朋友打电话。她静静地等梦龙打完，才问他："我们去哪儿？"

梦龙给她解释："我问过朋友了，这里原来确实有古树，后来城市园林改造的时候全砍了。不过古树都拍了照片留在图书馆，我们应该能找到些线索。"

田婉兮回道："那还等什么？走吧！"

梦龙笑着牵田婉兮上了车。梦龙开车，田婉兮在副驾驶上玩着手机，趁梦龙不备，她迅速地给廖斌发了条短信……

夏梦龙和田婉兮直奔市图书馆，很顺利地在电脑里查到了这本相册的位置，便直奔楼上去拿。他们到了数据显示的位置面前，傻眼了——没有这本书！

刚刚查到还在的，这么一上楼的工夫，就这么神奇地没有了！那么偏门的影集，怎么可能有其他人来借？

正纳闷，突然间，田婉兮看到不远处的过道，有一个人正拿着那本影集！她赶紧拽了拽夏梦龙，示意他往楼道看，夏梦龙赶紧追了上去。那人正一边下楼一边打电话："老大，影集我搞定了。密码筒也在我手上，我这就给您带回去！"

夏梦龙一听密码筒，更是暗呼不好，知道梦寻一定遭遇了不测，加快速度赶过去。一路追到地下车库。那人刚把东西放进后备箱准备开车走。

夏梦龙扑上前去，狠狠制住对方。田婉兮看两人打得胶着，从后备箱里摸出个灭火器，狠狠向这人头上砸去。夏梦龙这才腾出手翻后备箱，发现里面不仅有双龙滩的影集，还有唐潮的密码筒和夏梦寻太奶奶的日记！又去车前座摸摸，有个钱包，看里面有些票据，便把钱包也一起带走。

两人回到车上，细细翻寻那个钱包，找到了一张当天上午的加油票，是在一个挺偏僻的地方。夏梦龙给夏梦寻打电话，却始终无法接通。他挂了电话，眉头紧锁，一脚油门踩到底，直奔这个加油站而去。

到了加油站，已经是黄昏了。两人举目四望，附近都是平房，看不出什么特殊的样子，便分头行动，各自呼喊着去找。

这会儿夏梦寻和唐潮确实就被关在附近，随着天色暗下去，越来越冷，夏梦寻开始有点哆嗦。唐潮二话不说，将自己外套脱下来，披在夏梦寻身上。梦寻感激地看了看唐潮，想说谢谢，又有点不好意思，觉得和这么个“痞子”说谢谢的话，感觉真是怪怪的。

入夜，温度更低了，即使有外套，夏梦寻还是冻得发抖，唐潮也是冷得脸色有些发青，只跺着脚。从门缝里依稀看见远方似乎有手电光，有呼喊声。唐潮和夏梦寻赶紧站起来使劲儿拍着门大喊救命。可是，远方的手电光并没有注意到他们，转了一会儿就越走越远了。两人颓然坐在地上，绝望至极。

唐潮默默地抱住了夏梦寻，夏梦寻猛地一惊。唐潮看着她说：“有本事你今儿晚上别乱动，看你能不能撑过去。”夏梦寻体会到了唐潮狠话中包含的善意和关怀，颇为感动。

夏梦龙和田婉兮找了一大圈，无功而返，一脸疲惫。田婉兮提醒夏梦龙：“白天他们去了江神庙，来这个荒郊野岭肯定跟江神庙有关，我去一趟问问消息。”

夏梦龙点头：“好办法。你去江神庙，我继续找找。一有消息打我电话。”

夏梦龙根据田婉兮的消息找到两人的时候，已经是第二天早上了。晨曦照在已经熟睡的两人身上，两人还紧紧抱着……

唐潮和夏梦寻跟着夏梦龙上了车，大口喝水。夏梦龙给他们讲了在图书馆的事情。众人都非常庆幸东西能失而复得。

夏梦寻翻开影集，找到了古树的照片。在古树树干上，看到了一个奇特的刻印。唐潮对照密码筒上的符号，果然有一个一模一样的！随着一声清脆的机关声，又一个密码被验证正确。

夏梦寻嘟囔道：“可惜我们的纸条被抢走了，否则还有一个密码能出来！”

唐潮自信地微笑：“我已经想通了，咱们就再去一次江神庙！这次一定能找到！”看着夏梦寻和夏梦龙不信任的目光，唐潮解释：“你记不记得江神庙的宣传单上写着，这里有精心维护，经历百年时光的洗刷依旧如新的许愿屉。如果是你，你会把秘密留在一张随时可能被人拿走、被虫蛀烂的纸上，还是留在被人精心养护的抽屉上？很多人来到这里会把双方的生日写在心愿纸上，所以我觉得生日就是坐标，我太爷爷和你太奶奶肯定就是这么设计的，要不然这里这么多抽屉怎么找。”

夏梦寻完全被说服了：”那，你太爷爷初九生的，我太奶奶初六生的，也许就是第九列第六格？“

三人赶到江神庙，找到抽屉，却什么记号也没看到。想起那场大火，不知道会不会把抽屉也一起烧了，赶紧去问管理员。

老管理员第二次见这两位年轻人了，很是耐心：“这事还真巧了，大火中烧掉的那些抽屉已经是复制品了。这个庙建在江心的沙洲上，但江水一旦涨起来便都会淹到庙里，所以抽屉容易发霉发蛀，所以在大火发生之前就把原来的抽屉保存起来了，换上了一批用新型木材和防水油漆的抽屉，大火烧掉的就是这批抽屉，原来的都还在呢。不过抽屉很多，你们要找哪一个？我可以试着帮你们看看。”

唐潮抢答：“应该是原本第九列第六格。”

老管理员先上楼去，过了一会儿，拿了一个抽屉下来：“你们看看是不是这个？”

唐潮与夏梦寻翻过抽屉，抽屉底部果然有一个奇怪符号。

“咔嗒”一声，密码筒解锁了一扣。这下金木水三个密码全对了！

梦龙看梦寻欣喜得快要跳起来的样子，忍不住泼了瓢冷水：“别笑得这么开心，今天我总算见识到这件事有多么危险了，从现在起，我再也不许你寻宝了。而且，你这么成天跟人厮混着，让人白宙怎么想？最近你给我收敛一点，每天晚上都给我早点回家！我要检查！”

梦寻笑着推了哥哥一把：“你想太多啦！你赶紧回去陪田姐姐吧。我晚上肯定早点回去啦！”

梦寻和唐潮喜滋滋地回到画室。

梦寻想想最近的经历，真是觉得精彩非凡，过得比过去二十多年都要精彩。两人为了庆贺，还买了一大堆酒回来，边聊边喝，畅谈历史、谈地宫、谈祖辈的爱情……

一直到第二天早上，梦龙敲响了画室门。

夏梦寻突然惊醒，发现自己和唐潮正拥抱着躺在床上。惊叫一声！唐潮也醒来，也被这情况吓得往后一退，直接掉下床去！

门被敲得咚咚响，梦龙在门外喊：“夏梦寻！你给我开门！”

夏梦寻硬着头皮去开了门。夏梦龙进来一看，满床凌乱，妹妹和唐潮两个人都是蓬头垢面衣冠不整的样子，简直气得要跳脚：“你在胡闹什么啊！”

夏梦寻赶紧解释：“我们没有……我们只是……”

夏梦龙打断她：“你现在长大了，感情上的事我也管不了你了，不过你可得考虑清楚，你要是不想跟白宙好了，你跟他说清楚，别吊着人家。而且，寻宝这事，你绝对不能再插手了。还有哪儿要去的，我跟唐潮去。我让你田姐姐来陪你。”

夏梦寻完全无从解释，只得接受。

唐潮见夏梦龙如此，只得说：“接下来我们去找土，有两个线索，东山和西山，分别有当时星城最大的两座土地庙。你挑一个，剩下的我去。”说完，暗中冲夏梦寻眨眨眼，梦寻秒懂。

夏梦龙将信将疑地看着唐潮，最后选：“那我去西山。不过你别耍花招，待会儿我让田婉兮过来陪梦寻。别再想像上次那样耍我了！”然后让唐潮和自己一起出了门，留下梦寻自己。

田婉兮不一会儿就赶到了，看梦寻正在沙发上无聊地窝成一团。

她笑着戳了戳梦寻：“哇！好大一只猫！你居然没有偷偷溜走诶！”

梦寻无奈地回：“都说了让你来盯着我了……”

田婉兮笑："说实在的，你哥对你啊，可真是用心良苦。你可也真够胆大的，跟唐潮在外面过夜……"

梦寻使劲儿摇头："我真的没有……"

田婉兮坐下，跟梦寻聊起来："那说真格的，你有没有一点喜欢他？一点都算！"

梦寻想都没想就摇头："当然没有！一点没有！"想想又补充，"其实我对他的感觉挺奇怪的。一开始我很讨厌他，觉得他粗鲁，没礼貌，甚至还差点把他当变态。可是后来我慢慢发现，他并不是我所想的那样，是我误会了他。然后，我最近有些时候甚至会觉得跟他在一起，很有意思。或许是我们都喜欢冒险的缘故，总觉得跟他一起经历的那些事，很刺激很有趣。"

田婉兮静静地问："那你想过白宙吗？"

梦寻说道："他们两个是完全不一样。白宙对我的呵护，是小心翼翼，是步步为营。他总担心我这个担心我那个，就好像我是一个长不大的孩子。可我不是孩子，我已经成熟了，我有我自己想做的事，有自己想追寻的梦想。当然，说起将来，那我一定是会嫁给阿宙的……"

田婉兮没让她说下去："梦寻，你发现了吗，你已经开始拿他俩比较了。我觉得你现在的状态很危险。我明白，有些时候，感情是不受控制的，有些人，只要你遇到了，接触了，就注定会发生一些事。但是，当你在预感一些事情即将会发生的时候，你可以把它扼杀在摇篮里。如果你爱的是阿宙，就不要给自己选的机会……"

夏梦龙一到西山，顿时就发现自己又受骗了——这里四下荒凉，什么都没有。然而渐入黄昏，荒郊在晚霞照耀下别有一番韵味，夏梦龙在站在风中，拍了几张风景照，然后发给了田婉兮。

田婉兮收到照片，会心地笑了。她站起身来："梦寻，我想去看看你哥哥了。我要说的话也都跟你说了，自己要想好哦！"

梦寻送田婉兮出门，然后毫不犹豫拿起手机给唐潮发了个信息："把你现在位置共享给我！"

不一会儿，唐潮的信息回了过来。梦寻直奔天心阁而去。

到天心阁见到唐潮，梦寻笑得弯下了腰：“你可真行啊！说谎真是眼睛都不眨一下，咱们早就商量出线索明明就在这里，你却说土的线索在东山和西山的土地庙。”

唐潮做了个鬼脸：“你哥哪儿能想到这儿啊！整个天心阁由60根木柱支撑，上有32个高啄鳌头，32只风马铜铃，10条吻龙。而且整个建筑坐落在30多米高的城垣之上，曾经是星城最高的建筑。这一切都证明天心阁是当初星城土木结构最复杂的楼阁，所以这里才是土。这样的知识，十个夏梦龙也想不出来。”

梦寻敲了一下他脑袋：“找你的线索！不许损我哥！你在这儿转了这么半天了，什么收获？”

唐潮胸有成竹：“我分析好了，只等你来验证！”

梦寻好奇地看着他：“你分析给我听听。”

唐潮说道：“他们留下的记号要经历百年风雨之后还能被找到，必然要记录在有文物价值的地方。一百五十多年前，当时一位攻无不克的传奇将领以数十倍的兵力围攻星城，却不料死于天心阁前这座高墙，那些土炮之下。而这些土炮，现在都还被保护得好好的……”

梦寻将信将疑，走到天心阁中间被铁链围起来的土炮旁边，看了一圈，一无所获。唐潮终于按捺不住，用脚尖向土炮的下面指了指。梦寻俯身去看，果然看见了一个奇怪的标志！

她又惊又喜，跳起来捶打唐潮：“还说等我验证！你分明都找好了！”

唐潮嘿嘿一笑，转动了密码筒，密码正确！一挥手：“跟我来！最后一站！火宫殿！”

夏梦寻兴致勃勃地跟唐潮再出发！

临走，接到了白宙的电话：“我查到一些事情，关于唐潮的。你在哪儿？我来找你们！”

梦寻看了眼唐潮，回复白宙：“火宫殿。”

火宫殿是两人早就分析出来的最后一站也是最简单的一站。火宫殿现在改成了戏台，当初殿里有些古老的柱子现在就在戏台上。如果没有猜错，记号应该就在那些柱子上。

夏梦寻让唐潮上台去找，她站在门口等白宙。白宙的那个电话总让她觉得怪怪的，这让她非常不踏实。

一会儿，蓝翎和白宙一起开车赶了过来。白宙一看夏梦寻独自站在门口，一把把她拉上车："我和蓝翎这次出远门，查到了一些意想不到的事情……"

这一切都没逃过台上的唐潮的眼睛。他火速找到记号看了一眼，便急匆匆赶过来挤上车："你们俩真行，招呼不打，就把梦寻拽走了。要走一起走！"

白宙阴着脸，发动汽车。却突然发现后视镜里，有辆车在跟着自己。随着的速度，快快慢慢，左拐右拐，绝对不是巧合！

后方追着的正是廖斌的车，他算准了到这儿，五个密码应该凑齐。该是他收网的时候了！

白宙驾着车拼命闪躲。唐潮坐在后排研究手上的密码筒，按照刚看到的记号再拨动机关，密码筒发出"咔嗒"一声。里面掉出一张卷起来的纸。唐潮与夏梦寻对视一眼，唐潮拿起纸，缓缓展开。

纸上画着一条巨龙正跃入一池沸腾翻滚的铁水。

第十章
祖训诅咒

众人望着图纸，心中尽是疑惑。费尽千辛万苦打开了密码筒，居然没有得到任何答案，只是又得到了一个谜题。这一环套一环的秘密，要破解到什么时候才是个尽头呢？唐潮把图纸给夏梦寻看，梦寻也是一片迷茫。蓝翎也凑过来看，毫不意外也是摇摇头。

唐潮定下心想了想，做出了决定："这个线索一时半会儿我们恐怕解不开，梦寻，我们把这张图拍下来，然后把这张画毁掉，万一我们有人被抓住，我们还有翻盘的机会。后面越追越近，也是冲着密码筒来的。刚好我们拿密码筒引开他们，咱们先去画上的位置看看，所不定有所发现。"

说罢，车上几人传递着图纸，分别用手机拍了下来。拍好之后，唐潮摇下车窗，把密码筒丢了出去。廖斌等人显然完全没料到密码筒就这么被丢了出来，急刹车去捡密码筒。白宙乘机加速摆脱！

刚脱离险境，蓝翎的电话响了起来，来电的是白凤仪。蓝翎在电话里接连应答："好的，我明白，我知道了。"

白宙盯着蓝翎接完电话，问："我妈找我吗？"

蓝翎点头："没关系，你停车，我就在这儿下，白董事长会派车来接我。我先去见她，你放心，我会为你解释的。"

蓝翎下车后，白宙按照唐潮的指引，弯弯绕绕开向郊区。按照唐潮的说法，郊区有个地方，曾有个传说，据说有一条龙被用铁水封印在这个化龙池内，跟图上表现出的故事如出一辙。

路并不好走，好在这时已经没了追兵，三人一路无话，各怀心事，沉默着到了“化龙池”，只是一口枯井。唐潮在四周看了看，并没有什么异样，便找来拖车绳缠在腰间，让白宙和夏梦寻把他放下去。他用嘴巴叼着手机电筒，在枯井内摸索。他一块块看过井内的石头，终于看到有一块石块上有着一个古怪的图案，试着按动这块砖块，果然是一个机关，出现一个暗格，他从暗格中取出一个油布包裹。这才招呼白宙和夏梦寻拉他上去。

上到地面上，唐潮一层层解开这个里三层外三层的油布包裹。夏梦寻目不转睛地盯着唐潮手中的包裹，满心期待看着包裹被一层层剥开。白宙脸上的表情很复杂，眼神一会儿看向包裹，一会儿盯着唐潮的表情看。

唐潮完全被包裹吸引了，眼看手上的东西经过层层剥离后越来越小了，最后露出了一张照片。说时迟那时快，白宙突然出手，一把抢走了照片，然后拉起夏梦寻的手就往车上跑！

唐潮大惊，赶紧追上来！夏梦寻也不知道发生了什么，下意识地使劲儿要挣脱白宙的手。白宙大急：“梦寻，跟我上车，我给你解释！”夏梦寻使劲儿挣扎：“阿宙你在干什么？！”

拉扯间，唐潮已经追了上来，用力从白宙手中夺回照片。照片已经发黄，有些残损，看得出是三个百年前打扮的人在神武殿前的合影，其中一个是女的，另两个则为男。

白宙又扑过来夺回照片，看了一眼，又翻过去看背面，背后三个古朴的汉字已经泛黄。夏梦寻也凑过来，一字一顿念出来：“夏……白……唐……”

三人一时面面相觑。费了这么多周折，要找的是这张三大家族的合影？合影的背后有什么故事，又有什么秘密呢？还有这个“白”，原来三大家族的第三家，是白家？跟白宙有什么关系？

唐潮想再仔细看看照片找找线索，白宙直接把照片塞入怀中，冷冷说：“唐潮，你还是先看看另一张照片，给我们解释一下吧。”说着，掏出了那张田婉兮和唐潮的合影。

夏梦寻和唐潮都疑惑地凑上前去，看见照片，大惊失色！

夏梦寻：“唐潮，你怎么认识田姐姐？你怎么没跟我说过？”

唐潮完全震惊了："你说田姐姐？你说照片上这个人是你田姐姐？你之前说的你哥哥的女朋友，是她？"说着摇着头，喃喃自语，"怎么可能……怎么可能！"然后把夏梦寻推上副驾驶位置："你快带我去见耿……去见你田姐姐，我有话要当面问她！"

白宙扑上来拉夏梦寻，唐潮突然力大无比，不管不顾，一把将白宙推坐在地上，然后坐上驾驶位置，带着夏梦寻飞驰而去。

夏梦寻坐在副驾驶上，看着唐潮面沉如铁，有些心生害怕："唐潮你怎么了？"

唐潮铁青着脸，把车开得飞快："不关你事。你只管带我去见她！"

夏梦寻从来没见过唐潮这样，觉得害怕却又觉得无法拒绝，带着唐潮一直把车开回了夏家，边开门边说："田姐姐应该跟我哥在家……"

门一打开，唐潮直接冲了进去！

田婉兮跟夏梦龙在客厅里一起看电影，两人搂在一起，亲昵甜蜜，有说有笑。听见动静，两人回头，看见唐潮向一头发狂的狮子一样冲了进来。

唐潮一看田婉兮，就死死地盯着。田婉兮先是一愣，不由自主地避开目光，又转头看了看夏梦龙，才又把目光放回唐潮身上，一脸坦然。

夏梦龙怒斥："你怎么进来的！"又看到跟在唐潮身后进来的夏梦寻，"你的朋友这么不懂礼貌吗！"

唐潮像是没看见夏梦龙，眼神牢牢盯着田婉兮，不放过她一丝一毫的表情变化。看她表情从惊讶到逃避到坦然，才发问："耿倩，真的是你！你为什么不告而别，为什么成了田婉兮？"

田婉兮淡然一笑："你就是唐潮吧？我听梦龙和梦寻提起过你，久仰大名。很抱歉，我的名字叫田婉兮，你说什么耿倩，认错人了吧。"

唐潮表情凄然："耿倩，莫说你只是换了姓名，你便是换了样貌，我都能认出你来。是不是这里人太多，有些事你不方便说？走，我们出去说！"说着就上前来拉田婉兮。

夏梦寻和夏梦龙同时脱口而出："你疯了吗？"夏梦寻死死抓住唐潮，把他往外拽。夏梦龙挡到田婉兮身前。唐潮盯着田婉兮的眼睛，田婉兮则气定神闲地与他对视，显得毫不心虚，微笑着说："我叫田婉兮！这个世界上，长得像的人很多，唐先生一定是认错了。"

唐潮眼圈都红了，眼睛还死死盯住田婉兮："耿倩，我绝对不会认错你的！我忘了自己都不会忘了你的！"

夏梦龙把田婉兮拉到身后，毫不客气地把唐潮往外推："疯子！滚出去！"

夏梦寻拉住唐潮，也往外拽："唐潮，咱们先到外面商量一下，好不好？"

唐潮不死心地继续盯着田婉兮，田婉兮神色并无变化，站在夏梦龙身后。唐潮叹了一口气，随夏梦寻退了出来。

夏梦寻默默地陪唐潮走在大街上，半晌，才鼓起勇气怯生生地问："你会不会，真的认错了？"

唐潮惨淡地笑笑："认错了？怎么可能？如果你跟一个人曾经轰轰烈烈亲密至极，相信会终身相伴，你会认错吗？而且，照片你也看到了，你会认为那是别人吗？"

夏梦寻咬咬嘴唇，不知道该怎么接话，又半晌，才讷讷地接："或许……电视剧里不是演过，失忆什么的……"

唐潮摇摇头，像是自言自语："我们有那样轰轰烈烈的过去，怎么能就这么轻轻松松说不认就不认了呢？夏梦寻你记得吗，我跟你说过的我的前女友。我说的就是她，从第一眼见到她，我就爱上了她，她是空姐，为了她我甚至从无到有考取了飞行执照，成了一名机长。那是我最快乐的一段日子。可是……可是她突然就不告而别，一点音讯都没有。现在又换了个身份，突然出现，她为什么要这样？为什么见了我，还不肯承认呢……"

梦寻想起了她和田婉兮聊天时，田婉兮曾经说起过的旧日的恋人："不是所有的恋人都会修成正果，我们遇到一些困难，不得不分手，我一直很遗憾。"难道田姐姐这个旧日的恋人，就是唐潮？再想想唐潮曾经描述的女神般的前女友，跟田婉兮的样子，确实能重合得起来。可是，如果真是这样，耿倩为什么又成了田婉兮？为什么又成了哥哥的女朋友呢？

不知怎么，梦寻突然又想起了那天跟唐潮一起被困仓库时的场景，那个恐惧的寒夜里，是唐潮陪着自己，用怀抱温暖自己。想起这些，梦寻居然觉得脸上有些发热。其实跟唐潮认识这么久，虽然他有时像个赖皮有时像个浑蛋，但是对自己，很多时候都是关怀有加。也不是没想过，唐潮对自己到底是什么想法呢？可是，现在看看，这些温暖和关心，大概只是不经意的行为吧。这个耿倩，才是唐潮心里最深刻的存在，永远无法磨灭，永远牢记在心，时刻牵引着他的最深层的心跳。可是，自己怎么突然想起这些来？唐潮对前女友的牵挂，跟自己又有什么关系呢。梦寻有些被自己的思绪烦得透不过气来，又想起之前和田婉兮聊天时田婉兮劝她的话："不要给自己选择的机会……"自己是什么时候开始不自觉地开始考虑自己和唐潮的关系的呢？自己真的在选择吗？

梦寻不知道该怎么接话，两人又沉默着走出好远，梦寻才艰难地说："如果你真的想问他，你应该找一个单独的机会。他现在毕竟是我哥的女朋友，也许有些话当着我哥的面她不方便说。"

唐潮也不知道听进去没听进去，满脸沉重，默默走着，夏梦寻就默默地跟在一旁……

白宙当时被唐潮和夏梦寻丢在化龙池，心中也是千般思绪万般感慨，难以平静。他一下子接受的信息量太大，觉得脑子发蒙。唐潮难道之前并不知道田婉兮？他和田婉兮到底是什么关系？他是冲着什么来接近梦寻的？梦寻现在对唐潮……又是什么态度？他掏出怀里的照片，盯着背后的夏白唐三字，也是满满的疑惑：白家也是三大家族之一？为什么母亲没有提起过？母亲还有什么在瞒着自己？他得找母亲问个清楚。

当白凤仪接过来儿子递过的照片时，脸上全是平静。

白宙摇头："妈，这件事你为什么不告诉我？"

白凤仪只拍了拍儿子的肩膀，示意他坐下。然后缓缓地说："我不告诉你，是怕你伤心。你一直知道，我不喜欢夏梦寻，我不想你和她交往。可是你知道最根本的原因是什么吗？不是夏梦寻她不够漂亮，不够懂事，不够格当我们白家的儿媳妇，而是世代不能通婚，是我们皇陵镇三大家族的祖训。

所以你跟夏梦寻是注定不能在一起的。我一直在提醒你，是你不愿意听。不过你现在知道也不算晚。悬崖勒马还来得及。”

白宙觉得母亲简直不可理喻，摔门而出。他冲回自己的房间，从抽屉里翻出一个精致的小盒子，捧着小盒子注视良久，最终把小盒子小心地揣进怀里，拿起车钥匙出了门。

白宙驱车直奔夏家，到夏家门外把车停下，把驾驶座放得更平，透过天窗看着星空发呆，手里攥着那个小盒子，反复摩挲。看着星光越来越暗，天色渐明，才打起精神坐直身体，盯着夏家大门。

一大早，夏梦寻出门，便看见了白宙的车。白宙看夏梦寻出来，赶紧下车，小跑两步站到夏梦寻面前，一言不发，直接单膝跪下。

夏梦寻一时愣住，然后赶紧把白宙往起拉：“阿宙你怎么了？有什么话好好说……”

白宙把攥了一夜的小盒子打开，只见里面静静躺着一枚亮闪闪的钻戒。他举着钻戒，抬头看着夏梦寻：“梦寻，这个戒指我已经买了很久了，可是我一直都没有鼓起勇气送给你，因为怕你拒绝。可能是因为太在意你，所以我一直想等待一个最完美的时机。但是昨天晚上我回家，我妈跟我说我们俩是皇陵镇的后人，所以我们不能结婚。说真的，我觉得这条祖训很可笑，我一点也不在乎，我唯一在乎的，就是我们能不能在一起。但该死的，我竟然怕了，我怕你会因此离开我，那样的话，我的世界将会是一片黑暗。夏梦寻，我爱你，并且我愿意用我的一生来爱你。如果你也爱我，如果你也不在乎那可笑的祖训，嫁给我好吗？”

夏梦寻看着白宙，脑子里却不自觉地又想起了田婉兮那句“不要给自己选择的机会……”。她下定决心，点了点头。

接下来的几天过得很快。白宙拿出全部的精神用来操持和夏梦寻的订婚典礼，用他的话说，别说没有母亲的祝福，就算全天下都没有人祝福他，只要她夏梦寻敢嫁，他就要给夏梦寻全天下最惹人羡慕的幸福！

他遍邀宾客，各个细节都亲自过问，典礼的场地、布置、流程每个环节都要尽善尽美。一直到典礼当天，夏梦寻都觉得自己有点像是在做梦，她一边准备着换礼服，一边问时刻陪在身边的好友：“蓝翎，你说，我跟阿宙，就这么订婚啦？”

蓝翎帮梦寻拉上礼服的拉链，笑了：“多幸福啊！阿宙那么优秀的人，对你那么好，你们会幸福一辈子的。”她看着镜子里美丽的夏梦寻，用力地笑着，却觉得自己表情有点不自在，又默默扭过脸去，又重重地重复一句：“会幸福一辈子的！”

梦寻见好友有点心伤的样子，认真地拉起好友的手，说：“蓝翎，你别伤心，你也一定会很快找到你的幸福的！”蓝翎有点尴尬：“谁伤心啦！不理你了。”梦寻笑：“那不理我之前先帮我个忙呗。待会儿仪式上阿宙还要给我再戴一次戒指，可是我忘记把戒指给他了，你帮我拿给他好不好？”

蓝翎接过戒指，又看了看梦寻，摆了个笑容，走了出去。

蓝翎走去大堂，默默注视着白宙跟宾客寒暄的一举一动，用心去看，看到眼泪都不知觉地快要漫出眼眶，才定定心神，走上去把戒指递给白宙：“梦寻让我给你的。”白宙装起戒指，说声谢谢，转身要走。蓝翎忍不住又叫他：“阿宙……”却又什么也没说出来，喉咙像被哽住了，半天憋出“恭喜”二字，转过身去，泪水决堤而出，她捂着脸跑开。

白宙不知发生了什么，一路追到酒店花园，看蓝翎捂着脸哭泣，不知道该怎么安慰：“你……还好吗？”

蓝翎抬起头，精致的妆容上已经满是泪水：“是我失态了……抱歉我没忍住……我心里跟你道别了一千次一万次，面对你的时候却还是没忍住……我爱你，一直爱你，可是梦寻是我最好的朋友，我……我祝福你们。在我跟我的最爱彻底告别之前，让我靠一下你吧……”说着就轻轻地靠在了白宙肩上，闭上眼睛，双手环住了白宙的腰。

白宙想要挣脱，看见蓝翎脸上的泪，一时不忍，僵在原地，用手拍了拍蓝翎的肩膀，说：“你会找到你真正的最爱的……”

蓝翎不言，只是紧紧抱着白宙。好半晌，白宙才轻轻将她推开，递给了蓝翎一条手帕，礼貌地退开了几步。

蓝翎也有点尴尬的样子，说：“对不起，是我失态了。我们三个，还会是好朋友吧……”

白宙仓皇地点点头，转身往大厅走，正碰见夏梦龙焦急地赶过来：“白宙，你们看见梦寻了没？”

白宙一愣，然后突然想起了什么，向楼上梦寻的试衣间冲去。试衣间已经空无一人。白宙给梦寻打电话，电话关机。白宙走到窗前，顺着窗外看下去，正好是刚才他和蓝翎说话的位子……他一言不发，转身向门外跑去。

蓝翎也站到窗前看了一眼，同样也意识到刚才夏梦寻可能看见了她和白宙的拥抱，喃喃说着“对不起”，追着白宙跑了出去。

夏梦龙和田婉兮面面相觑，这订婚，怕是要取消了。

第十一章
识破掉包

夏梦龙和田婉兮疲惫地送走了最后一位客人，白宙和夏梦寻依然没有回来。

夏梦龙默默地一路跟田婉兮走到停车场，说：“还是我送你吧……我怕……唐潮又来骚扰你……”

田婉兮轻轻摇了摇头：“他没来……”又看着夏梦龙，“你没有话问我吗？”

夏梦龙盯着田婉兮的眼睛：“过去的事情不重要。每个人都有自己的隐私，我尊重你所有的决定。”

田婉兮轻轻地说：“谢谢。”然后转身上车离开。

开出酒店，旁边小路上一辆小车也悄悄跟了上来。

田婉兮开车回到自家公寓停车场，刚下车，便听到熟悉的声音：“耿倩！”

她本能地一回头，看见唐潮，又反应过来，扭头快步走开。唐潮拦上来：“耿倩！你就是耿倩！”说着拿出耿倩当初离开时留给他的徽章和纸条，“这是你留给我的！你给我解释……”

田婉兮直接把这些东西打落在地，冷冷地说：“你再纠缠，我就报警了！”转身就走。

唐潮慌忙去捡地上的东西，边捡边喊：“你为什么不承认？你到底有什么苦衷？”

田婉兮充耳不闻，继续往停车场外走。

一辆面包车开来，当着唐潮的面将田婉兮绑上了车，车迅速开走。

唐潮清晰地看见，又是廖斌那些人！他立即起身去追，小面包车早已敏捷地开出停车场，没了踪影。

唐潮懊恼地跌坐在地。手机响了，一条信息发了进来。他看完短信，略一沉吟，直奔夏家而去。

夏梦龙也已经接到廖斌的电话。内容也是一样的：三天之内，拿圣首来换田婉兮，否则撕票。

未及思考，门铃响了，门外正是唐潮。唐潮气喘吁吁拿出短信给夏梦龙看，夏梦龙狐疑地接过手机，短信很简洁：“要救耿倩，拿夏家圣首来换。”唐潮焦急地催促夏梦龙：“快把圣首拿出来吧，去救救耿倩！”

夏梦龙盯着唐潮，突然伸手拽住他的衣领，把唐潮摁在墙上：“好你个小子！我早就知道你他妈不是什么好人！你非要把什么皇陵镇的秘密一点点挖出来，让它浮出水面。我早预感到危险不让梦寻参与，没想到最后，这个危险竟然发生在了田婉兮身上！是你提醒了绑匪，让绑匪也认定我们家也有一个圣首！”说着伸出拳头狠狠向唐潮打去。

唐潮并不躲避，只盯着夏梦龙问：“我就问你最后一句，你到底肯不肯拿出圣首救耿倩？”

夏梦龙眼睛似乎都要喷出火来：“我会救田婉兮，但是不用你插手！”

唐潮颓然地走出夏家，心事重重地思索着如何救耿倩。突然想到了还有一个可以找到圣首的地方，赶紧拿起手机拨通夏梦寻电话，却是关机。他发了个信息过去：“急事，速来画室。”

白宙和蓝翎找了夏梦寻整整一天，一无所获，又筋疲力尽地回到酒店。蓝翎眼睛哭得通红，不停道歉：“对不起，我不是故意的，我……”白宙心不在焉地安慰她：“不关你事……如果梦寻愿意见我，她会出现的……”蓝翎忍不住又哭倒在白宙怀里。

旁边夜幕里走出一个身影，正是夏梦寻。蓝翎赶紧从白宙怀里起身，擦擦眼泪，哽咽着解释：“梦寻你别误会……这件事都是我不好，跟阿宙没关系。这么多年来，我对阿宙一直都是单相思，这件事，你不知道，他也不知道……当我知道阿宙要和你宣布订婚的那一刻起，我失控了……我告诉自己，放纵这唯一的一次也是最后一次……到了明天，我就会继续做回我闺密的身份，衷心地祝愿你们……梦寻，我不请求你原谅我，但我请求你原谅阿宙……”

夏梦寻只笑笑：“我只是一下子脑子有点乱出去走了走，现在想通了就回来了，不怪你们。”然后径直走到白宙身前，看着白宙，缓缓地说：“不瞒你们说，我确实看见了你们。但奇怪的是，我是真的不怪你们，既不怪你，也不怪蓝翎，但是这件事触动了我。那天你来跟我求婚，我就想，啊，这一刻终于来了。我从来都没有怀疑过，我会嫁给你，我理所当然认为自己会是这个世界上最幸福的女人。可是，当我答应完你的求婚之后，我并没有那种兴奋、期待，我甚至都没有新娘该有的忐忑……直到我看到你和蓝翎拥抱的那一幕，我才明白我的平静……”

白宙紧紧抱住夏梦寻：“我知道，我明白……我求你……”

夏梦寻表情平静：“阿宙，谢谢你爱我，关心我。可是我明白过来了，我不爱你，我不骗你也不骗自己了。对不起，我们分手吧。”

白宙缓缓放开了手：“我也一直在骗自己。我知道你不爱我，可是总是不死心，想用对你的好来绑架你。没关系，我同意分手，不过你不用内疚，因为我可以重新追你。但是你放心，绝对不是以前那种方式，我一定会让你真正爱上我。你也不用说对不起，爱情的世界，没有对错。夏梦寻，你记住了，无论你做了什么，我都不会怪你的。”

梦寻感激地给了个微笑，才又转身走进了夜幕。

梦寻在街上茫然地走，夜风吹在身上有些冷，她不知怎的又想起了那天被困时唐潮为她取暖的事情。怎么又想起他来？大概是因为那天实在太害怕，所以唐潮给了自己最大的心理依靠吧。现在的唐潮在忙些什么呢？大概还在执着地去证实田姐姐的身份吧。说起来也挺羡慕田姐姐的，哥哥夏梦龙，和这个说不清关系的唐潮，心思都在田姐姐身上。那田姐姐，应该就是唐潮口中的耿倩吧？她为什么不肯承认呢？

她突然很想弄清楚整个事情，于是拿出手机想给田婉兮打电话。这才发现，手机已经关机多时了。她打开手机，一堆信息跳了出来，她先注意到了唐潮的那条简洁的“急事，速来画室”。发生了什么事情？

夏梦寻赶回画室的时候，唐潮已经快等崩溃了。他眼睛里满是血丝，头发凌乱不堪，画板上贴着星城地图和其他圣首资料。见梦寻回来，唐潮只把自己手机递了过去，示意梦寻看。

梦寻看了短信大惊：“耿倩……田姐姐被绑架了？”

唐潮点头：“这下你相信她的真实身份了吧？我一定要救她！你得帮我！”语气不容置疑。又补充道，“你别误会，我不是想破坏你哥跟她的感情。我纠结的只是耿倩到底遭遇了什么？她有什么苦衷？她为什么不能说？我很肯定她现在需要有人帮她，我愿意站出来！”

梦寻艰难地问：“你祝福他们？你不想和她在一起吗？”

唐潮抬眼看向窗外：“有些事结束了就让它结束吧，我跟她的那段感情将是我这辈子最美好的回忆，以后我会祝福她找到真正的幸福，期盼她每天快快乐乐。”

夏梦寻想起自己与白宙的事，眼眶红了，赶紧转话题：“那我们怎么救田姐姐？我之前问过我哥，我家并没有圣首啊。”

唐潮无奈：“我去问过你哥哥了，他也这么说。我还去问了我爸，也一无所获。可是我觉得那个密码筒打开后拿出的那张地图，肯定跟圣首有关系。我们根据地图找到的那张合影，你觉得还有什么线索吗？”

梦寻仔细回想：“当时我们都看到了，那确实只是一张普通的合影，什么也没有啊。”

唐潮反复踱步，念叨着：“什么也没有……什么也没有……是不是，我们拿到的东西不对？”

梦寻吃惊：“你在井下找了半天，确实只找了照片啊！”

唐潮突然醒悟：“老祖宗不可能只留一张普通的照片在里面，除非，那照片不是老祖宗放的！不好！有人掉包了……”

梦寻更惊讶：“你在车上打开密码筒之后，我们拍了照片，放下蓝翎，就直接赶到化龙池，根本不会有人能在我们之前……”

唐潮一拳捶在画板上：“蓝翎！对！她有问题！当时她也拍了照片，然后就下了车，如果她马上让人赶去化龙池，那我们就落在人后面了……”

梦寻连连摇头：“你也太会异想天开了，蓝翎怎么会是哪种人！她有什么理由那样做？！”

唐潮完全陷入了这个思路：“她自己或许没有动机，但可能会受别人的指使。你和她那么要好，能不能跟在她身边，查一查，她最近在接触一些什么人？”

梦寻无奈皱眉：“唐潮，我知道你对田姐姐很关心，很慌乱，可是你这么胡乱猜疑真的不对。虽然蓝翎她……算了，你不懂，反正我是不会去找她问这些的。”

唐潮叹口气：“算了，你不帮我，我找别人去。”说罢就匆匆出门去了。

夏梦寻眼看着唐潮出门的身影，想挽留却又不知道该说什么。在原地楞了会儿，决定回家问问哥哥。

唐潮出门之后，直奔石磊的健身房。

石磊听了唐潮的讲述，惊讶得嘴巴张得老大，像一个圆圆的“O”。唐潮不耐烦地把石磊的下巴往上抬抬，说：“是朋友就帮帮我吧。我必须救出耿倩来。”

石磊边摇头边感慨：“太不可思议了……这田婉兮怎么就成了耿倩呢？更别说，你怎么会怀疑上蓝翎了？蓝翎可是女神，女神你懂吗？女神怎么会干这么俗气的事情？你这是想念前女友，脑子想坏了吧！”

唐潮按捺住心中的暴躁：“我跟你说认真的！是朋友你就帮我盯蓝翎！”

石磊摇晃着他的胖脑袋：“是朋友我就给你另一个忠告，夏梦龙你才该盯着。绑匪说他家有圣首，肯定是调查好了。不管他现在是什么原因没拿出来，我们都得盯牢他，我们得掌握他的每一条动向……”

唐潮不耐烦：“夏梦龙的信息当然要查，可是你怎么掌握！你把他手机抢过来不成？”

石磊嘿嘿一笑：“抢过来又什么意思？小爷我有的是高科技，我现在手上有个宝贝，只要跟对方保持一定的距离，就能复制对方的手机 SIM 卡。只要有了夏梦龙的 SIM 卡，他的电话、短信、微信、qq、邮件，我都能同步接收。他什么秘密我都知道了，有没有圣首就一清二楚啦。”

唐潮严肃地看着石磊：“你说真的？那你帮我盯好夏梦龙，我自己去盯蓝翎！此事事关耿倩生死，我先向你道谢了！”说罢退后两步，深深一鞠躬，转身走了出去。

石磊目瞪口呆：“哇！这跟前女友的感情，比海深哪！我就被这爱情感动一次，豁出去帮你一次吧！”

这边大家为田婉兮忙成一团乱，那边田婉兮确实遇到了麻烦，她被关进了一个隐蔽的旧仓库里。

她看看四周，问廖斌：“非要在这种地方见面吗？你这到底是绑我给人看，还是真绑我？”

廖斌阴恻恻地答：“田小姐，我们合作这么久，以为早有默契，没想到田小姐居然会隐瞒前男友是唐潮的消息。这么重要的事情也不跟我们汇报，看来田小姐是一点也不关心自己的父亲了？”

田婉兮恼怒：“我为你们做了这么多，不要再拿我父亲威胁我了！唐潮跟这件事情无关，我帮你们找到圣首就行，你们何必牵扯他！”

廖斌撇了撇嘴：“田小姐不用嘴皮子厉害了，要不是老板发现了你还有别的用处，按我的风格，这会儿你已经是个死人了。”话锋一转，“不过田小姐确实魅力非凡，希望这魅力能打动夏梦龙和唐潮，看他们谁愿意为了你拿圣首来换。”

田婉兮摇头：“他们根本就没有圣首……”

廖斌斜眼看她：“老板把我们找过来，是希望每个人都对计划有所贡献。你已经失去了伪装身份，如果连个圣首都换不来，就证明你对我们已经没有价值了。没用的人，我不会留。如果他们不想看我撕票的话，就算没有，也得给我找出来。先来配合我拍个小视频，让我先看看你的现男友对你是不是真心，肯不肯把家里的圣首拿出来吧。”

夏梦龙正在车里焦躁地揉着眉头。

怎么办？要救田婉兮，这是毋庸置疑的，不管她是田婉兮还是耿倩，都得救。可是，怎么救？这群绑匪怎么就认定了夏家有圣首呢？

他叹了一口气，然后拨通秘书JOJO的电话："你帮我办一件事，从我账户里把钱全部提出来……"

挂了电话，手机收到了一条微信视频，点开一看，心都狠狠揪了起来。视频里，田婉兮被吊在一个铁架子上，披头散发，双手被捆，只有脚尖能着地，看起来已经昏迷。廖斌拿着棍子狠狠敲打着铁架子，田婉兮痛苦地惊醒，眼神涣散。廖斌表情狰狞地转过来对着镜头："还看得下去吗？还想看更激烈的玩法吗？还有一天半了，再见不到圣首，没有我做不出的事情的！"

夏梦龙痛苦地闭上眼睛，狠狠地捶打方向盘！天啊！他情愿受折磨的是自己！

看到视频的可不只夏梦龙一个人，那边石磊盯着好不容易复制好的手机，看到了同样的内容。他啧啧地感慨着这匪徒真是不懂怜香惜玉，把视频给唐潮也转发了过去。

唐潮本来正在开着车寻找蓝翎的踪迹，看到转发过来的视频，停了车，电话直接打了过来："你哪来的视频？！"

石磊语带得意："绑匪发给夏梦龙的。我不是跟你说要盯着夏梦龙嘛，现在他的手机被我成功复制，他的电话、短信、微信、QQ、邮件，我都能同步接收。现在他所有的秘密我都了如指掌！"

唐潮欣喜："你既然有办法复制到手机信息，有没有办法定位到底从哪里发过来的？还有，你找到了圣首的线索没有？夏梦龙有什么行动没有？"

石磊无奈："哥啊！我拼了小命才给你搞定了复制夏梦龙的手机信息，你就别再异想天开定位位置了。你怎么不问我有没有办法直接叫出天兵天将直接给你把人救出来啊。你别跟我啰嗦了，我看田婉兮真挺惨的，这帮人估计是动真格的了，你赶紧想办法救她吧。夏梦龙这边我帮你盯着，有行动我马上通知你。你可得记着你欠了我一个大人情啊！"

正此时，唐潮突然看见蓝翎的车从前面开过。他赶紧挂了电话，远远地跟上。一路跟到了白家门口附近，却看蓝翎并再不向前，停在了旁边的小巷里。唐潮正在纳闷，这蓝翎是在等白宙？为什么不进去？过了一会儿，看见白宙开车出了白家大门。蓝翎却依旧没有出现。等白宙走远，蓝翎才打开车门，款款走向白家大门。

唐潮心中一震，想了想，给夏梦寻发了条微信："蓝翎真的有问题！见面聊。"

第十二章
真假圣首

夏梦寻看着唐潮给自己转发的视频，惊恐又焦急："我们一定得救田姐姐！"

唐潮点头："我当然要救她！否则你以为我来找你干什么？你还是得帮我找蓝翎搞清楚。我发现蓝翎跟白凤仪见面，竟然会故意避开白宙。这一定有鬼。之前，大唐为了拍卖那块地，和你们夏家打得不可开交，可是后来大唐内部出了内鬼，竞标资格被无端取消，到现在都不知道背后到底是谁在操控。可最后，这块地是落在了白家的手里，白家才是这件事的最大受益者。白凤仪也是皇陵镇三大家族的后人，她当初绝不可能只是为了一块地，一定是为了圣首。所以按照这个逻辑，我怀疑原本被藏起来的东西就是圣首，而圣首很有可能已经在蓝翎的帮助下落到了白凤仪手里。"

夏梦寻看着唐潮，有点被说动了，可是依然无法相信。

唐潮紧握着夏梦寻的双手，看着她的眼睛："现在耿倩被绑架了，绑匪点名要圣首去换。我爸坚持说我们唐家没圣首，你哥也坚持说你们夏家没圣首。现在希望都在白家手上。人命关天，时间紧迫，就算是万分之一的可能也不能放过！夏梦寻，帮帮我。"

夏梦寻手被唐潮捏得发痛，她犹豫再三，缓缓地点了点头，给蓝翎打电话约出来去咖啡馆见面。唐潮也跟了去，坐在角落观察。

梦寻蓝翎两人见面，气氛很是尴尬，各自心事重重。

梦寻终于鼓起勇气先开了口："蓝翎，有件事情我想问你……"

蓝翎打断："我跟阿宙之间真的没什么，你要是不放心，我可以辞职，离开白氏集团……"

梦寻摇了摇头："蓝翎，我说了我真的不怪你，是我自己不爱阿宙，没办法回应他的爱，我才分手的。我只是有点好奇，你是什么时候开始……"

蓝翎眼眶又泛出泪来："你还记的吗？你跟阿宙第一次见面，是我们上大学的时候，当时是我带他来见你的。我当时已经对他……我本来是想请你帮我把把关，没想到他见你第一面就爱上了你。我才意识到，对啊，你们才是王子公主，天生一对，我只能默默祝福你们……我终于把事情说出来了，感觉轻松好多……"

梦寻摩挲着手里的咖啡杯，有点无所适从："抱歉蓝翎，如果我知道你喜欢阿宙，我不会……"

蓝翎苦笑："怎么能怪你呢？你什么都不知道，阿宙也什么都不知道，只是我自己在庸人自扰罢了。现在事情搞成这个样子，我恐怕和你们俩都做不了朋友了，我……"

梦寻叹口气："说出来就好多了。这件事只能说是命，谁都没错。"然后拿出手机，点开微信视频递到蓝翎面前，说，"我今天想来问你的其实是另一件事，你先看看这个。"

蓝翎看完视频，惊恐地瞪大了眼睛。

梦寻看着蓝翎，缓缓道："绑匪的唯一条件就是拿圣首来交换。现在人命关天，你跟我说实话，我不会怪你，我们是好姐妹，我们之间无话不谈。我只想知道圣首的下落，好救田姐姐的命。"

蓝翎稍稍犹豫之后，闭上眼睛："我都告诉你吧，我也瞒得太累了……"

原来，白凤仪一直支持蓝翎跟白宙在一起，通过蓝翎监视白宙。但是，当初蓝翎自己也不知道，白凤仪在自己的手表上装了监控，可以随时监听。所以当她监听到蓝翎拍到了密码筒内地图的照片时，直接电话让蓝翎下了车，让蓝翎把地图发过去。蓝翎听令发过去了照片，白凤仪直接让人赶在唐潮等人前面把东西掉了包，而真正放在那儿的圣首，这会儿已经在白家密室摆着了。而这些事情，白宙本人，是毫不知情的。

旁边默默观察她俩的唐潮不知何时已经没了踪影。

原来是唐潮突然接到石磊电话，说夏梦龙有了新动向，既给秘书 JOJO 打电话让动用“所有资源”，又给廖斌打电话说要的东西已经准备好了，约了一个小时后见。由此推测，应该是有大动作。

唐潮赶紧去跟石磊会合，开车一路跟踪夏梦龙而去。

夏梦龙走的是山路，蜿蜒曲折，一直到了一个很荒凉的山腰，夏梦龙才停了下来，开始看表。唐潮与石磊也停下车，拿着望远镜盯着夏梦龙。

过了一小会儿，廖斌的车队浩浩荡荡地来到了。透过望远镜，看见廖斌和夏梦龙在说什么，可是听不清具体说了什么。这时，夏梦龙手机响了。唐潮和石磊这边的复制机也同时亮了起来。两人一对视，侧耳去听。

复制机里传来的是秘书 JOJO 的声音：“老板！不好！东西被抢走了！”夏梦龙大惊，冲廖斌怒吼：“不是说好交货放人吗，你们怎么不讲规矩，直接用抢的！”

廖斌压抑住怒气：“夏梦龙，你少跟我废话。我不管你东西被谁抢了，总之你给我抢回来。但我警告你，我的耐心是有期限的。我再给你一天时间。”说完带着车队浩浩荡荡地又走了。

只留下夏梦龙一个人，十分无助。

夏梦寻和蓝翎聊完，去跟唐潮会合。一听圣首被抢走，顿时慌了：“我家真有圣首？是谁抢走了？那田姐姐怎么办？我哥现在肯定郁闷坏了，我得去安慰他……”

石磊示意她别着急：“你怎么跟你哥解释你知道这事儿？我们猜测夏家应该出了内鬼，这个具体的我们会调查，你就先别添乱啦。还是先说说你跟蓝翎聊的结果吧。”

梦寻一五一十地讲出了跟蓝翎的谈话，说白家有个圣首，并表示要去找白宙，希望说服白宙拿出圣首救田婉兮。唐潮一听，马上说：“我跟你一块儿去！”

石磊连忙拉住唐潮：“你就乖乖在这儿等梦寻的消息不好吗？再说了，万一绑匪又出什么新花样，我们也可以及时应对，不需要把全副武力都用在一件事情上吧。”看梦寻出去，才又补一句解释：“你是真不懂假不懂？人家白宙本来说不定会答应的，一看你在，指定就不答应了。”

梦寻约了白宙去画室见面。等她到画室时，白宙已经在那儿等她了。

这才没多久没见，看着白宙却整个人憔悴了一大圈，看来分手真是对他打击特别大。这个画室本来是白宙精心准备送给梦寻的礼物，那个时候，哪里能想到两个人会走到今天这个地步？梦寻心内不忍，想到自己又有求于白宙，也有些尴尬。

白宙态度倒是坦荡得多，直截了当问：“梦寻，你找我来，是有什么事吗？我能帮得上忙吗？”

夏梦寻尽量简要地概括：“田姐姐被绑架了，绑匪要求我哥拿夏家的圣首去换人，但还没来得及交易，圣首被人抢了。所以，我希望你可以帮我，帮我求求你妈，把你们家的圣首拿出来去救田姐姐。”

白宙果然十分吃惊：“什么？田婉兮被绑架了？你家圣首被抢了？还有，谁说我妈有圣首……”

夏梦寻咬着嘴唇：“我找蓝翎聊过了。她已经承认，那天你我唐潮三人找到的那张照片是被你妈掉包的。你妈从蓝翎那儿得到的消息，赶在了我们前面。现在田姐姐被绑架了，只有圣首才能救她，你，能不能帮我？”

白宙被这信息量惊倒：“你说的，都是真的？”

梦寻点头，认真地看着白宙。白宙跟梦寻对视了几秒，下定决心：“你别着急，我一定帮你，我马上回去问我妈。”说完转身就走。

一路上，刚才梦寻的话一个一个细节在白宙脑中回放，他实在没有想到，母亲居然会有这么大的事情瞒着自己。也没想到，蓝翎，居然会瞒着自己跟母亲这样合作。

回到家，推开母亲的房门，白凤仪正在看资料。白宙想组织一下语言，却说不出来，哑着嗓子，问：“蓝翎说，你把圣首换成了照片，是真的吗？是不是？”他情绪激动，提高了音调，身体却有点发抖。

白凤仪看着儿子，爱怜地说：“阿宙，妈不是要骗你。有些事情，妈实在是怕你知道太多不好。既然蓝翎这么沉不住气告诉你了，我也不瞒你了。

你跟我来。”说着，走到书架旁，将墙上的一副画打开，里面是一个机关，打开机关，一个密室出现在白宙面前。

白宙狐疑地跟母亲走进了密室。密室不大，黑漆漆的房间中央，一道射光罩在一尊圣首上。他问：“这就是夏家圣首？”

“不！”白凤仪朗声纠正，“是白家圣首。遗失多年，我终于把它找回来了。”她看了看白宙吃惊的表情，补充解释：“你只听夏梦寻那丫头胡说，哪里知道当年的事情。当年，夏白唐三家世代守护皇陵镇，但是唐家大少爷和夏家大小姐被利益驱使，勾结了外人，要毁灭皇陵镇、独吞宝藏。为了分化皇陵镇的力量，他们两人极力宣扬外人的枪支火炮多么厉害，要三大家族各自带走一个圣首逃难。我们白家带着一个圣首走在路上，却被夏唐两人带来的诡异军人谋害殆尽。我们白家的圣首也从此不知所踪。追查多年，才被我们找到了唐家当年的远亲，也正是从他们的口中，我们才得知了一丝线索，那就是唐家的祖宅。”说到这儿，笑笑看着白宙：“你们拿到的那个密码筒，其实我早已找到，只是实在研究不透，才设了局引你们来偷走它。唐潮这个小子果然也不负我所望，确实聪明啊，短短几天工夫，就破解了我一直解不开的迷。”

白宙被母亲的话震惊了。他从来没想到母亲会把他也算计在内，他眼中的母亲从未如此陌生，一时之间，不知道该不该相信母亲的话。

白凤仪慈爱地看着儿子：“阿宙，听妈的话，跟那个夏梦寻断了往来吧，她不值得你这样。我刻意把三大家族祖先照片放在那儿，就是想让你们看到，提醒你，也提醒夏梦寻，好好想想祖训，搞清楚你们是不可能在一起的。”

又听到这个祖训，白宙都快被气疯了：“妈！祖训是死的，人是活的！我爱梦寻，她的所有要求我都会去努力完成。夏梦寻现在找我要圣首去救人，我得给她。我现在就问你一句，你能不能把圣首给我。”

白凤仪叹息：“儿子！妈跟你说了这么多，你怎么就不醒悟呢！让我拿圣首去救个不相干的人，想都别想！”

夏梦龙在办公室焦虑地来回踱步，思索着这件事情到底是哪里出了纰漏。自己吩咐 JOJO 去办的事情，怎么会走漏了风声，到底是谁？要干什么？

JOJO电话又打了过来："老板，你什么时候回来，董事会要找您谈话。"

夏梦龙心一沉，这么快董事会就知道了。看来，是自己人干的了……

这边还没想好怎么应付董事会，手机又收到一条信息。还是一个视频，视频里，廖斌的手下试图猥亵田婉兮，田婉兮在角落泣不成声，瑟瑟发抖。廖斌最后在视频里狠狠威胁："你给我上点心，赶紧把圣首拿过来，否则我绝对让你后悔莫及！"

与此同时，石磊、唐潮和夏梦寻三人在电脑前盯着屏幕，监控着夏梦龙手机里的内容。看完视频，唐潮气得将手机往地上摔，一拳砸在了墙上。

石磊安抚唐潮："你先别着急，现在圣首还没拿到，他们不敢怎么样的，这个只是拿来吓唬吓唬我们。我们看下夏梦龙还有什么办法没？"

复制手机又有了动静，大家围过去看，这次是夏梦龙给JOJO打电话，说马上去跟董事会谈话。

夏梦龙走进会议室，两位老董事已经坐在会议室里。梦龙对他俩分别颔首，称呼道："三叔！""六叔！"

被称为三叔的白发老人连连摇头："阿龙，我们夏家的长老会已经几十年没有召开过了，没想到公司传到了你手上，出了这么大的事……"

会议室的门被推开了，一个高高瘦瘦的青年男子推门走了进来，夏梦龙看见他，眼睛瞬间瞪了起来——他一下子明白了这个圈套是怎么回事。

走进来的是夏梦龙的堂兄，夏梦杰。他幼时孤僻，受到夏梦龙不少帮助，却从不知恩，只知嫉妒，他位居夏梦龙之下，却一直觊觎夏梦龙的位置。夏梦龙对他有所防范，却万万没想到他会胆大至此干出这样的事情。他在这个时候出现，绝对不是凑巧。只是，不知JOJO怎么把消息出卖给了他。他夏梦杰何德何能！

夏梦杰轻俏地蔑视了夏梦龙一眼："为了个女人居然拿夏家传承的圣首去换，真是不知好歹的东西！三叔，六叔，堂弟这也太荒唐了，不配再当夏家的领导者。"

三叔、六叔拉长了脸，却都点了点头。夏梦杰得意地笑了。

石磊、唐潮和夏梦寻迟迟等不到新的动静，早已焦急万分。此时，梦寻接到了白宙的电话，招呼他们几人过去。

几人来到白家，白宙领着他们一路走进去，按照白凤仪打开暗门的方法操作，打开了密室，示意几人搬走圣首。唐潮等人赶紧上前，只有夏梦寻有些不好意思：“阿宙，你妈妈一定不同意吧，你怎么跟她交代？”白宙只深情地答：“我说过，你要的，我都给你。我妈这边，你们别管了。你们只管救人，我来跟我妈解释。”

几人把圣首搬上车，唐潮坐上驾驶座，吩咐石磊：“赶紧拍个照，用你的那个设备给绑匪发个信息。”然后跟梦寻说：“这事情太危险了，你就别去了……”

梦寻当然不干：“不！行！你别想撇下我！”立刻跑到副驾驶位坐好，系上安全带，摆出了宁死不下车的架势。

石磊在后面把手机递了过来：“他们回信了，约你的地方跟上次要夏梦龙交易的地方一样。”

唐潮发动汽车，跟夏梦寻说：“这件事情本来就不关你事，你不用跟着来冒这个险。你要是后悔了趁早下车。”然后不再说话，认真开车。

走到一半，突然，唐潮的电话响了。他用蓝牙耳机接起。不知道对方说了什么，唐潮忧心忡忡地思考了一下，而后瞥了一眼夏梦寻，摘下耳机，突然急踩刹车，看着夏梦寻：“我想了半天，你还是不能去！”

夏梦寻恼了：“我给你找来圣首，凭什么不让我去？”

石磊也纳闷：“好好的怎么又变了？谁的电话？什么事？”

唐潮不答，伸手就去解夏梦寻的安全带，夏梦寻死死护住。唐潮见夏梦寻一脸严肃，一时也不知道该说什么，停下手来。

夏梦寻问：“到底为什么不让我去啊？”话里已经有了委屈的意思。

唐潮不再看她，只盯着前方看，问：“你想听实话吗？”

梦寻好奇：“当然了！”

唐潮淡淡地说：“我是去救耿倩。你跟着去，我怕她误会。我爱她，不愿她误会我。”

夏梦寻完全没想到会听到这个解释，看着唐潮，眼泪打转。她难以置信地看着唐潮，唐潮依旧只看着前方，并不与她对视。

夏梦寻眼泪滚了出来，大颗地落下。她吸了吸鼻子，打开了安全带，拉开车门走了下来，直接向反方向走去。

唐潮这才转身向石磊吼："还坐着干什么，你也给我下车！好好看着她！"

石磊被这突如其来的情况也整得摸不着头脑，看梦寻走向偏僻的地方，还是赶紧下车追了上去。

唐潮加大油门，一路飞驰赶到约定地方。

不一会儿，廖斌的车也开了过来。车门打开，只廖斌一人下来，问："东西呢？"

唐潮拍了拍车身："带着了，但是你得让我先看见人。"

廖斌稍稍犹豫了一下，拍了拍手，让胖手下押着田婉兮从车里走了出来。

唐潮打开后备箱，亮出圣首。胖手下拿着个设备过来验货。他走到圣首面前，先看了看，然后打开紫外线检查，设备马上发出了警报。

廖斌怒吼："居然拿假的耍我！"突然拔枪，砰的一声击碎了圣首。

第十三章
反间计成

廖斌突然发难，击碎圣首之后，又用枪把敲唐潮的脑袋：“小子！敢耍我！”

唐潮吃痛地跪在地上。突然，猛地蜷身抱住了廖斌的双腿，顶着廖斌跟自己一起倒在了地上，枪也脱了手！

电光火石之间，唐潮飞身捡起枪指着廖斌：“谁也不许动！把枪都扔过来！”廖斌无奈,点头示意胖手下把枪也扔来。田婉兮也迅速跑到了唐潮身后。

唐潮又迫使两人往后退出一段距离。然后跟田婉兮对视一眼，拔腿就往车上跑，赶紧开车逃离。

见车驶离，廖斌从背后又掏出一把枪，瞄准车胎就是两枪。唐潮田婉兮只好下车拼命往前跑。着急之际，田婉兮脚下拌蒜，一个踉跄摔倒在地，头撞在石头上，额头流血，瞬间昏了过去。唐潮绝望地抱起她往前跑！

不远处急速开来一辆车。一个急刹停在唐潮面前，夏梦龙走了出来。他腰里绑着一圈炸弹，一副视死如归的样子冲着廖斌怒吼：“开枪啊，大不了一起死！开枪啊！”廖斌和胖手下一时被震慑住，不敢妄动。唐潮赶紧把田婉兮抱上了车，自己也坐上去，用外套摁住田婉兮受伤的头部，血依然大片地渗了出来。

夏梦龙见唐潮他们都已经上车，立即跳上了自己的车，扬长而去。廖斌赶紧追上，一个炸药包从车上丢了下来！廖斌和胖手下赶紧趴下！

好半天，什么声音也没有。廖斌突然醒悟过来，起身走近炸药包，仔细一看，果然是个粗制滥造假货！而夏梦龙的车早已载着三人没了踪影！

车上，唐潮轻轻地呼唤："耿倩！耿倩你坚持住！"田婉兮虚弱地睁开双眼，看了一眼唐潮，轻声地说："唐潮！对不起……我当初离开你，是有苦衷的，所以，对不起……"说着又昏了过去。这声音虽轻，在驾驶坐着的夏梦龙也听得清清楚楚。他只默默地开着车，飞快地往市区奔去。

一路赶到医院，两人也不争什么田婉兮耿倩了，默默合作着把人送进了手术室，等在手术室门外，沉默着，直到夏梦寻、白宙和石磊三人赶到。

白宙一见唐潮，直接质问："我已经打电话告诉你圣首是假的，你为什么还要去？我明明一知道就给你打电话了！"

唐潮低着头，不说话。夏梦寻猛地看向唐潮，突然明白了唐潮坚持赶自己下车的原因，一双杏目顿时含上了眼泪，看唐潮低头不言的样子，更是心痛："你傻呀！这么危险！还非要一个人去！"

白宙示意唐潮跟自己出来，唐潮看了看还没有动静的手术室，跟他两人一起走到了楼外。

唐潮冲白宙挤出个笑容："其实多亏了你打个电话给我，才让我有了心理准备。"

白宙只是摇头："我一听我妈说是假的，就赶紧给你打电话。可是你明知是假的还要去，你为了她，连命都不要了吗？不过，不管怎么说，我也要感谢你，保护了梦寻，没让她去冒险。"

两人又聊了几句，各自想着各自的心事，又到手术室附近来等着。直到医生推门走了出来，对几人说："病人暂时脱离了生命危险，但由于她脑部受到撞击，再加上失血过多，所以暂时昏迷，还需要观察。来个家属，帮我把病人推去病房吧。"

几个人一起帮着把田婉兮推进病房，看她往日漂亮的面孔只剩苍白，一滴滴液体沿着吊瓶输入她的血管，也没给她带来一丝生气，还是昏迷不醒。

唐潮静静看着她很久，然后抬起头来，看着夏梦龙："我们不能再让这种事发生了，我们得主动反击！”

夏梦龙点了点头：“换个地方说吧。”

唐潮、夏梦寻、石磊、夏梦龙四人来到了梦寻的画室，商量计划。

唐潮问梦龙：“此事因圣首而起，所以，我想先问下，现在是否搞清楚了，到底是谁劫了你家圣首？”

夏梦龙犹豫了一下，说：“我堂兄，夏梦杰。从小性格孤僻，被人欺负，我常常看不过去，还一直帮他，可是越帮他越恨我，觉得是我在施舍、可怜他。我知道他一直想超过我，然后反过来施舍我。这次他劫了圣首，成功取代我坐上华夏集团 CEO 的位置，他想证明他比我强。”

唐潮想了一下，追问：“那他怎么知道你要把圣首运出来？”

梦龙答：“应该是 JOJO。只有她知道。JOJO 跟随我多年，真没想到这件事情居然让我栽了个大跟头。”

唐潮的眼中闪过光：“既然如此，那我们就以其人之道还治其人之身，把圣首抢回来。夏梦杰这种人情绪不稳定，容易冲动、多疑，在他眼里，人与人之间都只有赤裸裸的利益关系。对付这种人最有效的办法就是……”

几人商议完毕，分头行动。

夏梦龙是在一个酒吧门口找到 JOJO 的。

JOJO 一看夏梦龙，就赶紧躲。夏梦龙堵在她面前，只看着她。她眼看躲不过，只好问：“夏总，找我什么事？”

夏梦龙笑：“什么夏总？我都不是华夏集团的人了。”

JOJO 更低下头去，小声嘟囔了一声：“对不起……”

夏梦龙拍了拍 JOJO 的肩膀：“别说对不起。当初我面试助理的时候，一眼就选中了你，不只因为你聪明能干漂亮，更是因为从你身上我看到了你比别人更善良、更诚实。”

JOJO 纠结地看着夏梦龙：“对不起，夏总，我辜负了你……”

夏梦龙打断她：“别说对不起。我不怪你，我相信你这么做一定有你的道理。只是，我现在确实需要帮助，你能帮我一次吗？告诉我夏梦杰把圣首藏到哪儿了？你在华夏集团干了这么久，对公司也该有感情了，你知道的，夏梦杰在这个位置上，只会毁了整个公司，整个夏家！”

JOJO 回答：“对不起，夏总，真的对不起。我确实不知道……”

夏梦龙从钱包里掏出一张卡塞到 JOJO 手里：“夏梦杰给了你多少钱？我双倍！”

JOJO 难以置信地看着夏梦龙，哭笑不得：“夏总！你还是不懂！真的还是不懂！你以为我是为了钱？”她有些失态地哽咽起来，“我是为了你啊！我哪里不够好？让你根本看不见我的存在，只围着那个田婉兮痴迷。我不想一直当你的助理，我想成为你的女人啊！”说着，眼泪扑簌簌地掉了下来。

夏梦龙愣了，掏出纸巾递给 JOJO，而且看到 JOJO 头发在肩膀有些乱，顺手捋了一下。

夏梦杰坐上了总裁位置之后，发现公司并没有像自己之前想象的那样运转——也说不出哪里不对，但是感觉所有职员都垂头丧气的样子，气氛十分阴沉。

他叫来 JOJO 颐指气使：“什么玩意儿啊，还没处理干净？”指着桌面上还摆着刻有“华夏集团总裁夏梦龙”字样的名牌。

JOJO 自信地走到总裁办公桌前，将夏梦龙的名牌扔进垃圾桶。

夏梦杰满意地笑了：“这才像样嘛。夏梦龙有你这么个聪明漂亮的秘书，怎么也不知道好好珍惜。只要你乖乖跟着我干，我肯定不会冷落你的。”说着逼近 JOJO，抬手捋了捋 JOJO 的头发。JOJO 只是低头，不敢躲。看 JOJO 低眉顺眼的样子，他一时兴起，用力将 JOJO 摁在办公桌上，扑了上去。JOJO 挣扎，衣领被撕开，赫然露出一个小小的黑色物体。夏梦杰黑着脸一把抓起来，居然是个窃听器！他狠狠地将监听器扔到墙上，然后还不放心，又过去使劲踩，然后扬手就给了 JOJO 一巴掌：“你背叛我！你又为了夏梦龙背叛我是吧！我就知道他不会这么简简单单地交出总裁的位置。你是他留在我身边的间谍！你这个贱人，夏梦龙到底哪里比我强，你还要跟他！”说着随手操起一把裁纸刀向 JOJO 逼近。

JOJO 害怕地连连后退：“您误会了。窃听器确实是夏梦龙安的，他昨晚来找过我，但我没有答应他，他肯定就是乘我不注意，把窃听器装在了我身上……”夏梦杰阴晴不定地看着JOJO，JOJO赶紧补充道：“我本来就是想来跟你汇报昨晚他找我的事情的，还没来得及说……”夏梦杰将裁纸刀扔回了桌上。JOJO舒了口气。

夏梦杰问：“他找你还说了什么？你给我一句不漏地说清楚。”

JOJO：“他一点也不关心公司的事情，倒是让我给他打探那个圣首的消息。这我哪儿知道啊？那圣首到底有什么密码吗，让他这么关心。我还真是好奇……”说着，注意到了夏梦杰面无表情地盯着自己。她突然意识到自己说错话了，赶紧打住：“我只是随口说的……我……没什么事我就先退出去了……”

夏梦杰瞪着JOJO退出办公室，然后拿起手机准备打电话。看着地上的窃听器碎片，突然想到了什么，一把将椅子推翻，椅子下面果然也粘着一个。他恨恨地扯下来，使劲儿跺脚踩。再看办公桌，面上什么也没有。细细地一点点摸索，果然在抽屉下面也摸到一个！夏梦杰疯狂地扯掉窃听器，在地上踩碎。

JOJO在办公室外面听到里面传来夏梦杰的号叫：“夏梦龙，我知道是你？你在监视我！你已经输了，你输了，你输啦！”还伴随着翻箱倒柜的各种声音。有胆大的职员围近了来听动静。JOJO赶紧上前驱散了围观的人，推门进去，只见夏梦杰满头是汗，衣服扣子都解开了好几颗，似乎已经发了好一阵子的疯了。屋内的抽屉、沙发垫等能拆的都拆了，椅子、桌子都翻了过来，柜门全部打开，扔了一地的文件和物品。

夏梦杰把一把窃听器撒到地上，咬牙切齿：“夏梦龙！你这个变态！”

JOJO惊愕地去收拾这一地残局：“这都是什么时候安上的？天啊！到底安了有多少！还有完没完！”然后抬头看着夏梦杰，起身走向他，伸手摸摸他衣领，手上又多出一个监视器。她声音颤抖地问：“这里还有一个……糟了！这件衣服你哪天穿过？没有说什么夏梦龙不该听见的话吧？”

夏梦杰惊恐地捂住嘴巴，然后疯狂地往外狂奔。冲进车库，慌忙发动汽车狂奔而去。他开着车横冲直撞，直奔一个荒郊的仓库。下了车，四顾无人，便开了钥匙走了进去。

他没有看见，身后不远处，有一辆不起眼的车里，唐潮和夏梦龙、石磊把这一切都看在眼里。

唐潮微微一笑，冲夏梦龙比了比大拇指：“计划成功！”

原来，这正是那天夏梦龙和JOJO见面商定的计划！他们利用夏梦杰的多疑心态，故布疑阵，逼得夏梦杰陷入疯狂，主动暴露出圣首所在的地方。JOJO出于对梦龙的愧疚，帮他们把这出戏演得天衣无缝！

这时，夏梦杰推出一辆推车，车上放着一个大箱子。唐潮下车。石磊和夏梦龙反应过来，跟上。没想到，突然有一辆车冲到仓库面前，不等众人反应过来，只见廖斌带着几个手下麻利地打晕了夏梦杰，把箱子搬上车就又开走了！

一切发生得如此之快！唐潮懊恼地一拍大腿：“上车！追！”夏梦龙却看着地上的夏梦杰心怀不忍：“你们先快去追吧！我看看他有事没有……”

唐潮无奈：“那你这个烂好人先待着吧。我们先走！”便和石磊两人先走一步，去追廖斌。

那廖斌十分狡猾，不过几个路口的工夫，就溜得毫无影踪了。只气得唐潮使劲儿捶打方向盘！直到夏梦寻打来电话：“快回来吧！田姐姐醒了！”唐潮赶紧打起精神，往医院赶。

唐潮一路飞奔进病房，拉开帘子，热切地喊：“耿倩！你醒了！”

田婉兮平静地躺着，见唐潮过来，疑惑地问：“你……你叫谁？你又是谁？”

唐潮错愕：“耿倩，是我啊！”又求助地看向夏梦寻：“怎么回事？”

梦寻解释：“刚才田姐姐醒了，但是过去的事情，她有些记得，有些不记得。我问了医生，医生说她头部受到撞击，造成大脑出现了复杂性的失忆。简单来说有些记忆她还记得有些记忆却失去了。”然后又低声对唐潮说：“田姐姐好像只记得属于田婉兮的记忆，以前耿倩的那段记忆好像都失去了。”

田婉兮也有些抱歉地冲唐潮笑笑：“不好意思啊，我真是不太记得你了。你是梦寻的朋友吧？看你刚跑来很累的样子，快坐坐吧。”

唐潮抱着头，靠在了墙上：在车上她明明都承认自己是耿倩了，怎么又突然以这样的方式回到了原点？

夏梦寻看唐潮如此难过，上来拉了拉他：“我哥马上也就要过来了，田姐姐这会儿也想不起你来。要不你先送我回去？也留点时间给田姐姐想想，说不定能想起来呢。”

唐潮又看了看田婉兮，田婉兮还是一脸迷茫。唐潮只得退了出来，先送夏梦寻回家。

路上，夏梦寻小心地试探着开口：“其实……其实你不是说过现在你跟田姐姐之间已经不是爱情，而是觉得有责任保护她、帮她，但现在我哥会全心全意照顾田姐姐的，你不用再让自己背那么大的责任了。”

唐潮只是叹气：“耿倩说她当初离开我是有苦衷的，我一定要搞清楚这件事。不能放弃！”

夏梦寻反问：“为什么不行？也许田姐姐内心深处就是不想再想起当年的那些事，所以才会选择让这段记忆失去，你为什么还要去逼她重新想起来呢？让我哥带着她去国外过新生活不好吗？”

唐潮冷笑：“新生活？她还走得开吗？你难道还没看出来耿倩也被扯进了皇陵镇的事吗？她已经走不开了！耿倩选择失忆或者去国外逃避，那些人也不会放过她的！唯一的办法就是让耿倩想起当年到底发生了什么，所以从明天起我要多去医院陪她，好好照顾她，这样她才能早点想起以前的事。她才能告诉我她的苦衷到底是什么，通过她的苦衷找到线索，通过线索找到敌人到底在哪儿、到底是谁！只有这样，耿倩包括我们才能真正摆脱这件事。”

夏梦寻斟酌着用词：“我觉得……我觉得……”最后实在忍不住，直接说，“我觉得你就是想跟她旧情复燃！”

唐潮一个急刹车：“你要是非要这么想，我也没办法！”

夏梦寻被唐潮这个态度气疯了，用力推开门，门也不关就下车走。

唐潮喊：“喂！发什么脾气啊！”夏梦寻头也不回。

第二天一大早，唐潮就带着花赶到医院。

田婉兮看着唐潮忙前忙后，非常不好意思：“唐潮？你怎么来了？我真的不记得了。对不起，我只记得我的男朋友是夏梦龙。”

唐潮努力控制自己的情绪："你放心，我不是来拆散你们的，我只是想来帮你恢复以前的记忆。对了，你饿不饿，我去给你买好吃的。"

田婉兮看他在这儿，浑身只觉得尴尬，便趁机说："你能帮我买点樱桃吗？新鲜点的。"

唐潮大喜："你等着，我给你去买，肯定买到最好吃最新鲜的樱桃。"

唐潮走出病房，直接给夏梦寻打电话。夏梦寻正在家画画，一看唐潮来电，直接把手机扔到一边。视线又落到画架上，画板上正画着唐潮坐在床边跟田婉兮说话。她生气地拿起画笔给画上的唐潮加上胡须，化成一个丑八怪！电话还在执着地响着，她噘着嘴巴接起电话："喂！"

唐潮终于等到了夏梦寻接电话："我的祖宗啊！在忙什么啊磨叽这么久才接电话，我现在多么需要你你知道吗！"

夏梦寻哑然失笑："需要我？需要我干什么事啊？"

唐潮："江湖救急啊，我需要最新鲜的樱桃。可是我这会儿没空去买，向你求救来啦！"

夏梦寻玩味着唐潮的话："这事我倒是做得到。可是，凭什么帮你做呢？要不这样吧，你答应我一个条件，我就帮你买。"

唐潮连声说好："行行，我答应你。半个小时之内给我送来医院吧！"

廖斌抢得圣首之后，十分陶醉，反复抚摸欣赏着刚拿到的那个圣首。只是搞不清楚，这圣首背后到底有什么秘密，值得让人这么大费周章得到它？这圣首材质看起来十分奇怪，却也不是什么黄金玉石之类的值钱货色。

此时，电话响起，他接起电话，对面传来一个女人的声音："你面前的东西我也有一个，有没有兴趣开门谈谈？"

廖斌一愣，快步走到仓库门口，拉开门，白凤仪毫不慌张地走了进来。廖斌示意手下不要妄动，问："我认识你，白凤仪。你怎么跟踪到我这儿的？"

白凤仪娇俏一笑，一点也不像个中年人，倒像少女一样淘气："因为你的注意力一直都集中在唐潮身上，所以你才会忽略我。不过啊，你才该主动找我呢！离了我，这圣首对你而言毫无用处。"

廖斌谨慎地看着白凤仪："你想干什么？"

白凤仪伸手抚摸着圣首："圣首必须得三个才有用，我手上有一个，一旦联手我们就只缺一个了。皇陵镇的宝藏比我们想象的还要巨大，哪怕平分也能得到数不尽的财富，为什么不联手呢？"

廖斌思虑一番，伸出手去："你要是敢耍我，我马上杀了你！否则的话，合作愉快！"

白凤仪笑着伸出手，两人握手。

第十四章
画室尴尬

夏梦寻一听樱桃是要送去医院，顿时明白了这是给田婉兮买的。唐潮对这位前女友，真是够用心的，现在人家都不记得自己跟唐潮的过往了，唐潮还这么一意坚持。想到这里，梦寻心里有点微妙地酸起来。

不过，既然是答应了的事情，她夏梦寻是绝对会做到的！她耸耸肩，赶紧驱车去买。

一路飞奔到医院门口，时间刚刚过去四十分钟，她把装着樱桃的保温箱交到唐潮手里，一脸骄傲，像是等着表扬的小猫咪。唐潮打开，取出一个樱桃，自己先尝了一下。表情十分惬意，看来樱桃味道确实让人满意啊。夏梦寻更骄傲了，转着眼睛看向别处，等着唐潮的感谢。谁知唐潮提起樱桃就往医院走。

夏梦寻傻眼了："你就这么走了？！"

唐潮一愣："不然还干吗？"然后突然反应过来，"哦！多亏你提醒！我差点忙昏头，忘了耿倩吃樱桃讨厌樱桃核，你快来帮我把核都剔出来……"拽着夏梦寻往车里来，说着还示范了一个，举到夏梦寻面前："看，就这样……"

夏梦寻一脸不可思议，最后转成了一脸愤怒，摔门而出。

唐潮说着："又怎么啦？生气啦？"却是头也不抬，埋头继续剔樱桃核。

精心剥好樱桃，唐潮还专门细心地又把樱桃摆了个好看的造型，这才拿上去向田婉兮献宝。

田婉兮一看这剥好的樱桃，不由得有点愣神："这？"

唐潮拿一根牙签，叉住一颗樱桃一直喂到田婉兮面前："我刚让夏梦寻帮我买来的，特别新鲜。你还记得吗，咱们还在航空公司工作的时候，经常飞同一个机组，当时我们经常这么吃……"

田婉兮一脸茫然，却摇了摇头，示意唐潮放下牙签："抱歉我真是不记得你了，只记得我的男朋友夏梦龙。"看着唐潮眼神里的光彩黯淡下去，她还是继续说，"按你的说法，我们曾经是一对。可是，那也已经分手了对吧？你又何必这么费尽心力要让我想起从前？有意义吗？这些心力，难道不该花在更有意义的人身上吗？"

唐潮眼丝发红，从贴身口袋里掏出当初耿倩离开时留给他的首航徽章，往田婉兮面前递，很激动地说："这个徽章你记得吗？那天是我考上机长的日子，我们本来说好要一起庆祝，但是你却不告而别，只留下这个徽章给我。这么多年过去了，你音信全无。我一直都在找你，就是想问清楚当年你离开我的原因。好不容易在你昏迷住院之前，你亲口告诉我，你当年突然离开我是有苦衷的，结果你一醒来又都忘了。我不死心！我要帮你回忆过去！让你想起以前的事，这样就能搞明白你当初究竟有什么苦衷。你问我有意义吗？这就是意义！"

田婉兮接过徽章仔细看了看，又递回唐潮手上："确实抱歉，我真是没有一点印象了。唐潮，听我一句劝，不要再纠结在以前的事儿上了。过去的事，我有可能一辈子都想不起来，就算想起来，说不定也不是什么了不起的苦衷，这不会对我现在的生活产生什么影响。反倒是你，还是把心思放在正确的人身上吧。"她指一指那一颗颗新鲜圆润的樱桃，"记住，没有一个女孩，会为了你替另一个女孩买樱桃的。除非，她喜欢你。"

唐潮一口否定："你说夏梦寻喜欢我？那怎么可能？"

田婉兮微笑："可不可能你回去慢慢想吧。你走吧，一会儿梦龙就来找我了，我不想他看见你在这儿，造成什么不必要的误会。还有，你以后就叫我田婉兮，我听着比较舒服。"

田婉兮目送唐潮不甘心地走出病房，也松了一口气。耿倩？自己真的过过这样的人生吗？真是一点印象都没有了呢。会跟这个唐潮那么轰轰烈烈过吗？那自己真的又是为什么离开他？虽然是劝唐潮放弃，但是自己心中，多少也还是有些好奇的吧。不过，也仅限于好奇了，无论如何也不会刻意去追寻。如果，如果真的能有一天突然恢复了记忆，想起了一切，生活，会有什么变化呢？

正想着，病房门被推开，一位白大褂戴着口罩走了进来。田婉兮问：“大夫，我什么时候能出院？我感觉已经好多了。”

白大褂摘下口罩，露出了络腮胡子——竟是廖斌！可是田婉兮已经完全不记得他了，没有丝毫意外的反应，只是热切地看着他，等他回答。

廖斌有点难以置信：“你……难道不认识我了吗？”这事上次田婉兮被唐潮、夏梦龙救走后，他第一次见田婉兮。他完全不清楚状况，还不知道田婉兮失忆的事情。本想着这次来继续迫使田婉兮为自己卖力来着，没想到，田婉兮居然不认识自己了！

田婉兮见大夫不回答，也有点不好意思了：“是不是您给我动的手术？所以才说我认识你？说来也怪，我明明觉得我都记得，记得我男朋友是谁，我记得我的公司，我记得我家在哪儿，我还记得我的朋友。可是，确实又有好多事情，大家都说发生过，唯独我却一点印象都没有。像刚才有人一直说我是他的前女友。可是我根本就想不起来。”

廖斌走上前翻了翻床头的信息，写着“复杂性失忆”，他才有点明白过来，接过话茬：“也许你真的是他的前女友呢？”

田婉兮坚决地回复说：“就算是，那也和现在的我不相干了。我有我现在的生活，他也该去过他现在的生活。沉湎于过去有什么意思呢！”

廖斌最后再试探：“那你记不记得你的家人？比如你爸……”

田婉兮皱起眉头努力回忆：“不记得……一点印象都没有……医生，我怎么会连自己的父亲一点印象都没有呢？我……还能出院吗？”

廖斌仔细观察她的表情，确实不像是装的，这才放下心来：“没问题的，回去慢慢修养，不用着急。我跟你主治大夫商量下，很快就能出院了。”

夏梦寻被唐潮气走之后，直接冲回画室，把自己关在屋里生闷气。

她打开画板，开始随性地涂涂抹抹，肆意发泄自己的情绪。过了一会儿，手机响了起来，一看是唐潮，直接挂掉。再打，再挂。还打，还挂！

夏梦寻愤愤地挂完了电话，重新看向画板，才发现不自觉地，刚才已经在画板上画了个唐潮的卡通头像……她愤怒地拿起画笔又给添上了几根猫胡须！

是什么时候开始这样的呢？初见时的那个邋遢的招人讨厌的唐潮，什么时候不知不觉间渗入了自己生活的方方面面？当时自己还和白宙是众人羡慕的一对，白宙还多次误会自己和唐潮是不是有什么。现在呢，自己和白宙已经分手了。当然，这跟唐潮并没有关系，只是自己看清了和白宙的关系而已。可是，唐潮现在一心扑在田姐姐身上的样子，真是让人气恼极了！夏梦寻拿起画笔生气地往画板上戳戳戳。

门口传来敲门声，夏梦寻没起身，看着门口。只听得见门锁响了两声，唐潮自己拿着钥匙开门进来了。

夏梦寻见他进来，更恼了。随手抄起一个东西就往门口砸去："干吗来打扰我画画？去医院陪田姐姐啊！"

唐潮被打个不防，连忙闪躲："你无缘无故生什么气啊？给你打电话你总不接。我想回来补个觉吧又被你这么当头砸，我欠你的啊？"

梦寻更气了："哟，为了哄前女友起了个大早，现在想补个午觉啦？不好意思请回吧！这里是我的地盘！其实你想补觉可以继续在医院陪田姐姐啊，反正陪客有小床可以睡。"

唐潮已经明白过来了，怕是耿倩说得没错，这夏梦寻对自己，不经意间已经开始动了心吧，这分明是吃起了醋啊。而她自己怕是还没觉察到这份醋意。想到这里，不由自主心软了下来，柔声问："你干吗这么在乎？"

梦寻快被气哭了："我在乎？我才不在乎呢！不对，我当然在乎！田婉兮是我哥看上的，你不许抢！"

唐潮看着夏梦寻着急的样子，轻轻笑笑："算啦，别生气了，我不会去破坏他们的。你还是收留我一阵儿吧，我可没别的地儿去。作为回报，我给你做顿好吃的吧？你这气急败坏的样子啊，也不知道白宙看上你什么了。”说完，也不等梦寻回答，直接起身走向冰箱，在冰箱内翻找出面粉和肉、菜等，去厨房系起围裙忙起来了。

夏梦寻想说自己跟白宙已经分手了，却又不知道从何说起。却也慢慢平静下来，觉得刚才有点失态，很是不好意思。蹲在沙发上看唐潮忙碌。

厨房是开放式的，唐潮在揉面，刚好留给夏梦寻一个硬朗的背影。她看着这背影，有些出神。默默走到唐潮身后，看着他挽着袖子做饺子皮。

唐潮见她过来，拉她的手：“你也来试试？”

夏梦寻瞬间红了脸。

两个人一起揉面、擀皮、包饺子，边包边嬉闹，你抹我一把，我撒你一脸，两个人不像是做了顿饭，倒像是打了一场面粉仗，都成了白白的“雪人儿”。最后，唐潮去煮饺子，夏梦寻摆好碗筷，出神地看着唐潮忙碌的样子，心里暖暖的。

唐潮煮好了饺子往桌上端，正此时，门铃突然响了。两人对视，这会儿谁来呢？

还是夏梦寻去开了门。一开门，只见白宙提着一瓶酒站在门口。两人都有点尴尬，呆在了门口。

还是唐潮反应过来，赶紧拉白宙进门，安排他坐在了夏梦寻身边。然后看着面前的白宙和夏梦寻，唐潮自己又开始觉得尴尬了，没话找话：“白宙你吃醋吗？”一句话说出来，顿时恨不得扇自己一巴掌，赶紧纠正，“呃……我不是这个意思，我的意思是你喜不喜欢吃醋。”场面更尴尬了，唐潮简直是落荒而逃：“哎呀我也不是这个意思，我就是醋没了，我得下去买点！你们先吃！不用等我啊！”说着赶紧溜了出去，只留下夏梦寻和白宙两个人尴尬。

白宙讷讷地解释：“我和我妈闹了点儿矛盾，想找人喝个酒，才发现，我在星城竟然没有什么朋友。好像能陪我喝酒的也只剩唐潮了。”

梦寻给白宙盛了几个饺子：“你还可以找我喝酒啊。你跟你妈又闹什么了？”

其实白宙出来，正是因为跟白凤仪因夏梦寻起了争执。白凤仪让白宙多跟蓝翎联系，而白宙坚持还要追夏梦寻。母子两人好好的一顿饭不欢而散，大吵着结束。可是跟夏梦寻，又不好解释。只好随口敷衍了一句：“工作上的事情。”

夏梦寻也接不下去话，只能默默低头吃饺子。

白宙看着画室的环境，大多还是当初自己布置的样子。当时的自己踌躇满志，相信会和梦寻恩爱到老。哪里能想到今天这个场景，自己竟然会和梦寻坐这儿吃顿饭都觉得尴尬。

梦寻吃着饺子，找不到话，也是觉得如芒在背。终于下定决心，嗖地一下站起来：“唐潮这是去买醋还是酿醋啊，这么久都不上来，我去看看！”

白宙也起身：“算了，我也该回去了，我跟你一起下去吧。我改天再来找唐潮喝酒。”

两人默默下楼，正看见唐潮在楼下做着运动暖身。唐潮讪讪地厚着脸皮凑过来：“我这刚热完身准备去买醋呢，白宙你再多坐会儿吧。”

白宙笑着告别：“下次吧。”

送走了白宙，唐潮准备跟夏梦寻回画室，却见夏梦寻脸色沉了下去，冷冷问她：“你什么意思？”

唐潮摸不着头脑：“我……你们不是男女朋友吗？我故意给你们一点空间啊？你难道想让我在里面当电灯泡吗？”

夏梦寻转过身，背对唐潮：“我跟白宙已经分手了。”

唐潮一听此言，非常吃惊。虽然他确实不看好夏梦寻和白宙，但是却万万没想到两人这么说分手就分手。

夏梦寻虽然背对唐潮，却完全可以想象到他吃惊的样子，她耐着性子说：“当初，你因为田姐姐被绑架的事情找我帮忙的时候，我刚跟白宙分手。分手原因……这是我们的私事，与你无关。”

唐潮忍不住追问：“白宙对你这么好，怎么就分手了呢？”

唐潮这话问得其实并不好，只不过惊愕之下，这样的话难免不经大脑就脱口而出了。夏梦寻却还是给了他一个回答："你对田姐姐难道不好吗？你们不也分手了吗？"

此言一出，气氛又尴尬了下来，两个人都接不下去话了。

白宙从画室回来，一路上也是越想越尴尬。和夏梦寻好了这么多年，竟然从来没有认真想过没有她的话该怎么过，或者更准确地说，是从来没敢认真这么想过。但是，不管有多么拒绝，现在现实已经摆在眼前了。

他一路开车回来，脑子里全是夏梦寻，一直开到家门口才突然回过神来——家门口停着一辆车，很眼熟。仔细想想，应该是看廖斌开过。廖斌来干吗？他心中起疑，偷偷下车，从后门溜了进去。一路溜到书房外，听到里面廖斌正在和母亲谈话。

廖斌的声音听起来有些懊恼："怎么搞到唐家圣首，我们需要一个新的计划了。我安插在他们身边的棋子已经废了。"

母亲的声音听起来沉稳得多："人可以失忆，但是性格是不会变的。你当初怎么收买她的，就再收买她一次。"

廖斌的声音很低，白宙听得有点断断续续。他走得更近些，想听得更清楚。廖斌的声音有些疲惫："当初她不是被我们收买的，是被我们威胁的……因为我们手上有一个对她来说很重要的人……但是，她现在失忆了，根本就不记得这个人是谁……"

圣首、计划、棋子、失忆、收买、威胁、重要……话虽不多，信息量却很大。白宙本来还感觉浑浑噩噩的，听着这些话却突然清醒起来，感觉浑身发冷——真相，原来如此不堪……

他想再听得更仔细些，又朝前凑了凑，却不小心发出了声音。廖斌非常警觉，马上冲出来查看。白宙动作敏捷地退了出去，溜回车上，才没有被发现。白宙坐在车上盯着门口。不一会儿，廖斌也出来上了车开出门去。白宙悄悄跟在后面，但是不出几个路口，就被甩掉了。

白宙懊恼万分，想着该怎么能追上去，却接到了母亲的电话。白凤仪语气严厉："阿宙，别胡闹了！那是妈妈的朋友！"他这才明白，他自以为行动隐秘，没想到廖斌更是狡猾，已经发现了他这个幼稚的跟踪者。

白宙对母亲的立场非常生气，直接顶撞回去："你说朋友？你的朋友都是些什么人！绑架！勒索！你说这是你的朋友？"

白凤仪也觉得儿子简直不可理喻："我把你养这么大，你就这么说我？你简直白眼狼，给我滚！"

白宙听不下去，愤怒地挂了电话。想想，关于田婉兮的事情，还是得让唐潮知道，又给唐潮拨过去："唐潮，你听我说，先别激动……我刚才，亲耳听到了廖斌承认，田婉兮确实是间谍，而她之所以听令于廖斌，是因为有个重要的人在廖斌手里……"

唐潮现在瞬间感觉百思不得其解的问题想通了——难怪耿倩会不辞而别，会不认自己，难怪田婉兮和廖斌会有这样的关系……这一切，都是像耿倩临别留的纸条所说的一样，真是情非得已。他赶紧向医院冲去。

医院里，夏梦龙正陪着田婉兮。大夫刚来交代，再观察一周左右就可以出院了。田婉兮一听这话，顿觉不解——昨天刚有个医生来说过马上可以出院，怎么突然又变成了要观察一周左右了？

她拉住大夫问："你们这儿有个络腮胡子的医生，他昨天说我可以马上出院啊……"说着，又想起一个疑点来，补充道，"挺奇怪的，还问我记不记得他，还问我记不记得我父亲……"

医生被问得一愣，仔细想了想，才肯定地说："不可能，我们科没有络腮胡子的医生啊！"

夏梦龙觉出不对了，且不说医生有没有络腮胡子，光是问起田婉兮父亲，这就够奇怪了。田婉兮父亲是什么人，之前田婉兮自己都没提起过，却有人来专门问起来，那背后一定有问题！可是，到底是谁呢？谁会来问田婉兮父亲？又到底想问她父亲的什么事呢？他皱起眉头，仔细思考。突然，脑中浮现出一张熟悉的脸，正是络腮胡子——廖斌！

这边正说着，门忽然被推开了。唐潮大步走了进来："我查到一个很重要的事，你有一个很重要的人可能有危险。"

田婉兮和夏梦龙对视一眼，脑海中闪过了同一个人。田婉兮问："我父亲？"

三人坐下来商量了一番，大概理清楚了事情的来龙去脉。最后一致决定，夏梦龙留下保护田婉兮，唐潮去查查田婉兮父亲的消息。

夏梦龙守着田婉兮，现在其实只想带着她逃离。他已经知道了田婉兮就是耿倩，田婉兮甚至都对唐潮承认了自己是耿倩。夏梦龙几乎就要认命了。可是上天又给了他一次机会，让田婉兮忘记了过去，忘记了自己作为耿倩的一切过往，只留给夏梦龙一个纯正的田婉兮。他已经想好了，等田婉兮养好身体，就带着田婉兮去国外，好好地过两个人的小日子，一生逍遥快活。至于公司，夏梦杰，走之前料理掉他，然后把公司交给谁呢？梦寻吗？她能接受吗？这个担子对她而言是否太重了呢？得找个人帮她。谁合适呢？JOJO？

唐潮找田婉兮要了车钥匙，开了田婉兮的车去找石磊："高手，有办法知道一个车的主人之前去过什么地方吗？"

石磊眯着眼睛打量了打量车，回屋拿了台电脑出来："试试吧。同步车载 GPS 定位系统我们就能知道她都在哪些地方停过车。"

两人研究半天，还真找出来一个特殊的去处——田婉兮每个月 15 号都去，可是其他时间都不去，这个地方还相当荒凉。至于这个地方到底是不是他们要找的地方，还是得直接去探个究竟。

唐潮带着石磊开去了这个地方，看见是个戒备森严的小洋楼。两人不敢妄动，先回来跟夏梦龙商量。

第十五章
婉兮救父

夏梦寻的画室住进了第二个常客——白宙跟母亲置气，搬了出来，却也不知该去哪儿，索性来跟唐潮作伴，想着等找到工作再搬出去。

两个沦落天涯的富家公子哥儿同居一个屋檐下。白宙笑称两人是混得最差的富二代，唐潮可不同意，振振有词："我们怎么就混得差了？人生最重要的是什么？是自由！我们俩这叫觉醒了，那种任凭家里人安排，混吃等死的富二代生活不适合我们。白宙，你这次离家出走自力更生我非常支持！"

话虽这么说，工作还是要抓紧找。白宙本来压根没想过为这个问题犯愁——自己要学历有学历要能力有能力，还会怕找工作？可是接下来几天里，他听到了比之前二十多年听到的总数都更多的拒绝："我们公司很小的，用不着你这么大的人才。""你学历这么高，我们供不起。""我们不需要……""听说您是白家大公子，我们不敢……"

梦寻后来得到了消息，想让哥哥来给白宙介绍工作，白宙直接拒绝了。其实不难想象，堂堂白家大公子，一朝"落难"，自尊心让他完全接受不了任何形式的"施舍"。

蓝翎也曾想帮他，几番周折托了朋友去跟白宙谈。白宙开始非常兴奋于得到新工作，可是等他意外得知是蓝翎的安排之后，勃然大怒，蓝翎又是委屈又是害怕，却再也不敢多事了。

唐潮最近往夏家跑得很勤，因为要紧锣密鼓地跟夏梦龙商议如何救出田婉兮的父亲。田婉兮已经出院了，住在夏家。对此，夏梦龙自然乐意，而唐潮也想明白了，在这里田婉兮可以得到更好的照顾和全面保护，所以唐潮也支持。

这天，唐潮、石磊和夏梦龙又在夏家书房里商议。唐潮和石磊先给夏梦龙看了他们之前拍到的那个神秘两层小楼的照片，又分析了这栋楼里可能的各种防卫力量。最后得出结论，这里关的，十有八九便是田婉兮的父亲了。即使不是，也必然是有很大关系的人，所以，救出里面的人，非常必要！

目标确定，该定方法了。石磊的方法层出不穷，比如，一帮玩真人 CS 的朋友直接冲进去，吓呆守卫，救出目标；比如，装成电工混进去，再把人装在工具袋子里救出来；再比如……

夏梦龙和唐潮实在听不下去了，异口同声：“你能靠点谱吗！”

石磊也觉得不好意思，不过还是硬着说：“那你们也没有更好的办法……”

一个声音沉稳地响起：“我有！”田婉兮说着话，推门进来。

她镇定地讲了她的方法，另外三人一起摇头：“更不行了！怎么能让你去冒险！”

田婉兮露出自信的笑容：“我的记忆是消失了，但是本能不会。按照你们说的，我可是一个非常厉害的间谍。”然后看着另外几个人，“明天就又是 15 号了，我会像从前一样再去一次，搞个明白。剩下的，就拜托大家了！”

15 日，小楼院内，廖斌的四个手下围成一圈打麻将。胖手下叼着茶壶看四家。

敲门声突然响起。众人戒备起来。

胖手下打开门，门外正是田婉兮。

胖手下一时摸不清头脑，按说田婉兮失忆了，不该来啊，可是她出现在这儿，是否证明她都记起来了呢？他眼珠滴溜一转：“哟，美女，找哪位啊？”

田婉兮也不明言，只妩媚地笑着：“你说呢？”

胖手下直接牵上田婉兮的手往屋里走：“之前你是隔三岔五来看我来着，可是，你这一失忆，我可不怕你忘了我吗？咱们进去聊。”

田婉兮余光瞥见另外几个人窃笑私语，顿觉不对，抬手就给了胖手下一个大耳光："别废话！带我去见他！"

胖手下犹疑，还是不确定田婉兮是不是真的记起来了，最后问："那你得说，你到底是来见谁。"

田婉兮面容冷峻："见我爸！"

胖手下不敢再瞒，赶紧让小弟带田婉兮上楼，自己赶紧出去给廖斌报信："田婉兮来了！说要见她爸！"廖斌吩咐他拖住田婉兮，自己随后就到。

田婉兮上楼，被带进了一个昏暗的房间。房间里窗帘拉得严严实实，只有桌上的台灯发出黄色的暗光。一个头发蓬乱、眼镜歪斜的老人正对着桌上的一堆手稿发呆，纸上密密麻麻全是各种图腾和符号。桌子的一角摆着一张田婉兮和父亲的合影。

田婉兮对着老人看了很久，老人仿佛沉浸在自己的世界里，对田婉兮的到来毫不关心。田婉兮犹疑再三，怯怯地喊了声："爸！"

老人没有任何反应。田婉兮走近他，拿起桌上的照片，放到自己的脸旁边，再叫："爸！"

老人夺过照片，翻着白眼看田婉兮："你拿我家倩倩照片干什么？你叫谁爸呢？"

田婉兮明白父亲脑子大概出了一些问题，可是，怎么把父亲救出去呢？

她灵机一动，抬起手指在嘴边一嘘："我们玩个游戏吧……"

老人天真地笑了："好啊，好玩儿吗？"

胖手下突然听到屋里传来一阵稀里哗啦的声音，使劲儿撞开门。只见田婉兮搂着父亲大喊："快来人！我爸犯心脏病了！"

胖手下蒙了："老头以前没犯过啊！"

田婉兮拨出电话："120吗？这里有人心脏病犯了……"

胖手下赶紧来抢手机，田婉兮恶狠狠瞪着他："我爸要是有个什么好歹！你负得起责任吗！还不喊人帮忙！"

胖手下犹豫了几秒，还是转身冲出房间去叫人了。

田父睁开了眼睛，冲田婉兮笑："我演得像吗？"

田婉兮使劲儿点了点头，说："很棒！不过还没结束，还要再演一会儿哦！"看桌上散着的手稿，也收起来胡乱塞进老人的衣服里。

一会儿的工夫，救护车就鸣着笛闪着警示灯呼啸而来。车上下来一个司机两个医生，帮着把田父抬上了车。田婉兮也陪在旁边。胖手下也坚持跟了上来。

田婉兮无奈，只好说："走吧！"

救护车鸣着笛又呼啸着开走了。

车上的胖手下却觉出了不对——这车里只有两排座椅，并没有什么抢救的工具。两个医生虽然戴着口罩，可是这眼睛看着也似乎在哪儿见过，还有……还没来得及再细想，田父突然扑棱一下子坐了起来。胖手下吓得往后一蹦。两个医生摘下了帽子口罩，正是唐潮和夏梦龙。两人没给胖手下反应的机会，合伙摁倒他，打开车门把他像个肉球一样丢了出去。

廖斌这会儿才赶到小楼，已经无力回天，怒不可遏。

几人载着田父，先是拉回夏家。换了装束，才又送到医院。

田父一直疯疯癫癫，除了手稿什么也不关心。医生诊断结果显示，病人大脑长期高负荷运转，出现了一些问题，精神有些失常。对于这样的情况，并无什么特效药，只能靠亲人的关怀和陪伴，来帮病人大脑减负，逐渐恢复。

田婉兮好不容易救回父亲，却和父亲彼此不相认识，难免伤心。夏梦龙在一旁紧紧握着她的手，以示支持。梦龙许诺她："等我把公司的事情处理完，带你们俩一起去国外。我有个庄园，特别清静，适合养病。我们一起在那儿住些日子，放松身心，说不定你和你父亲的病都好了。"

夏梦龙这些日子除了忙田婉兮的事情，公司的事情也没闲着。虽然他自己是可以放弃华夏集团的领导的位置。可是，这个位置，他决不允许夏梦杰来做！夏梦杰绝对会毁了华夏集团，这是夏梦龙无法接受的！他已经在JOJO的帮助下订好了计划，召开长老会，然后会上JOJO站出来指证当初是夏梦杰抢了圣首，这样就可以把夏梦杰从顶峰推下。再把夏梦寻捧上总裁的位置，让JOJO去担任华夏集团的副总经理，帮助夏梦寻坐稳这个位置。然后自己就可以全身而退，带田婉兮和田父去国外的庄园过上舒适的生活了。

明天就是计划的长老会时间了，为了保证这个计划万无一失，夏梦龙又约JOJO出来再确认一遍整个流程。两人从头到尾推演了一遍，确认没有任何纰漏。JOJO的眉头却还是紧锁着："我觉得夏梦杰越来越像个疯子，我有些说不出的心慌……"

夏梦龙鼓励她："再委屈一天！只要到了明天，我们就能反败为胜，一切都能好起来！"

廖斌又在剑道馆内见那位神秘人。

神秘人对田父被抢走一事十分不满，廖斌只能低头赔罪，表示可以再抢回来。

神秘人却摆了摆手："不用了。先静观其变，也许会有别的发现。你现在，只管尽快找出夏家圣首！

长老会当天，夏梦龙早早来到了会议室。虽然推演多遍，他心中还是有些紧张。一遍遍在心中默念着待会儿要说的话。

秒针一圈圈跑得飞快。不知觉见，已经过了预定的时间。可是，一个人都没有来！

夏梦龙坐在空荡荡的会议室里，终于意识到不对劲，他给几个长老打电话，却一个也没打通。

夏梦杰的笑声传来。他带着JOJO走进办公室，得意地站到夏梦龙面前："想求助于老家伙们？哈哈哈哈哈哈，我昨天就安排他们都去了夏威夷，阳光、沙滩、美女……哎呀，可比在这儿面对你好多了！"

夏梦龙狠狠地说："长老们总有一天会回来的！我看你能嚣张到几时！"

夏梦杰做出害怕的表情："哎哟，吓死宝宝啦！"然后表情变得阴毒，"他们几时回来，是否回得来，可都是我说了算。我今儿就把话撂这儿，你死了心吧，这长老会，再也不会有了！"

夏梦龙恼怒，揪住他的衣领。JOJO上前拉开夏梦龙，趁机低声说"冷静点"示意他快走。

夏梦龙悻悻地转身离开。

晚上，夏梦龙又在老地方等JOJO。

JOJO来得稍晚，一来就抱怨：“夏梦杰疯了！他刚在公司又冲着大家发了一顿莫名火，还搞了一堆乱七八糟的计划。这样下去，华夏集团马上就会被毁掉！”但想想这一切都是自己引狼入室结果，不由得陷入了深深的自责，“都是我的错。怎么办啊，长老们现在都有危险。”

夏梦龙用微笑安慰JOJO的情绪：“别再做无用的自责了，我已经在派人找长老会的人，只要找到长老们，我们就能翻盘。不过，夏梦杰已经是个魔鬼，你也不能再在他身边待下去了。他对你也会起疑，你太危险！”

JOJO满脸坚决：“不，我还没有完全暴露。现在只有我还能潜伏在他身边。就让我这么做吧，我也是为了自己赎罪！”

次日一早，JOJO就被夏梦杰叫进了办公室。

夏梦杰直接把JOJO逼到墙角：“昨天，你约了夏梦龙干什么！”

JOJO慌忙辩白：“不是我约他，是他约我，想打感情牌收买我，我再也不会上当了！”

夏梦杰并不放过她：“你不是爱他吗？怎么不帮他办事？”

JOJO：“那是从前了。我现在一心只想帮你。我还帮你打听出，他正在谋划找出长老们……”

夏梦杰大笑：“可笑！他已经没机会了！不过，这么说来，你是死心塌地对我了？”说着，抓住JOJO的下巴，强迫她看着自己，“大家都害我，只有你忠于我？我凭什么相信你？”

夏梦杰伸手解开了一颗JOJO的扣子：“很简单啊，只需要你做一些小小的配合，这样我们就能增加彼此的信任，让我们坦诚相见吧！”

JOJO握紧了拳头。

事毕，JOJO一言不发地整理衣衫。夏梦杰玩味地欣赏JOJO的动作，说：“我还是觉得你爱夏梦龙。”

JOJO无奈：“我都是你的人了，你还这么说我，有意思吗？”

夏梦杰搂住JOJO:“我不会辜负你的。我知道你是个有抱负的女人，我会让你坐上夏家少奶奶的位置！”

这话让 JOJO 一愣，又很快反应过来：“你以为一个夏家少奶奶的名分就能让我满足？”

夏梦杰好奇了：“还有比这更吸引人的？”

JOJO 微微一笑：“我要的是圣首。这是我选你的原因！”

夏梦杰：“野心够大，我喜欢！我带你去个地方！”

夏梦杰带着 JOJO 进入廖斌基地，向她解释，圣首说是被抢走了，其实也可以说，只是换了个地方保存。因为，抢走圣首的廖斌，自己认识……

廖斌看见夏梦杰还带了个人过来，十分不悦：“怎么还带了一个？你来干什么？”

夏梦杰：“我要把圣首拿回去，自己保管。”

廖斌冷哼一声：“自己保管？当初就是你自己保管，结果差点被人抢走！要不是我，你这尊圣首早就没了！还是放在我这儿保管比较安全。”

白凤仪本来带着一群人在那边研究圣首的成分，听到争吵也走了出来，劝解：“都消消气，都不要吵，目前最要紧的是大家齐心协力。你的圣首放在这儿，有他的人提供保护，还有我们人可以协助研究。有什么不好？反正到时候三个圣首找齐了，宝藏是绝对少不了你那一份的。”

JOJO：“你们一人一个圣首，我们什么都没有，这未免太不公平了。我凭什么相信你们？”

夏梦杰补充：“我想要一点儿抵押品，你手上白氏集团的股份！”

白凤仪没想到引火上身：“夏梦杰，我可是诚心诚意地聊合作，你不要欺人太甚！”

夏梦杰一贯无赖，说起话毫不忏愧：“你以为我还不知道吗？神武殿底下埋的东西比我们两家的家业加起来还多。所以一尊的圣首的价值应该也可以等价于你手上的那些股份吧？不给的话算了，我还可以找我弟合作，我早就不想做一个坏人啦，我要改邪归正，洗心革面，不再跟你们同流合污。”

白凤仪无奈，只好稳住他：“这样吧，给我点时间，我让律师起草一份合同，到时候发给你。”

夏梦杰这才带着 JOJO 满足地晃了出去。

第十六章
祸起萧墙

夏梦龙来回踱步，给手下打着电话："到夏威夷了吗？给我一个一个酒店查，一定要查到长老们住在哪儿。夏威夷一共就那么大，我就不信找不到了……"

挂了电话，看到妹妹耳朵上夹着画笔从面前走过。想起这两天听到的消息，叫住她："梦寻……我听说，这几天你和白宙在一起？你们和好了？"

梦寻没精打采地回应："没有啊。我看他找工作不顺利，整个人性情都变了，作为朋友有些担心罢了。"

夏梦龙点了点妹妹的脑袋："没和好干吗还掺和人找工作的事情！还嫌不够乱啊！"

梦寻觉得被骂得很无辜："因为我们是朋友啊！分手了难道就不能当朋友？"

夏梦龙恨不得用指头把妹妹的脑壳戳个窟窿出来看看里面到底装的是什么："分手能当朋友只有两种情况：一种是根本没爱过，另外一种是还深深爱着。如果你已经不爱白宙，但是白宙却还深爱着你，那你这样若即若离只会伤他越来越深。"

白宙确实最近状态不太好。找工作实在没有进展，日复一日只能宅在家跟唐潮喝酒，再这么下去，连喝酒钱都会被花完的。

唐潮给出了个主意：甩掉土豪的习惯，尝试下稍微低端一些的工作。至少，工作机会多些。他还给白宙牵了个线，说能介绍个工作。按说白宙又要发飙，可是白宙却接受了。大概是因为两人同是有家不能回的富二代吧，阶级感情让白宙接受了阶级战友唐潮的介绍。

唐潮带着白宙直奔石磊新开的卡丁车场。石磊正在赛道上开卡丁车，跟他同赛道的都明显落后，石磊一路领先。最后一圈跑完，石磊从车上下来，摘下头套，笑呵呵地朝着唐潮白宙两人走去。

唐潮主动介绍："正式介绍一下，这位是白氏集团的少东家，白宙。这位是我哥们儿，石磊。"

两人之前其实已经见过，只是还没正式打过交道。见唐潮这么郑重介绍，又都伸手礼貌地握了握。

唐潮见两人握过手，便问石磊："我电话里已经跟你说过了，白公子这次想到你这儿来打打工，体会一下生活，怎么样？有没有留好职位？"

石磊呆了："你玩儿我呢……你说是个朋友，我就答应了……你带个白公子来，我放哪儿啊？把我的位置让给人家，人家都嫌寒碜呢！"

白宙尴尬起来："快别这么说。我就是……体验生活……最基层的工作我也能做啊！挥洒汗水也是生活幸福的一种途径啊！"

石磊表情夸张地"哇"了一声："天！这活得就是有层次！我这儿有岗位！洗车工，三千块钱一个月，流汗管够！"

唐潮瞪了石磊一眼，正准备说话，却被白宙抢了先："没问题！合作愉快！"

石磊错愕地跟着应答："合作……愉快……"

唐潮是有心给白宙介绍个稍微低端点的工作，可是根本没想过到洗车工这个程度啊！不是歧视洗车工，只是这个岗位跟白宙的身份、地位、学历甚至外貌、气场都毫不相合，真不知道石磊怎么说得出口，更不知道白宙怎么能答应！还合作愉快！活见鬼！简直不把自己这个介绍人当回事嘛！

正生气呢，收到夏梦寻短信："唐潮，你在哪儿？跟我去个地方。"便撇下两人，找夏梦寻去了。

夏梦寻是想让唐潮陪她去神武殿。她告诉唐潮说之所以又想起了这个老地方，是因为看田婉兮父亲的手稿上密密麻麻画的都像是神武殿里的图案，她拍下了那些手稿，还想来这里确认下。而之所以想让唐潮陪着来的原因，她没有说——这里还是她刚认识唐潮的地方，总觉得还想和他再来这里看看。

两人走进神武殿，神武殿一片漆黑。唐潮掏出打火机，点燃了神武殿内的蜡烛。

夏梦寻径直走到了画着那些图腾的门上，拿出手机，对照着田父挂在墙上的那些图的照片，真的一模一样！

唐潮感慨："看来这些年，叔叔都在研究这些。为了这些东西，田婉兮和叔叔两个人真是分别吃了好多苦……"

夏梦寻意识到唐潮的话跟往日有些不同："你叫她田婉兮？不叫她耿倩了？"

唐潮笑笑："既然我已经确定她就是耿倩了，叫什么又有什么关系呢？"然后不再说话，只去细看墙上的图腾花样。

外面一声惊雷，突然下起了大雨。夏梦寻吓得一缩，转身却不见了唐潮的踪影。她大喊："唐潮！唐潮！"只有空旷的回声诡异地回应她。

突然，进门口的大墙孔上，出现了一张人脸，在烛光的照耀下，显得异常诡异。夏梦寻失声大叫。墙后也传来唐潮的大叫声，他走了出来。

夏梦寻眼泪都出来了，使劲儿打唐潮："你吓死我了，死唐潮！"

唐潮翻了个白眼："真是死的唐潮的话，岂不更是要吓死你？"夏梦寻扑哧一声笑了出来。

唐潮看着外面的大雨，出去打开后备厢，抱了一堆露营用的工具，背着个双肩包走了进来。放下露营工具，将自己的背包打开，里面有许多速食食品。

唐梦寻纳闷："你这是要安营扎寨啦？"

唐潮指指外面的雨幕："不然呢？回得去吗？"

一阵风吹过，夏梦寻打了一个喷嚏。唐潮招呼她："稍等哈，帐篷我马上就搭好！"

夏梦寻想起什么："喂，为什么你车里会有帐篷？为什么你的包里会有这么多吃的？难道你一开始就打算好了要在神武殿过夜？"

唐潮已经扎好了帐篷："这些东西我一直备在后备箱里，哪天心血来潮，可以说走就走。快进来看看吧。”

夏梦寻笑：“就是欣赏你的洒脱。”

唐潮得意状：“是吗？我们第一次见面时你就这么欣赏啊！”

夏梦寻想起唐潮当时的样子，笑得止不住。

唐潮作势要来打她，她起身就躲。一个踉跄差点摔倒，还好被唐潮一把拉住。两个人的脸一下子靠得特别近，两个人的脸都腾地红了。

夏梦寻闭上了眼睛。

唐潮犹豫着，用手捧上了梦寻的后脑勺……

此时唐潮的手机响了，两人停住。

唐潮拿出手机一看，是白宙发来的微信：今天谢谢你。原来是谢他今天介绍工作的事情。

两人此时都有些尴尬。唐潮借口要出去打个电话，走到稍远的地方。夏梦寻捂着发烫的脸，躺在了帐篷里。神殿外依然是狂风骤雨。

清晨的朝阳照进神武殿。夏梦寻醒了过来，发现自己枕着唐潮的胳膊，两个人穿着衣服拥抱在一起。看唐潮眼皮动了动，似乎要醒来，梦寻赶紧闭上眼睛继续装睡。唐潮睁开眼，望着面前的夏梦寻，露出怜惜的微笑。唐潮感到胳膊有些发麻，想要轻轻抽出来，又担心吵醒夏梦寻，只好咬牙不动。胳膊胀麻的感觉让唐潮有些难受得龇牙咧嘴。夏梦寻没忍住，扑哧一声笑了，随即赶忙起身，不料脑袋却撞在了帐篷上。

唐潮揉着胳膊感慨：“自作孽不可活，早就醒了也不知道体谅一下我的胳膊。枉我给你又搭帐篷又当枕头……”

夏梦寻抢白：“什么昨晚，昨晚什么都没发生！”

唐潮被夏梦寻的样子逗乐了：“对对，一切有为法，如梦幻泡影，如露亦如电，应作如是观。”

华夏集团里，夏梦杰翻看着各个演员模特的资料，评头论足。

JOJO忍不住又催他：“圣首现在不在我们手上，跟白凤仪的合同也还没签，你难道一点不着急吗？”

夏梦杰抚摸着 JOJO 的脸："你这是在吃醋吗？嫌我没有关注你？"

JOJO 皱起眉头："白凤仪根本就不是什么省油的灯，你再这么掉以轻心，小心怎么死的都不知道。"

夏梦杰突然翻脸，啪一下甩了 JOJO 一个耳光："我警告你，别以为你现在是我的女人就可以爬到我头上。怎么？心里还惦记夏梦龙是吧？我带你去见他！"然后不由分辩，拽起 JOJO 就往外走。

JOJO 嘴角挂血，跌跌撞撞地跟在后面。

夏梦杰一路把 JOJO 拽到夏家别墅外，朗声喊："夏梦龙你给我出来！"

夏梦龙和田婉兮正在说话，被声音惊扰，出来看是怎么回事。

夏梦杰推开夏梦龙，自顾自走进了进去，环顾四周："夏董事长的别墅真是豪华啊，怎么样？住了很久了吧，有感情了吧？可惜，住不了了……"

夏梦龙一愣："你在胡说些什么？"

夏梦杰冷笑："你大概已经忘了吧，这别墅是在公司名下的，不是在你夏梦龙名下的。既然是公司的财产，那我就有权把它收回来，对了，还有你的那台车，也是公司的。别怪我这个现任 CEO 不懂事，我给你三天时间，麻烦你在三天之内统统给我交接完。"

夏梦杰拉着 JOJO 一起坐进沙发，挑衅地看着夏梦龙，说："女人啊，跟什么样的男人过什么样的日子，你看 JOJO，多聪明，会看人，选我，以后要什么有什么。田婉兮，你还跟着他干吗？他已经是穷光蛋了。他在那个什么什么地方买的那个庄园公司也要收回。"

夏梦龙："凭什么？这是我自己的钱，没用公司一分钱。"

夏梦杰："夏梦龙，我告诉你，我已经通过律师冻结了你所有的财产，而且要求你归还通过公司得到的一切利益。这官司打得赢打不赢不要紧，要紧的是要打他个十年二十年，这二十年里你所有的财产都要被暂时冻结，你一分钱都没啦。可怜哪。"他起身，笑着看着田婉兮，调戏道："现在夏家是我的，你跟我上一次床，我给你一千万。"

夏梦龙恼怒，一拳挥在夏梦杰的脸上。夏梦龙要还手反击。JOJO 上前挡在两人中间，用力将两人分开。又拼命给夏梦龙使眼色，推着夏梦杰出了别墅。

夏梦杰跟JOJO上了车，摸着自己嘴角的伤口问JOJO：“我跟夏梦龙打架，你心疼谁啊？

JOJO开着车，勉强答：“当然是心疼你。”

夏梦杰阴笑：“我知道你是心疼他。可是你也救不了他啦！给我开去白氏集团，我约了白凤仪签约。”

JOJO闻言转弯，却发现刹车失灵，车速根本慢不下来。车在路面上完成了一个超大的漂移。

JOJO慌了神：“刹车好像坏了。”一边说着一边又在踩着刹车，车速丝毫没有减缓。

迎面开过来一辆大卡车，JOJO猛打方向盘，车虽然避开了大卡车，却狠狠撞在了一棵树上。夏梦杰和JOJO瞬间不省人事。汽车燃起了熊熊烈火……

咖啡馆内，白凤仪身旁的座位上摆放着一个牛皮纸袋，廖斌却走进来在她对面的空位坐下，云淡风轻地说：“有些人来不了了，不用等了。”

白凤仪先是一惊，然后压低了声音：“你干了什么？”

廖斌冷笑：“我让他的车多了点小毛病。他不小心出车祸死了。你该怎么感谢我？少了一个分钱的人啊。“

白凤仪也冷笑一声：“我得庆幸自己还有利用价值。”言毕，起身离开。

田婉兮拎着一袋水果，走进田父的病房，却见病床上空无一人。田婉兮有些惊慌，奔出去问护士：“护士，您知道这屋的病人去哪儿了吗？”护士往花园指路：“刚才似乎看见朝那边去了。”

终于，在医院的花园里，田婉兮发现了父亲，这才松了一口气。父亲在花园里，正在逗一个小女孩：“小白兔乖乖，把门儿开开……”

小女孩听得懵懵懂懂，田婉兮在一旁听得入神，小时候，爸爸买菜回来，经常一边敲门一边唱歌。一唱就唱了一二十年，唱到了田婉兮长成了大姑娘。最后一次听到父亲唱这首歌是哪天来着？

那天父亲还是唱着这首歌，提着菜篮子进家门，向闺女邀功请赏：“你好不容易回来一趟，我给你做你最喜欢吃的……”田父看向田婉兮的时候愣住了，手中的菜篮子也掉了。田婉兮回头一看，门口站着廖斌等人。当时廖斌他们说的话还客气：“我们找耿教授，有一些东西需要他帮忙研究一下。”

后来，父亲就被软禁了。被关在郊区别墅里研究图腾，没有任何休息时间，一直研究到精神恍惚，连自己都认不清。田婉兮想带父亲走，可是没有办法，连自己的人身自由都不在自己掌控之中。她被逼着参与他们的计划，只有这样才能让父亲早日脱离苦海。从那时起，那就不再是耿倩，变成了田婉兮……

眼前，老父亲还在逗小女孩儿：“小白兔乖乖，把门儿开开……”

田婉兮看着父亲，突然想起了一切，失声痛哭。

此时，唐潮、夏梦寻和夏梦龙也赶到。

田婉兮快步走过去，抱住唐潮，连声说：“对不起，对不起，对不起……”

唐潮毫无心理准备，在众目睽睽之下被搂住，有些感动，但也有些尴尬。他虽然对耿倩感情很深，可是毕竟分手多年。尤其是现在田婉兮早就是夏梦龙的女朋友，现在这样，让他一下子手足无措起来。他看向夏梦寻，夏梦寻错开眼神。他更是神色难堪，不知道该说什么。

夏梦龙的脸色直接变得极其难看。

第十七章
惊现圣首

田婉兮恢复记忆之后给唐潮的那个拥抱让夏梦龙尴尬无比，但是他很快就等到了田婉兮的道歉。与其说道歉，不如说是关于过去一段日子的最坦诚的交流，这反而成了夏梦龙进一步了解田婉兮的契机。

田婉兮懊悔地告诉夏梦龙，她最初去接近他就是有目的的，包括初相遇时的车祸、自己被绑架要夏梦龙拿圣首去换，都是设计好的。而这一切的原因，就是田婉兮的父亲被挟持，如果田婉兮不遵从，田父就要被杀人灭口。所以，虽然田婉兮也无比厌恶这样的自己，却还是这样一步步走过来了。但是，当失忆的时候，田婉兮却只记得夏梦龙。这或许就是所谓的选择性记忆，让她忘掉了自己想忘掉的事情，而只记住了最想珍视的夏梦龙。

夏梦龙又怎么会怪田婉兮呢？他并不笨，他早已察觉了很多线索，可是他关注的重点只在于，她田婉兮，是否真的爱他？如果是真的爱，那一切一切都还和从前一样，他还会在身边一直陪伴着她。

对于田婉兮的恢复记忆，夏梦寻确实高兴，但是高兴之外，难免有更复杂的一层情愫在。夏梦寻确实已经爱上唐潮了，而田婉兮作为曾经刻骨铭心的前女友，对夏梦寻而言，则难免是梗在心里的刺。

唐潮在看见夏梦寻那个避开的眼神时，就料想到解释恐怕不易。这种时候，一切言语都只会显得苍白，所以他选择用行动来表达——他只紧紧抱住夏梦寻，用尽全身力气去拥抱，像要把她揉进心里一样，牢牢地抱着。夏梦寻开始还试图挣扎，随着这个拥抱的坚持，她也从抗拒变成了依从，只在唐潮的怀中，感受着他的体温和心意，只愿时光静止，唯留两人热烈的心跳永不停止。

唐潮突然吻住了夏梦寻，这是两人第一次真正的接吻。夏梦寻一开始惊恐地睁着双眼，后来慢慢闭上了眼睛。良久，两人才分开，夏梦寻双颊绯红。

爱，有时候需要一点小醋意来添点味道，但是信任，才是爱的主料。

这条爱的反应链很长，石磊在这个反应链的末端推算：田婉兮恢复了记忆就能跟唐潮旧情复燃，她和唐潮旧情复燃了，夏梦寻才可能跟白宙旧情复燃，白宙若是有了夏梦寻，蓝翎自然没戏了，那就意味着自己有戏了！石磊管不了前面的田婉兮唐潮夏梦寻，可是白宙现在正是自己的属下啊，他选择了直接问白宙："你喜欢蓝翎吗？"白宙当然否认，于是白宙就意外地得了个大红包！

对这条爱的反应链，白宙的推断其实和石磊的一样——他认为现在唐潮终于追回了田婉兮可以再续前缘，正是自己去追夏梦寻的好时机了，却不知道，自己已经永远失去了机会……

白宙还拿着石磊刚发的红包准备给梦寻一个惊喜。当他把这个计划告诉同居的好哥们儿唐潮的时候，唐潮尴尬了，不知道该怎么和白宙解释，让白宙明白自己的哥们儿已经成了前女友的现男友。其实以白宙的洞察力，早该知道事情已经成了这样，可是他眼里只有夏梦寻，一心要追夏梦寻，被爱蒙蔽了双眼的他，完全看不见事情已经默默地随着时间变了样。即使他还是当初的他，夏梦寻也不是当初的夏梦寻了。

廖斌和白凤仪的圣首研究终于开始有了新发现，一旦研究出圣首的秘密，集齐三个圣首就可以展开行动了！现在夏家圣首和白家圣首都已经在两人手上，只差唐家的。可是唐家守口如瓶，完全无从下手。白凤仪想起多年前的往事，决心亲自去探探唐家的口风。

白凤仪约了唐鸿远去喝咖啡，两个人四目相对，都想起了往事。说起来，两个人已经二十年没这么坐在一起过了。

白凤仪感慨着时光，对唐鸿远说："你不会对我拿下H26那块地还耿耿于怀吧？不过我的确应该跟你说声对不起，毕竟那原本是你唐家的祖宅。"

唐鸿远却否认了她的猜测："我后来也了解了一下，发现那地下的东西并不属于我们唐家，现在也算是物归原主。如果我早知道的话，当初也不会跟你争。"

白凤仪这次把很多话都坦诚地说了出来，比如自己早就拿到了密码筒，重新放回去只是为了引起唐鸿远的注意，让他帮忙解开谜题，没想到阴差阳错最后是唐潮抢在了唐鸿远之前拿走了密码筒，破解了密码。

唐鸿远对此非常感慨："他太执迷于神武殿里的秘密了。"然后又对白凤仪语带提醒之意，"我们三大家族的任务是保护皇陵镇保护神武殿，而不是要打开那个秘密。这是千百年来的祖训，我想你也不应该去违背。"

白凤仪不愿放弃，还想劝他拿出圣首，打开神武殿的秘密。唐鸿远已经彻底明白了白凤仪此行的意义，他只能起身离开。

夏梦寻最近噩梦频繁，这次梦到了非常逼真的场景：地动山摇、山崩地裂、山洪暴发，满世界一片疮痍。

她和唐潮说起了她的担忧，唐潮却不以为意，还打趣她："弗洛伊德说，梦是人类对被压抑的欲望进行象征性的自我满足，说吧，你是不是每天都想着怎么毁灭世界？"

夏梦寻完全没心情开玩笑，她是认真地在考虑自己和唐潮的恋情，是否真的因为违背祖训而受到了惩罚。唐潮劝慰她完全不必把这放在心上，与其担心这些虚无缥缈的东西，还不如先来忧心一下怎么解决身边的事情：怎么告诉白宙现在的情况？

男人间的友情有时候来得也真是快，不久之前，白宙和唐潮两人还都各自看不惯对方，这才没多久，两人还真有些当起了兄弟的意思。可是，眼下，夏梦寻这个"红颜祸水"，随时有让兄弟反目的可能。肯定得告诉他，这是毋庸置疑的，可是，谁来说？怎么说？

唐潮和夏梦寻这边还没理清楚该怎么解决夏梦寻的前男友这个问题，唐潮的前女友又找上来了——田婉兮给唐潮发来短信，约了见面想"谈点事情"。

夏梦寻虽然心里还是有些介意，可是也明白，唐潮和田婉兮之间，如果一直这么糊涂着，那更是一件麻烦事，还不如早点给个机会说清楚的好，便大度地放行了。

咖啡馆里，田婉兮终于跟唐潮说清楚了当初的事情："我今天约你来，其实就是想跟你说清楚，我一直欠你一个解释。当初我不告而别，是为了我爸。他被一位神秘的老板高价雇佣去研究一些图腾。本来以为就是几个月的临时工作，没想到一去不回。后来我才知道，他被软禁了起来。那个神秘老板对他说如果他研究不出那些图腾的意思就会把我杀了，所以他没日没夜地研究，最后就像着了魔一样，但是还是没能研究出结果。那个神秘老板说我爸已经疯了，没有利用价值了，但是又说在那些图腾的秘密被解开之前绝对不会放我爸走的。为了帮我爸早点摆脱那个神秘老板的控制，我只好开始帮他们做事，希望能早点解开那些图腾背后隐藏的秘密。"

经过最近的事情，唐潮对这些事情其实已经差不多有些了解，只是听田婉兮说起来，还是难免感慨："当初我猜到你一定是有不得已的苦衷，只是我没想到你们父女被人威胁。我确实痛苦了很多年，刚开始的日子里我根本无法忘记你……不过……时间确实是个良药。"

是啊，时间是一剂良药，修复了田婉兮留给他的巨大伤口，让他终于重新站了起来，站在了夏梦寻的身边。

田婉兮好奇地问："你喜欢她哪一点？"

唐潮想起夏梦寻就会忍不住微笑起来："其实刚认识她的时候，我觉得她挺傻的，但是慢慢地我觉得我喜欢上了她身上的这种傻。"

唐潮也关心田婉兮的父亲："叔叔的情况怎么样？我想有空去看看他。"

说起父亲，田婉兮却还是十分忧虑："他还是那样，医生说他太痴迷于那些图腾了，现在只能顺着他的症状来，然后一步步诱导他。梦龙正在联系一些专家，想做一次会诊。我想，等他好点了，带他去国外静养。"

此时，田婉兮的电话响了。她抬起电话看了一眼，医院打来的。

她接起电话，只听对方说了一两句话，随即失魂落魄，呆若木鸡，慌张地往医院跑。唐潮赶忙跟上。

田婉兮和唐潮跑进医院，看到前方围着很多人。两人努力地挤进人群，却看见人群中央地上躺着一个人，已经用白布盖上了。

田婉兮当场就明白了发生了什么，直接跪倒在地，失声痛哭：“爸！爸！”

医生解释说，吃饭的时候还好好的，但是病人突然放下饭碗，冲到窗边就跳下去，根本来不及阻拦……

操持完后事，夏梦龙帮田婉兮整理了田父的遗物，从医院拿了回来。他帮田婉兮把这些东西放在屋里，拍了拍她的肩膀，还是先退了出去。这种时候，能让人静静，比什么话语的安慰都更重要。

田婉兮一件件抚摸着父亲的遗物，潸然泪下。其实父亲也没留下太多东西，主要都是之前的研究资料手稿。田婉兮翻了一番，发现有一封看起来已经很破旧的信，显然已经写了好久。田婉兮犹豫了一下，拿起那封信，拆开。

泛黄的纸上写着：“小倩，我对不起你，是我连累你被他们控制了这么久，害得你失去了原来的生活，失去了爱情，爸爸对不起你，爸爸早就该一死了之。但是我太好奇、太想知道那些图腾里究竟藏着什么样的秘密。我研究得越深，我就越无法抽身越上瘾，直到有一天，我终于研究出了一些成果。但是这个成果太可怕了。所以我给你写下了这封信。你一定要记住，所谓的神武殿就是一个陷阱！谁想打开神武殿的秘密，结果只有一个——死！”

田婉兮郁郁寡欢，什么事情也提不起兴致来。夏梦龙想带她出去吃吃饭逛逛街，她一概回绝了，总是一脸抱歉地说：“梦龙，我真是没有心情……”

这天，田婉兮又和夏家兄妹一起吃饭，桌面上，没了往日的欢声笑语，整个气氛非常尴尬沉默。夏梦龙又一次对田婉兮发起了邀请：“星城旁边的千龟山很适合散心，要不一起去吧？”

不知道是不是出于对夏梦龙的关心的歉疚，田婉兮想了想，最终还是轻轻点了点头。

梦龙带田婉兮散心，选定地点当然不是随意为之。他精心挑选的千龟山，除了风景优美，更有特殊的寓意在其中。他带着田婉兮，趁着黎明时分爬上了山顶。此时，趁着朝霞，丹霞地貌的千龟山呈现了壮丽景色：正如山名一样，每一片风化巨鳞都像一只正在爬行的乌龟，这些成千上百只的小石头乌龟又组成了一个更大的石龟在爬行，而所有大龟小龟爬行的方向，正是朝阳升起的正东方。在如此奇景之下，田婉兮也从连日的阴霾心情中，终于感觉像抬起头喘了口气。

夏梦龙趁着田婉兮的好心情赶紧卖关子："你知道吗？这里每天可以看到三次日出与三次日落哦！"

田婉兮果然惊讶了，她看看正在初升的太阳，忍不住问："就坐在这儿？连续看到三次？"

夏梦龙笑了起来，他话里有话地给她解释："当然不是啦，好风景需要走出来的。这里的山连绵不绝，每翻过一次山都可以看到一次日出。婉兮，跟着我一起走，我们还会看到很多好景色的。"说着，他又指着远处半山腰一对石柱让田婉兮看。

田婉兮沿着夏梦龙指的方向看去，只见有一对三十多米高在紧紧相拥的石柱，红色的石柱在朝阳的映照下分外妖娆。她忍不住说："那两颗石柱好奇怪啊。让人看到有一种莫名的感动又有一种莫名的伤心。像是两个人，想靠近却被一道裂缝生生分开……"

夏梦龙反驳她："是吗？那叫情人柱。我看到的却是这两个人为了能在一起，冲破阻碍，不断拉近彼此的距离，缩短之间的裂缝……"

田婉兮被夏梦龙的话语所感染，感觉心情好了许多。她随着夏梦龙来到千龟山龟背岩，她赤足站在龟背岩上，仰望蓝天，张开双臂。夏梦龙拎着两人的鞋袜站在田婉兮身边，指着远方给田婉兮看："那里就是睡佛。"

看着沉睡的群山恰好摆成睡佛的姿态，田婉兮感慨道："一睡千万年，醒来已化石。"

夏梦龙只看着田婉兮，一语双关地接："可惜伊人不曾入梦来。"

田婉兮冲着夏梦龙浅然一笑，两人先前的尴尬化解了不少。

夏梦龙见田婉兮心情转好，更是抓紧安排了她去参加傈僳族的篝火晚会。

围着熊熊燃烧的篝火，几名傈僳族健壮男子先表演"蹈火"仪式，赤裸双脚，跳到烧红的火炭堆里，表演各种绝技，引起了游客们热烈的掌声。一名身着盛装的少数民族男子与女子分别递过来盛酒的竹筒，示意夏梦龙和田婉兮拿好。然后这两位少数民族男女居然喝了个贴面酒，又示意两人效仿。夏梦龙与田婉兮略有尴尬，但盛情难却之下，也只好依葫芦画瓢，喝起了贴面酒。

贴面酒下肚，田婉兮双颊泛红，也不知是醉的还是羞的。

这边，唐潮和夏梦寻、夏梦龙和田婉兮都沉醉在爱情里了，那边，廖斌对圣首的研究也进入了白热化的程度。他对白凤仪的人本来就有所怀疑，迟迟不见研究进展，更让他心神不宁。终于，在他一天三次的催问中，研究成果出来了。

这个成果说来也简单，只是发现了圣首里有放射性元素而已。可是，这个成果却让寻找最后一尊圣首的方法容易起来——原来得像大海捞针一样寻找圣首，而现在，借助这个特性，只需要一部手机连接起特定的仪器，就可以做到，在仪器靠近圣首时，手机自动报警！换句话说，只要有人揣着仪器靠近圣首，远处的拿着手机的人，就可以根据报警声确定圣首的具体位置！

话说起来容易，只要有人揣着仪器靠近圣首就可以。可是，圣首总得有个大致方位，才能去靠近啊！不过，以白凤仪对唐鸿远的了解，他肯定不会让圣首离自己太远。圣首一定就在唐鸿远经常出现的地方，那么，最可能的地方，就是唐鸿远家里！跟廖斌商量了一下具体方案之后，白凤仪决定亲自出马！

廖斌拿着手机隐蔽在唐家外面接应，白凤仪自信地敲开了唐家的大门。

宇文祥打开门，看见是白凤仪，微笑着打招呼：“你是……白董？好久不见！”然后亲自带着白凤仪穿过走廊，去正厅旁的书房。

唐鸿远正襟危坐：“要是还是上次那件事，免谈！”

白凤仪倒也不嫌尴尬，笑着回：“都是老朋友了，除了那件事情，我就不能拜访一下吗？”

苏心玉满脸笑容起身相迎，先是批评老头子：“老唐，你今天干吗呀，凤仪难得来一趟，你还摆着臭脸。”又对宇文祥吩咐：“祥叔，快去帮忙沏壶茶。”最后挽住了白凤仪的胳膊：“我们得有小十年没见了吧？哎呀！你还是这么年轻。”

白凤仪四下打量着客厅："这里挺好，是鸿远挑的地方吧？"

苏心玉乐了："要他挑，估计我们得搬到祖宅去住他才满意！幸好那块地被你买了。"

两人笑着起身，在客厅里转悠。

白凤仪注意到一个鱼缸，鱼缸里有一块圣首大小的土堆，上面长满水草。她好奇地朝鱼缸走去。唐鸿远脸色一变。

唐家门外的车里，廖斌手上的手机开始"哔，哔，哔，哔"地叫起来，而且越来越急促。

廖斌终于等到了这个声音："圣首果然在唐家！上！"两辆车上涌出七八个人，跟着廖斌一起闯进了唐家。

第十八章
痴男怨女

廖斌带人直接闯入唐家书房，仗着人多，冲着唐鸿远怒喝：“唐鸿远，把你家的圣首交出来吧！”

唐鸿远虽然惊愕，却还努力保持镇定：“这么猖狂，居然敢跑到我家里来要圣首。”

廖斌不与他废话，说道：“你不交出来，那我们就自己拿了。”说着就带人往鱼缸那里走！

紧急之时，却见宇文祥突然斜地里插出来拦下廖斌等人。廖斌手下冲上来揍向宇文祥，却未料到宇文祥武功高强，几个人都奈何不了他。

不出一泡茶的工夫，宇文祥已经将所有人撂倒，还拿着一把匕首架在廖斌的脖子上。白凤仪站在一旁脸色难看，甚至有些慌张。

唐鸿远只是看着白凤仪：“请吧，唐家以后再也不欢迎你了。”然后向宇文祥示意。

宇文祥将匕首还给廖斌，廖斌犹豫后接过，然后慢慢地和白凤仪一起往外退。

唐鸿远目送众人退出去，这才长吁一口气：“多亏祥叔，二十几年没动手，身手还是这么厉害。来，喝茶。”

白凤仪一出门就忍不住骂起了廖斌：“你个废物！太让我失望了！”

廖斌也郁闷：“给我找人，下回带上十几二十个人，我就不信灭不了唐家！”

白凤仪更怀疑廖斌的智商了："动动脑筋，你以为唐鸿远还会傻傻地把东西放在家里等我们去抢吗？早就转移了！"

夏梦龙回到公司的总裁办公室，看着办公桌觉得熟悉又陌生。新秘书安安进来忙前忙后，夏梦龙想起JOJO的下场，忍不住难过起来，吩咐安安给JOJO家人送一张支票过去。

正处理着公司的一些杂事，他的电话响了一声，是田婉兮发来的微信："我在楼下。"

田婉兮是来告别的，她在夏家住了这么长时间，最终还是决定搬回去住。夏梦龙心有不舍，却也知道像田婉兮这么有主见的人，既然下定了决心就不会改变，只得尊重她的意见。他深情地看着她，说："有事随时打我电话。记住，如果是凌晨，千万别怕吵醒我睡觉而不打我电话，因为我睡得晚；如果是清晨，也别怕我睡懒觉而不打我电话，因为我起得早。"田婉兮有些感动，上前轻轻地抱了抱他，然后才依依不舍地分开。

田婉兮之前住的公寓因为长期没有人居住，已经满是灰尘。她一回来就忙着扫地、拖地、擦桌子、擦地板……其实忙着的时候还好，感觉心中的苦闷也暂时忘记了一样。可是，等田婉兮满头大汗地擦好地板，气喘吁吁地坐在地板上靠着墙，她伸手擦汗，再也抑制不住地大哭了起来……她拿起手机，写了个短信："我回家了，我很害怕，你能不能来一趟。"

短信发给了唐潮。

唐潮正和夏梦寻在画室，一个用电磁炉熬汤，一个对着画板皱眉。唐潮是边熬汤边犯愁怎么跟白宙解释。夏梦寻是思路进了死胡同，硬是画不下去。两个人一言不发，都在发呆。

这时，田婉兮的微信来了。唐潮看完，脸色微变，又把手机递给夏梦寻。

夏梦寻一看，忍不住抱怨："我就说吧，你跟初恋啊还会有故事！"

唐潮倒是爽快："那就听你的，不去。"

夏梦寻坐在旁边看着唐潮，想想觉得又不太好："发生了这么多事，田姐姐确实很可怜，她一个人在家，你去陪陪她也好。其实我也有点不放心田姐姐，你还是去看看吧。”

唐潮又是爽快地回应：“这么想就对了，我去一下很快就回来，也许还能一起吃晚饭。”

夏梦寻又有些后悔，想挽留唐潮，可是唐潮转身已经走了，只留下夏梦寻郁闷地跺脚。

唐潮赶到田婉兮家的时候，她正哭得眼眶通红，蜷缩在沙发上。

一看唐潮过来，她泪水涟涟：“我知道不应该叫你来，但是我真的不知道我还能找谁，当记忆都回来之后，我最信任的人只有你了。”

唐潮点点头：“没关系，说出来会舒服些……”

田婉兮充满了自责与痛苦：“你知不知道自从我爸死了以后，只要我一闭上眼睛就会看到他，好像他还活生生地站在我面前，微笑地看着我。但紧接着他就会变得浑身是血，伸手向我求救，太惨了，我爸这些年被他们关着搞研究，他受了太多的折磨，他其实早就想自杀了，但他没有，因为他担心死了之后他们会对我下手,所以他一直忍耐着,甚至把自己逼成了一个疯子!他做这一切都是为了我这个不孝的女儿……我……我要为他报仇！”

唐潮一怔：“报仇？不行！那太危险，你可能会送命的！”

田婉兮双眼发红：“这么多年来，为了活下去，我帮他们做了很多违心的事。但最终，我爸还是死了！我跟你的感情也结束了！我已经没有什么可失去的了，我要反击，我要他们付出代价！我需要你帮我，难道你就不想帮夏梦寻拿回夏家的圣首吗？难道你就想让廖斌他们解开皇陵镇的秘密吗？”她注意着唐潮的表情变化，接着说，“就算我们不反击，他们为了找最后一个圣首也会来找我们。”见唐潮没有着急反驳，她说出了自己的计划：“我猜你们唐家应该有一个圣首，我需要这个圣首，我要用它重新取得廖斌的信任，潜伏在他们内部，找机会把他们一网打尽。”说毕，一脸坚毅地看着唐潮，等着他的回复。

唐潮想了想，终于决定：“好，我同意你反击的建议，但不同意你回到廖斌他们身边潜伏，整件事必须完全由我来主导，你一定要听我的，绝对不许乱来。现在我们家可能存在的那个圣首确实是我们唯一的筹码，我明天回家跟我爸再谈一谈。”

田婉兮犹豫片刻，点了点头。

夏梦寻的漫画又遇到了新的困难——出版社的颜老板准备放弃了，因为漫画出版经济效益太低，跟出版社转型路线不匹配，所以漫画以后都不会再出了。这个消息，颜老板实在有点不太好意思直接跟夏梦寻说，便来委托白宙代为转达。白宙毫不犹豫拦下了这个消息，告诉颜老板，自己会每个月都付钱来补贴梦寻漫画的出版。

白宙晚上回到画室的时候，夏梦寻还在等唐潮回来。一见回来的是白宙，她也有些尴尬：“我……我在加班画画，下一集交稿时间快到了呢……唐潮去田婉兮那儿了，晚上应该回来吃饭。”

白宙见梦寻觉得尴尬，自己也觉得尴尬起来，赶紧给自己找事：“我最近跟唐潮学了一道菜，我来做菜，正好等他回来……”

谁知一直到白宙把菜做好，唐潮也没有要回来的意思，倒是给他来了条微信：“我今晚不回来了，帮我送梦寻回家。”

夏梦寻生气了，抱怨道：“早说呀，还等他这么久。”

白宙却是挺开心：“我们应该为他高兴啊，他跟田婉兮应该可以复合。”

夏梦寻这会儿却没法跟着白宙开心起来，她听着复合二字更加生气了，却又不知道该怎么解释。白宙哪能猜到夏梦寻的小心思，也没法哄她。夏梦寻纠结着张了几次嘴，也没能说出话来。她干脆闭嘴，气冲冲地回家了。

夏梦龙见妹妹气鼓鼓地回到家，发着脾气，便去问她怎么回事。这不问不打紧，一问倒引火上身了。夏梦寻直接冲哥哥发起火来：“问你女朋友去，为什么唐潮会在她那过夜！”

夏梦龙一听唐潮在田婉兮那儿过夜，也心中火起。碍于面子，死犟着跟夏梦寻说：“这不会吧……”想想实在咽不下这口气，也抱怨起来，“你说你，能不能好好管管你男朋友？”

兄妹俩都郁闷起来！怎么就摊上了这么一对藕断丝连的痴男怨女啊！

而这对正在被背后议论的“痴男怨女”，这会儿正在田婉兮卧室里坐着聊天呢。田婉兮虽然让唐潮留下了，可是她也明白自己的行为其实有些不合适。而对此，唐潮的解释是说，即使作为朋友，也该在她脆弱的时候陪伴一下。田婉兮想起过往，难免有些伤感。而唐潮则耐心地软言安慰，一直陪到田婉兮乖乖去睡觉。

田婉兮看唐潮一直陪着，心中安宁了很多，也想休息一会儿，却总是不时地睁开眼睛偷瞄唐潮。直到跟唐潮撞上了视线，她才不好意思地解释说："我……真怕你偷偷跑了。"

唐潮明白田婉兮只是突然遭遇这些变故，心理害怕罢了。他温和地说："我答应你就不会走，今晚我会一直在这儿，你放心睡吧。"

田婉兮卧室内，她正躺在床上，看着坐在床边椅子上的唐潮："你会不会觉得我很任性？非要让你留下来陪我……"

唐潮安慰她："不会，每个人都有脆弱的时候，作为朋友应该在这种时候陪在身边。"

田婉兮想起往有些伤感："你知不知道当初我不告而别以后有多伤心。那时候我整整哭了一个月，当时我发誓，这一个月我已经把这辈子该哭的都哭完了，我以后再也不会哭了，但我没有做到，我是不是很没用？"

唐潮只是安慰她："别提这些事了，你赶紧闭上眼睛，什么都不要想，先好好睡一觉。"

田婉兮闭眼假装睡觉，片刻后又偷偷睁开一条缝偷看唐潮："我真怕你偷偷跑了。"

唐潮只温和地说："我答应你就不会走，今晚我会一直在这儿，你放心睡吧。"

看着田婉兮真睡着了，才给夏梦寻打电话："田婉兮情绪有些波动，想叫我陪陪她。我待会儿晚点再回去了哈。"

夏梦寻又话比脑子快一步："行，你不回去也可以。"然后挂了电话。

夏梦龙在原地抓狂："怎么就挂了？我还没说话呢！我可不允许他在那儿过夜！"

次日清晨，唐潮回了家一趟。自从上次和父亲冲突离开家，在夏梦寻的画室住下，他这还是第一次回到家。中间祥叔曾经来找过他，他却只让祥叔转告父亲，别再来跟着他。

所以这次看见儿子回来，唐鸿远和苏心玉都是一愣。然后唐鸿远板着脸看着儿子，而苏心玉则欢喜地过来牵着儿子的手坐下，又赶紧给他递盘子张罗餐具，好一起吃顿早饭。

唐潮看着唐鸿远："爸，我今天回来，是打算向您道歉的。您说皇陵镇圣首的事情太危险，让我不要掺和。我没有听您的话，后来，惹出了很多乱子，情况比我想象的更加棘手。其实我挺后悔的，当时太自负、太掉以轻心，没有听您的告诫。"

唐鸿远哼了一声："你也知道后怕啊。实话跟你说了吧，那帮抢圣首的人，前几天来家里了。还好有你祥叔在，把他们都收拾了。"

唐潮一听，更急切地说："这帮人，越来越猖狂了。咱们不能坐以待毙，爸、妈，我觉得事情到了这一步，咱们必须出手了，先发制人，否则后患无穷。"

唐鸿远这才搞明白儿子的意思，一拍桌子："够了！你的意思我听懂了，还说道歉，其实你一点都没后悔，你就是要让我把圣首拿出来，你好拿着它把那帮人引出来是不是？我告诉你，门都没有！给我滚出去！"

唐潮憋屈得转身就走。苏心玉赶紧追上去，一直送出门外："本来以为，你这次能回来住了，没想到一顿饭都还没吃，就又不欢而散，我回头再帮你劝劝他吧……"

唐潮也知道父亲的脾气，只拜托母亲："您帮我留意一下，咱们家那个圣首到底在哪儿……"

苏心玉牵着唐潮的手："傻孩子，你其实也真够笨的，之前一直放在咱家鱼缸里啊。可惜这次来了这档子事，你爸已经把它转移走了，至于转去了哪儿，连我都没告诉……"

唐潮无奈，只好跟母亲告别。突然，一辆厢式车缓缓靠近，突然开门，几个蒙面壮汉伸手把唐潮拽进车内，疾驰而去。

苏心玉大喊："唐潮！"车早已没了踪影，她赶紧跌跌撞撞跑回去找唐鸿远。

唐鸿远完全没料到儿子居然在自己家门口被绑走，勃然大怒，吩咐人去查，可是几个小时过去，什么有效的消息都没查到。夏梦寻、夏梦龙、田婉兮、石磊等人都闻讯赶到。最后，还是有人砸破了厨房的窗户玻璃扔进来一个装着U盘的铁盒子，才让大家知道了问题的严重性。

U盘里只有一个视频，视频里，唐潮脸上带着瘀青，神色憔悴，对着镜头说话："爸妈，救我，他们说，如果一周内你们不交出圣首，就撕票。在你们收到的这个U盘里，有一个文本文件，里面写着一个E-mail地址，你们准备好圣首以后，就发邮件过去，会有人跟你们联系的……"

唐鸿远让人去查了U盘和铁盒子,都没有指纹,查了邮箱,是境外的邮箱，对方手法非常老练。苏心玉完全慌了神，只求唐鸿远拿出圣首救儿子。田婉兮握住苏心玉的手，让她镇定一些。夏梦寻看着田婉兮握着苏心玉的手，安慰着苏心玉，心里有点怪怪的感觉。

石磊又给绑匪留的邮箱发了一封邮件，想通过追查IP地址查到唐潮被关在哪儿。结果绑匪又回了一个视频，唐潮在视频里被折磨得惨叫哀号。显然，这是绑匪的警告，告诫众人不要拖延时间，尽快按照吩咐去办。唐鸿远虽然还是坚持不肯用圣首来换儿子，却也非常焦急，拜托梦寻、梦龙和石磊设法相救，而大唐集团所有资源都任由调配。

石磊思考了好一会儿，说出了自己的一个设想："任何可存储设备，无论有没有经过格式化，只要它被使用，就会留下痕迹。就好像一件衣服，无论你洗得多干净，只要从洗衣机里拿出来，总是会重新沾染手上的细菌。我有个朋友，应该可以帮忙查查看。"

石磊说的朋友，叫雪诺登。或者说，是代号雪诺登。他是黑客界的传奇，只不过行踪神秘，性情古怪，石磊也表示不确定是否能得到他的帮助，不过，如今情况紧急，总归要试一试。

石磊带着夏梦寻和夏梦龙去了一个空旷的厂房，见到了神秘的雪诺登——石磊让两人称呼他"雪诺大人"。

雪诺登直接叫出了大家的名字：“夏梦龙先生，夏梦寻小姐。初次见面，我啥都不懂，请多包涵啊。”看见夏梦寻惊讶的表情，他指了指自己面前的一大堆电脑显示器，“任何经过这个厂房的人脸，都会扫进云资料库分析甄别，越是有头有脸的人物，越逃不过我的眼睛。”

梦寻见这位雪诺大人如此神通广大，顿时觉得有了希望，急切地请他快救唐潮。

雪诺登却疑惑：“大唐集团家大业大，干吗不直接交赎金呢，这样最安全也最稳妥。”

夏梦龙不想透露太多内容：“你不用问这么多了，你开个价！”

雪诺登想了一想，从乱糟糟的电脑桌上，拿起一张纸片，递给夏梦龙：“这是我的瑞士银行账户，五百万美元，两天之内打过去。”

夏梦寻一把接过纸条：“我保证今天就能汇到，可以开工了吗？”

雪诺登点了点头，把转椅转回到面对电脑屏幕，背对着另外三人，手里开始敲击键盘，启动电子地图。石磊将U盘递到雪诺登手边。雪诺登将U盘插到一个USB接口上，手指在键盘上弹跳如飞。电脑屏幕上出现了数个五花八门的数据窗口，开始对U盘里的深层记录进行提取、分析。

雪诺登的神色越来越得意，他打开一个地图软件，不断缩小范围，最终锁定了星城内的某一个独栋公寓：“就是这里！这个U盘在过去24小时，曾经连接在两台电脑上。一台肯定是你们家的，另一台那就是绑匪的。U盘里虽然无法体现电脑的所在位置，但记录里表明，绑匪曾经用自己的那台电脑，在昨天晚上预订了烧鹅腿外卖。然后我就进入外卖网站的系统里，查了一下订单，核对订单号，就找到那顿烧鹅腿的派送地址了。怎么样，很简单吧？”

说完，雪诺登按下打印键，一份详细的位置图就打印了出来。

梦寻赶紧拿起地图，催促哥哥：“赶紧这个地址告诉唐伯父，我们在那里汇合！”

唐鸿远收到地址，带着宇文祥和田婉兮火速赶来与他们汇合。

星城西海路 81 号，外表看起来平静异常。几人赶到门外，门却只是虚掩着。宇文祥带头猛地推开门，众人被眼前的景象惊呆了——

小黑屋内，灯光昏暗，有个人被吊在屋内，血顺着他的脚滴落在地上，地上已有了大大的一摊血水，已经没了一点生气……

夏梦寻大喊一声：“唐潮——”

第十九章
苦肉险计

夏梦寻绝望的喊声中，宇文祥慢慢走近那具尸体，其他人都扭过头去，不敢直视。

宇文祥碰了碰尸体，顿时发现了异常，低呼：“假的！”

众人一惊。宇文祥把“尸体”转了过来，众人一看发现是“假人”。

很明显，绑匪已经转移了，临走还给整出了这幕恶作剧。不过，不幸中的万幸，这至少说明，唐潮还活着。

石磊被这么吓了一大跳，又生出一个主意来：“要我说，咱们干脆直接去找白凤仪对峙，让她把唐潮交出来！或者，干脆就把白宙绑了，找白凤仪要人！”

夏梦寻瞪了石磊一眼：“胡扯。不过你倒是提醒了我，我该去找白宙问问。”

夏梦寻去找白宙的时候，白宙还不知道唐潮被绑架的消息。听完夏梦寻的话，他也惊讶异常，不过，他坚定地否认了夏梦寻的猜测：“我妈不可能干这样的事情！如果你怀疑我妈参与了绑架这件事，我绝对不相信。”

夏梦寻给他摆出事实证据：“绑匪要的是圣首，而你妈在事发之前刚巧去找过唐伯伯，希望他交出圣首。唐伯伯拒绝之后，廖斌那伙人就去袭击了唐家，再然后唐潮就被绑了。这几件事情都前后连接，你妈在其中有很大的嫌疑。”

夏梦寻非常着急：“就算你妈没参与，你妈至少知情。你回去问问她。”

白宙还是拒绝："不用问。我告诉你这件事是怎么回事。廖斌要圣首，他没有办法，自作主张就瞒着我妈绑架了唐潮。她是我妈，我很了解她。就像在商场上一样，她会要各种手段，但绝对不会做伤天害理、杀人放火的事情！"

夏梦寻一想到唐潮生死未卜就觉得要窒息，耐下性子再求白宙："阿宙，你说的我都相信。但是现在情况紧急，唐潮很危险，我们也没有别的办法，我请你至少回去问问你妈，如果她不知情，能不能帮我们。"

白宙却还是摇头："不要再说了，我还是那句话，要救唐潮，我一定帮忙。但是我不会去找我妈。在这件事情上，我永远不会怀疑她。我不回去问，是因为我开不了口，身为儿子，我不能帮着你一块儿羞辱她。"

夏梦寻头一次在白宙面前碰了这么大一个钉子，气呼呼地转身离开。

一出门,正遇上蓝翎要进来,夏梦寻忙又拉住蓝翎求救:"帮我劝劝白宙！唐潮被人绑架了，我们怀疑跟他妈妈有关系，我就是想让他回去问一问！"

蓝翎却说："白宙听你这么怀疑他妈妈，该气急了吧！你这样，太为难阿宙了。你这么紧张唐潮，他吃醋，这还不算，你还怀疑这件事是他妈干的，还理直气壮叫他去对峙……你从来都不考虑阿宙的感受，这就是你们之间相处的模式，所以你习惯了他对你言听计从，这次是他第一次拒绝你吧？"

夏梦寻满脑子乱糟糟的，觉得蓝翎说的似乎也对，却也没心思去细想，只匆匆应道："就算我这次的要求有点过分，但我也是为了救人。你替我去安慰安慰他吧，我走了。"

蓝翎敲门，白宙打开门，一见是她，略有失望。

蓝翎心疼地看着白宙："你是不是以为是梦寻来跟你道歉了？你别生气了，我在楼下碰见她，她把事情都跟我说了，她也意识到自己有些着急，说话没有注意分寸，她叫我上来跟你说声对不起。"

夏梦寻从白宙这儿一无所获，又回到唐家，正赶上绑匪又发来了一段新的视频。视频里，绑匪拿着铁榔头丧心病狂地朝唐潮的左腿敲去……

几个女人忍不住哭了起来。夏梦龙把视频反复播放了几遍，发现了一个问题。

他要来耳机，重新播放刚才这段视频，却闭着眼，只凝神去听视频的声音。再三听了好几遍，终于确认了自己没有听错——在杂乱的背景音和唐潮的惨叫声里，他听到了一声微弱的轮船汽笛的鸣叫！范围顿时缩小了，星城一共就只有一座码头，附近的房子也不多！可是这么一间一间去查肯定也来不及，希望再次寄托在雪诺登身上。

石磊去联系了雪诺登，这回答案出来得很快——星城码头三号仓库——码头附近只有这一间旧仓库是最近才被人租下来的。业主也说不清租客到底是什么来历，很神秘。很可能就是绑匪的另一个据点。

夏梦寻、石磊、夏梦龙、宇文祥，连同两个精悍的保安分别乘坐两辆低调的厢式车悄悄靠近了这座旧仓库。石磊贴近仓库的门口，附耳倾听，能听到仓库里传来唐潮的哀号。

几人目光交流示意，十几枚烟雾弹从仓库的窗口扔了进来，仓库里瞬间烟雾弥漫。仓库的前后门都被踹开，宇文祥一行人戴着防毒面具冲进仓库里。

却只见仓库中央放着一台录音机，方才唐潮的哀号声，都是录音机磁带里的……

石磊气得把录音机一脚踹飞："怎么又是这样！为什么他们总能抢先一步逃走！"

绑匪再也按捺不住，直接给唐家打来了电话，电话里唐潮的号叫凄惨到瘆人的程度，却还在大喊着："爸！妈！千万不要把圣首给他们！"苏心玉哭得快要晕过去。

绑匪的声音用变声器处理过，听起来格外诡异："不是我们太狠，是你们连续两次搞阴谋诡计，不能怪我啊。我倒数五秒之后，你们就等着听儿子临死的惨叫吧！ 5、4、3……"

唐鸿远终于颤抖着对着电话喊："停！我同意把圣首给你们！你们把我儿子放了。"

绑匪暂停了倒数："唐老板，你们已经耍了我两次了，我还要再相信你一次吗？"

唐鸿远老泪纵横："其实我也想通了，这个圣首，留着也是祸害。既然外面那么多人都想抢，就给你们去抢吧，我们唐家，从此就跟皇陵镇的一切宝藏、秘密绝缘，不会去过问，也不欢迎别人再因为这个来打扰我们。为了我们唐家，我也尽力了。”

接下来就是圣首和唐潮的交换。大家这才从唐鸿远口中得知，圣首在上次家中被劫之后，居然被唐鸿远令人装在车上，在星城里永不停歇地行驶！难怪谁都找不到圣首！按照绑匪的要求，唐鸿远带着苏心玉亲自把装着圣首的车开去明月广场地下车库，然后下车。有个绑匪戴着面具开走了这辆车。然后，另一辆车开了过来，戴着黑色头套、双手被反绑的唐潮被从车上推了下来。

唐潮回到家，像被吓蒙了一样。害怕人靠近，一直有点发抖，而且不管谁问什么都一言不发。看着一屋子人，苏心玉让唐潮回了自己房间，她对众人说：“这两天大家为了我们家唐潮也都辛苦了，他能有你们这样的好朋友是他的福气。这几天你们都没睡过一个好觉，不如都先回去休息吧，唐潮一有情况，我会通知你们的。”众人这才纷纷告辞。

一直到都安静下来了，苏心玉才进去看唐潮，整个人蓬头垢面，憔悴了很多。

唐潮张口对母亲讲话，第一句就是：“妈，对不起，让你担心了，而且圣首也没了……”

苏心玉流下泪来：“傻孩子，你担心这个干什么。反正我觉得没了正好。自从嫁给你爸，我为了这个莫名其妙的圣首不知道担惊受怕过多少晚上。现在把它交出去了，正好落得个轻松。你爸现在是有些生气，那也是暂时的。圣首没了，他多少有点失落，毕竟守了这么多年。不过你也不要自责，再怎么样，圣首也不可能比你重要。你能安然无恙地回来，你爸和我就踏实了！”

唐潮紧紧握着母亲的手，安慰她。苏心玉心疼地抚摸着儿子的脸：“不过，妈妈在这件事上看到了一个安慰。那两个姑娘，到底是什么回事？我看得出来，她们两个对你都很关心。而且，这两个姑娘长得都挺好看，性格虽然不太一样，但都还不错，一个温柔体贴，一个活泼可爱，妈妈呢是觉得都挺好，关键是你选哪个？”

唐潮笑了："我早就选好啦，就是那个活泼可爱的。"

晚上，唐潮说是想出去散散心，却直奔田婉兮那儿，又和田婉兮一起驱车向城外开去。直到郊外，看见有一辆车开着大灯停着，车引擎盖上倚靠着一位戴着面具的男人，正是那天开走装着圣首的车的那个绑匪！

唐潮停了车，和田婉兮一起向面具男走去。

面具男摘下面具，是白宙！

原来，那天唐潮在田婉兮那儿给夏梦寻打过电话，就直接跟田婉兮一起回了画室，跟白宙一起商量了这次自导自演的绑架大戏。田婉兮需要拿唐家圣首去骗取廖斌的信任，再把幕后黑手一起一网打尽，唐潮想帮助田婉兮，可是白宙却不乐意参加这个活动。最后还是唐潮动之以情晓之以理，给白宙分析，像廖斌这样心狠手辣的人，事成之后怎么可能和白凤仪平分宝藏，等廖斌打开这个秘密的时候，就是他要对白凤仪下手的时候。所以白宙作为儿子，有义务帮她，不能看她越陷越深，就得主动出击揪出幕后黑手来。白宙最终被这番话说服，参与了这次惊险的行动。为了防止泄密，他们连夏家兄妹都没有告诉！

现在，圣首终于躺在白宙的后备箱里了，下一步行动可以开始了！

夏梦寻又做了噩梦，她梦到三尊无头圣像上突然出现了头，眼睛发出光线，把自己笼罩其中。瞬时间，山崩地裂、火山爆发……

她满头大汗地醒来，心跳得飞快。为什么呢？怎么又做了这样真实的梦？

她看了看时间，已经是早上了，该去唐潮家看看他了。

她开着车一路到了唐家门口，按下门铃，突然想起，现在自己已经是唐潮的女朋友了，那么，见到唐潮的爸爸妈妈就等于是……见了公婆？！她赶紧跑回车上，掰过后视镜，看了一眼自己的脸色，因为一夜噩梦，脸色确实显得很憔悴。

等苏心玉开门，只看到夏梦寻的车一溜烟地跑了。

过了一会儿，夏梦寻画好了妆又重新上门，还带上了礼物。

苏心玉开门把她迎进来，高兴地说："是梦寻啊，你来找唐潮，还给我带礼物干什么！昨天你们走了以后，唐潮休息得不错，今天一大早就跟没事人一样跑出去了。你进来等会儿吧，阿姨也想跟你聊聊天呢。”说着就不由分说地拉起夏梦寻的手，将这个准儿媳妇牵进房内。

进了屋，苏心玉满脸是笑，将夏梦寻上上下下打量了好几遍，看得夏梦寻都不好意思了。

苏心玉拉着夏梦问东问西，最后总结道：“唐潮谈恋爱的次数少，在谈女朋友这件事情上，可能缺乏经验，他要是有什么做得不好的就尽管跟我说，我替你教训他！”

夏梦寻羞涩地低下头：“他对我挺好的。”

苏心玉看着夏梦寻，实在心里喜欢得紧，拍着夏梦寻的手就放开了话匣子：“哎呀！真好……有你我就放心了，你真不知道，为了唐潮谈恋爱的这件事，我可是操碎了心。他几年前谈了个女朋友……”说到这儿，顿觉失言，捂着嘴看着夏梦寻，不知道该不该说下去。

夏梦寻笑了：“没关系，我知道的。”

苏心玉才接着说下去：“唉，说起来我都没见过那个女孩子。其实本来是要见一面的，但是就在说要见面之后不知道怎么的突然不告而别。唐潮为那个女孩郁郁寡欢了好久好久，我介绍给他认识的女孩儿他一个也看不上，我都担心他要上山当和尚去了！”

夏梦寻见苏心玉居然不知道，脱口而出：“阿姨，不瞒您说，前两天您见的那位田婉兮，她就是唐潮的前女友。”

苏心玉恍然大悟：“哦，难怪。梦寻，你放心，我已经叮嘱过唐潮了，他绝对不会脚踏两只船。他要是敢脚踏两只船，我跟他爸一定要打得他屁股开花！”

唐潮一大早又去了田婉兮那儿。

两个人说了几句对计划的打算，田婉兮转了话题：“等今天这个事情办完了，我准备去国外，不回来了。”见唐潮沉默，又自嘲地笑笑，“你果然没有挽留我。那也不用来看我了，我不想看你和夏梦寻在我面前秀恩爱。”

唐潮尴尬地笑了笑，他想了想，从怀里掏出一个精致的铁质小盒子给田婉兮：“既然你要去国外了，我觉得这个东西也该物归原主了。”

田婉兮打开一看，是她当年交给唐潮的首航胸牌。她把小盒子又盖好，亲自塞进了唐潮的上衣口袋：“既然我送给你了，那就是你的了。不要再还给我！我希望你只要看到它就会想起我来。我不要你忘了我。”说着，眼里泛起了泪光。

唐潮也动情地回答：“我不会忘了的，毕竟这也是一段美好的回忆，是我人生中的一部分。而且你田婉兮无论走到哪里，只要你有需要，我一定会帮忙。走吧！时间差不多了，白宙跟石磊还在等我们！”

夏梦寻和唐潮下到车库，白宙和石磊已经等候多时，石磊一见唐潮就上来质问：“你个唐潮，瞒得我好苦，我还真以为你被绑架，急得几天几夜没吃饭。”

唐潮大笑：“这不让你知道了吗。让你准备的人呢？”

石磊拉开商务车门，两个西装壮汉下车：“怎么样？他们俩一打三没问题。”

唐潮讲解这次行动计划：“我们要把廖斌幕后的老板引出来，谈判的时候擒住他，其余人就不敢乱动，我们应该不需要大动干戈就能让他们把圣首交出来。如果不顺利，我在装圣首的箱子里装了自毁装置，遥控在我和婉兮的手机上，只要我们其中一个按下开关，圣首就会被毁，谁都别想再去碰皇陵镇的秘密，让所有人都死了这条心。”

几个人对视一眼，点了点头，上了商务车，田婉兮与唐潮坐中排，白宙开车，石磊坐副驾驶，两个壮汉坐在后头。

田婉兮开了免提给廖斌打电话：“你听好了，唐家圣首现在在我手上，我想跟老板谈一谈。”

廖斌有些不信，田婉兮并不跟他纠缠，只说：“给你一分钟时间请示老板，我等你电话。”然后就挂了电话。

众人都有些紧张，安静下来，盯着田婉兮的电话，没人说话。

突然，电话响了！却是石磊的手机响起了“小苹果”……

石磊尴尬地接起电话，听了片刻，大骂：“你有病啊，我跟你说了我没时间，没时间！”挂了电话，跟众人解释，“整天让我参加什么投资说明会，也不看看现在股票都跌成鬼了。”

此时，田婉兮电话响起，是一条短信：“老板答应见你，来基地。”

田婉兮自告奋勇：“我知道地方，我来开车！”

她下车和白宙互换了座位，坐上了驾驶座，然后掏出香水喷了喷。

石磊惊讶：“不会吧，这时候你喷什么香水啊……”

田婉兮只是掏出个口罩戴上，又喷了几下：“我喜欢香水的味道。”

众人此时都觉得头晕，但说不出话来，甚至都动弹不得。

唐潮头晕目眩，不敢置信地看着田婉兮。田婉兮回头看着唐潮，眼神没有一丝波澜，甚至有些冷酷。

唐潮昏了过去。

第二十章
孤女复仇

路边，众人陆续醒了过来。

唐潮给田婉兮打电话，对方关机。唐潮觉得很不安："我觉得她是不想连累我们，她想一个人去解决这个问题，她现在很危险，我们一定要找到她。可是，她这么决绝，连地址都没告诉我们，上哪儿找她啊！"

石磊弱弱地说："要找到她其实不难……我胆子比较小，当时，你跟我说要去干这么一件危险的事，我很害怕，所以我在车里装了个追踪器，万一我出事了，我健身房的员工还能根据这个位置来找我。只不过我跟你们看法不同，我觉得她就是想拿走圣首，她还是跟那伙人一起的，所以……"

唐潮等不及听完，赶紧说："快，让他们开车过来，我们去追田婉兮！"

田婉兮已经把车开到了廖斌基地外。

廖斌带着手下围了上来："你胆子很大啊，竟然敢一个人来。"

田婉兮放任他们拉开车门看了一眼里面装着圣首的箱子，廖斌直接要上手打开箱子。田婉兮拦住了他，然后镇定地说："我要见老板。"

廖斌犹豫了一下，带她进了基地。

基地内室，帷幕后坐着一个身影。

廖斌上前一步，对身影汇报："老板！就田婉兮一个人把圣首带过来了。"

神秘人问田婉兮："说实话，我没想到你会回来。你为什么这么做？"

田婉兮表情刚毅："我必须要回来，我要完成我爸的遗愿。他临死前告诉我，只要找到三个圣首，打开皇陵镇的地宫，图腾的秘密就藏在地宫里。我一定要进去看，我一定要搞清楚这些图腾的意思，我要帮我爸完成他的研究。”

帷幕后的神秘人不出声，田婉兮盯着帷幕。

廖斌看着田婉兮：“老板，我看不能信任她，让我杀了她算了。”

一旁的白凤仪不耐烦地说：“你别老是杀来杀去，我觉得她说得挺好的，我能理解她的心情，我们完全可以合作。我只希望打开皇陵镇地宫找到宝藏，不希望搞得刀光剑影、血流成河，我相信你老板跟我想的是一样的。”

帷幕后的神秘人站起身来，掀开帷幕：“田婉兮，你说服我了，这样吧，先看看你带来的到底是不是唐家圣首。”

唐潮等人顺着石磊手机上显示的位置，摸到了廖斌基地外。趁着看守视线不看着这边，悄悄摸过去，从身后勒住守卫的脖子，将守卫放倒，溜进了基地，躲在了一些堆置的大箱子后面。他们可以听见田婉兮廖斌等人的谈话。

白宙也听到了白凤仪的声音，于是小声交代伙伴：“我妈也在，小心点，千万别误伤他。”

唐潮看着远处的田婉兮，既又愤怒又有担心，还有些不解，最终决定出去直接问她。

白宙赶紧拉住他：“你疯了？”

唐潮甩开白宙：“如果我们的计划一切顺利，我现在本来就应该站在田婉兮身边。你们放心，我手上有自毁装置的遥控器，随时可以毁了圣首，他们不敢把我怎么样。你们待在这儿。”

说完就冲了上去。廖斌等人看到唐潮都大吃一惊。

唐潮走到田婉兮身边：“怎么不等我就开始谈了？这圣首可是我从我爸那儿拿来的，谈判怎么能少了我呢？”然后对众人朗声道：“好，大家都在，那就简单了，我唐潮也想看看神武殿下面到底有什么宝藏，大家也不要抢来抢去了，大家把三个圣首凑一凑，一起去打开地宫多好啊。”

神秘人笑了：“我糊涂了，田婉兮，你解释一下，你到底是要帮你爸完成遗愿还是帮你前男友找宝藏啊？”

田婉兮只对着唐潮冷笑了一下，对神秘人说："我骗了他，我骗他说我们带着圣首过来，然后想办法抢回另外两个圣首，实在不行就毁了这尊圣首，让谁都找不到宝藏。他以为我想为我爸报仇，但实际上我是要为我爸打开神武殿的地宫！"

唐潮被这突如其来的变化惊呆了，难以置信地看着田婉兮："你到底在想什么？你还要不要帮你爸报仇了！"

廖斌带人围住了唐潮："你小子还真是痴情，明明知道田婉兮是个满嘴谎言的女人居然还敢相信她。"

白宙见唐潮被围住，也要往上冲，石磊赶紧摁住他，眼看摁不住，干脆直接用力把白宙打晕在地。

唐潮看被众人围得越来越紧，掏出手机按下开关!

没想到毫无动静!

神秘人发出怪笑："不好意思，田婉兮刚才把自毁装置的引线剪断了。哈哈，有意思！"

白凤仪站了出来："行了，你们也别闹了，圣首我们留下了，你赶紧走吧。"

田婉兮也跟着说："跟你没有关系，你走吧。"

假神秘人却厉声喝止："不能走！"他抬手示意，一名手下拿着一把弩弓走到田婉兮面前，递到她手里，对她说："要想让我相信你，带你一起去打开神武殿的地宫，那就杀了他！证明给我看！"

田婉兮深吸一口气，利落地抬起弩弓瞄准唐潮的胸口。

唐潮摇着头："不管你现在在做什么，也不管你说了什么，我始终不相信你会跟他们合作……"

田婉兮不听他多说，瞄准后直接干脆利落地射出弩矢!

唐潮被弩矢击中胸口，缓缓倒地……

廖斌直接吩咐人将唐潮带出去丢了，躲在箱子后的石磊等人赶紧跟了出去。

夏梦寻闻讯赶来医院的时候，唐潮已经醒过来了，正胸前绑着白纱躺在病床上。

唐潮一见夏梦寻进来，面露喜色。

梦寻坐在他身边，关切地问："怎么样？还痛不痛？我看看！"

唐潮居然发嗲起来："痛！现在贴着膏药看不见，要不是这次福大命大，说不定你真见不到我了。还好有这个东西给挡了一下……"他拿出之前准备还给田婉兮的装着首航胸牌的铁盒子，铁盒子上有弩矢击中造成的痕迹。他眨着眼睛问夏梦寻，"你心疼吗？"

夏梦寻说："我不心疼，谁叫你瞒着我去干这件事？你现在总能把这中间的过程告诉我了吧。"

唐潮吐吐舌头："其实之前我被绑架是我们策划的……"看着夏梦寻惊讶的表情，他接着往下说，"我们策划绑架案，目的就是为了叫我爸拿出圣首，后来果不其然，还是被我诈出来了。我们的计划是让田婉兮拿着我唐家的圣首去做诱饵，而后把夏家和白家的圣首都抢回来。毕竟这件事都是因我而起，我觉得我有责任让这两个圣首各归各位。但是我没想到到最后……"

夏梦寻接道："没想到都被田姐姐骗了！可是你为什么不一早告诉我呢？你真是骗得我好苦啊。你知不知道你被绑架的时候我有多担心……"

唐潮把夏梦寻搂进怀里："我知道，没想到你这么爱我，所以我很感动呢……你知不知道，一个人在快死的时候，脑子里就跟放电影似的，迅速回想起这一生最重要的人和事，本来我以为都是杜撰的，没想到都是真的，田婉兮射我的那一刻，我真的觉得我就要死了，我满脑子想的都是你！"

夏梦寻听唐潮说着，依偎在他的怀里。

白宙这会儿端着医院的盒饭推门而入，刚好看见这亲密的一幕，惊得手中盒饭掉落在地，然后转身就往外走去！

夏梦寻愣了一下，赶紧也往外追，却早已不见了白宙的踪影。

星城说大不大，说小不小，真找起人来，就像是海底捞针。石磊也在帮着找，他也忍不住抱怨："你俩也真是不对，一个是他的兄弟，一个是他的女人，你俩凑到了一块儿，怎么着也该跟他打声招呼。他已经算很绅士了，换作我，非杀了你不可。"梦寻问蓝翎，白宙有没有去她那儿。蓝翎一听事情原委，顿时也发飙了：“夏梦寻！你跟唐潮在一起，为什么不跟阿宙直说呢？你明明知道阿宙对我来说很重要，我把这么重要的人让给了你，你却这样回报我？夏梦寻，你太让我失望了！”

夏梦寻实在是找不到白宙，无奈回到画室。外面电闪雷鸣，她只望着窗外，十分焦虑。最终，她拿起雨伞，准备再继续找。

打开门愣住了——白宙浑身湿透地站在口。

白宙见夏梦寻开门，只看了她一眼，就扑通一声昏倒在地。

夏梦寻慌忙把白宙拖进来，把他挪到床上，又打来温水为他擦去脸上的雨水，还拿出退烧贴给贴在头上。

白宙醒来之后，却也不想说话。房间就这么气氛尴尬地安静着。

白凤仪闻讯前来看白宙，却也不曾给夏梦寻好脸色，夏梦寻眼圈含泪，自己退了出去，让白宙母子聊天。

白凤仪静静地望着白宙：“我怎么会有你这样没出息的儿子。为了一个女人，你就这样糟蹋你自己！”

白宙只是痛苦地闭上眼，没有搭理白凤仪。

白凤仪轻轻地叹了口气，上前把被子给白宙掖好，又沉默了一会儿，说：“如果你想通了，就回家。家里的大门永远向你敞开。”

白宙依然一声不吭。白凤仪无奈地离开了。

夏梦寻把白凤仪送出去，这才像个做错事的小孩子一样，走进卧室，站在白宙床边。

白宙只呆呆看着她，问：“夏梦寻，你幸福吗？”

夏梦寻轻轻点了点头，又摇了摇头：“我看到你这样，我觉得我好像做了一件特别错的事。”

白宙只是苦笑：“不，你没错，我不怪你。你记得我送画室给你的时候跟你说过什么？我说我一定会支持你，包括你的选择……你替我转告一下唐潮，要是他对你半点儿不好告诉我，我不会轻饶了他。我们以前是朋友，但以后不会再是了。”

夏梦寻慌着为唐潮解释：“这件事都是我不好，是我不知道该怎么跟你说，你千万不要怪他。”

白宙见夏梦寻如此紧张地为唐潮辩护，更难过了：“夏梦寻，你对我要求别太高。你见过情敌是好朋友的吗……其实我一早就感觉到你俩会在一起，只是我一直自己在骗自己，我希望这一切都只是我的胡思乱想。我甚至安慰自己，就算这一切是真的，我也可以接受，毕竟唐潮人不错，把你交给他我也放心。可当我真的看到这一幕的时候，我真的接受不了。”

夏梦寻连连道歉：“对不起，真的对不起！”

白宙一边说一边掉着眼泪：“我想起你当时跟我说，你看见蓝翎和我拥抱的时候，你没有吃醋的感觉。可是你知道吗？当我看见你和唐潮抱在一起的时候，我的心都要碎了。于是我突然明白了一件事，你爱的人不是我，我应该要放你走。告诉他一定要对你好，否则我会把你抢回去的。我舍不得你伤心。”

夏梦寻也跟着哭起来：“阿宙，我真的觉得我好对不起你！”

病房里，唐潮很吃力地穿上外套准备出去，被石磊制止了。石磊说得也没错，这种情况，去了也是添乱，还不如让白宙自己静静。

蓝翎也去找了白宙，她也不多说，就默默陪着白宙，两个人喝了一杯又一杯，一瓶又一瓶，陪着他喝酒，陪着他流眼泪。她也不知道怎样能让白宙开心些，只是白宙难过，她便从心底里跟着难过。

身穿病号服的唐潮靠在床头，打开变形的铁盒子，举起变形的胸牌，对着阳光打量：“有些事情真的很神奇，就好像冥冥之中自有安排一样。当初我留下这个胸牌，是希望有一天能再遇到她，让她给我一个解释。所以一直放在胸口，提醒我，有些事这一辈子都不可以忘记。后来我遇到了她，也终于给了我解释。我知道，是时候把这个胸牌放下了。当然，放下这个胸牌更重要的原因是，因为我遇到了你。”唐潮深情款款地望着夏梦寻，伸手握住了夏梦寻的手。

夏梦寻：“骗人，那怎么你还贴身戴着？”

唐潮：“本来我都要还给她了，她又给我塞进了口袋。”

二人聊着，医生进来查房，然后就宣布说，体征一切正常，没什么特殊情况的话，就可以出院了。

唐潮望着夏梦寻，一脸幸福："哎呀！还不想出院呢！还想让你伺候我呢！"

晚上，夏梦寻又做了噩梦，梦境里，神武殿内，三圣首已经归位，墙壁上的各种符号和图腾像是活过来了一样，不停地翻滚跳动。三圣首突然汩汩流血，神武殿内血流成河。整个世界地动山摇、山崩地裂，一片疮痍。

第二天，夏梦寻又忧心忡忡地跟唐潮聊起了这个梦境。

唐潮取笑她："又是世界毁灭？呀！如果在你梦里，我们在一起世界就要毁灭，那是不是在你心里我们的爱情就像原子弹一样厉害？"

夏梦寻看唐潮不正经的样子，很是生气："跟你说正经的呢。这次的梦真的很真实，在梦里面，我真觉得一切都是我们的错。我好怕，是因为我们而让世界面临毁灭，是因为我们让一切生灵涂炭，是因为我们让世界满目疮痍。我觉得自己浑身上下充满了负罪感。你说，为什么自从咱们好上，我就总做这种梦啊……我觉得这个梦一定在暗示什么……第一次是直接梦到山崩地裂，第二次是梦到三圣首归位后……"

唐潮像突然想起了什么，认真地说："你再仔细跟我说一遍你的梦！"

夏梦寻回忆着："我先是梦见了整个神武殿空空荡荡的，里面的气氛显得很诡异，然后三圣首不知道什么时候都已经归位了。紧接着神武殿里面四周墙上那些神秘的符号与图腾似乎好像活了一般，不停地翻滚跳动。这个时候，三圣首突然流血了，血不停地冒出来，流得到处都是。整个神武殿内血流成河。紧接着整个大地在颤抖……"

唐潮思考着："你是说这次你梦见的一切世界毁灭是在三圣首归位以后？"

夏梦寻回答："是的……当初我们看到三尊没有头的圣像，然后又发现有人在抢夺圣首，所以就猜想找齐三圣首是找到皇陵镇宝藏的方法，其实是根本没有依据的。也许这个猜想是错误的呢？也许三尊圣首归位根本就不是找到宝藏的方法，而是一个机关陷阱……"

唐潮像想起了什么，从床上一跃而起，拉起夏梦寻就往外走："难道是……不对！你快陪我去个地方！”

唐潮拉着夏梦寻直奔田婉兮家，闯进屋里四处翻找。

夏梦寻问：“你到底在找什么啊？”

唐潮也答不上来：“我也不知道具体找什么，可是，我觉得她有事情在瞒着我们。跟神武殿、三圣首相关的！”

唐潮此时在客厅的角落里发现了一个箱子，伸手打开，愣住。箱子里面都是田父先前的遗物，满满一箱子的手稿，上面画满了跟神武殿内墙壁四周一模一样的符号图腾。唐潮伸手拿起一份手稿，翻过来来，突然发现手稿后面歪七扭八地写着“死”字，整个字写得触目惊心。夏梦寻也拿起一份手稿翻看，背面写着“首”字。

两人将许多手稿都翻过来，发现有几页纸可以连成一句话：“神武殿，三圣首归位，死。”

夏梦寻：“难道说，叔叔研究出来的结果就是只要三圣首归位，结局就是一个死字？如果真是这样，跟我梦里见到的情形倒是吻合上了。”

唐潮醒悟过来：“如果说三圣首归位，结局就是一死的话，她是想用这种方式让廖斌等人给她爸爸陪葬！她要牺牲自己跟廖斌他们一起同归于尽！”

唐潮拉着夏梦寻冲出了房门。

神武殿内，装着三圣首的三个大箱子已经被放在神武殿的正中央，一个升降机在一旁待命。大家的神情有期盼也都有些激动。

廖斌上前，亲自指挥人拆开装三圣首的箱子：“都给我小心一点儿！”

白凤仪深吸一口气，平复了一下激动的心情：“这一天终于来了。”

只有田婉兮走到一旁，表情冷漠，看不出喜怒哀乐：“该来的早晚会来。”

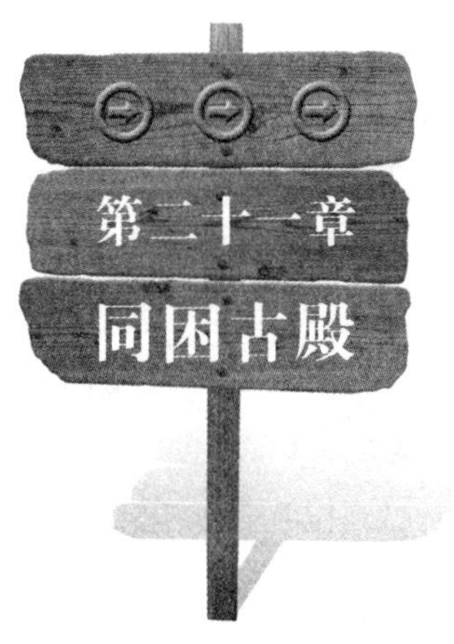
第二十一章
同困古殿

田婉兮的计划，一直把夏梦龙排除在外。所以，当夏梦龙终于收到田婉兮最后留给他的信时，几乎要崩溃。

信里，田婉兮感谢了夏梦龙的照顾，表白了对他的心迹，却也说出了让夏梦龙无比心惊的话："那些阴谋，那些谎言，那些伤害，我不知道你是如何做到视而不见。我做不到，我现在满心想的就要亲手将那些伤害我爸的人，伤害我们的人都送入地狱。对不起，原谅我不能当面跟你说一声，再见，保重。"

这封绝笔信里田婉兮同归于尽的想法，简直要把夏梦龙逼疯。他满脑子都是田婉兮，一会儿是田婉兮温柔动人的样子，一会儿是田婉兮满身是血的样子，他受不了，他一定一定要保证田婉兮安全，他不能容忍田婉兮出一点闪失！他带上一把匕首，一路驱车飞驰，赶往神武殿。

夏梦龙赶到神武殿的时候，已经有两个圣首被安装上去了，最后一尊圣首正吊在半空中，缓缓接近圣像。夏梦龙一眼就看到了田婉兮，她和其他人一样，目光完全聚焦在最后一尊圣首上，完全没注意到有人进来。

他看了看大殿的情况，当机立断冲了上去，掏出匕首直接顶住了神秘人，大喊："住手！让田婉兮跟我走！"

众人这才注意到他，操纵吊车的人也赶紧把圣首放回地面。田婉兮没想到夏梦龙此时会出现，焦急地喊："梦龙！你来这里干什么！"

夏梦龙又把匕首朝神秘人脖子上比画了一下，威胁道："让她走！"

廖斌说不出具体哪里不对劲，但是总感觉有问题：田婉兮是自愿来这儿的，却又不愿意让夏梦龙在这儿，夏梦龙这会儿又要带田婉兮走，这中间怕是有蹊跷。他一向谨慎，示意胖手下拦住了田婉兮："我现在觉得你心里肯定有鬼。我和你认识也有几年了，虽然分工不同，但是你撒谎的本事我是见识过很多次的。所以你带唐家圣首回来跟我们合作这件事，其实从一开始我就不信你。虽然我不知道你到底打什么算盘，但你必须给我留在这儿，你男人也得留下。"

夏梦龙瞪着廖斌："你再不放人，小心我不客气了！"又挥舞了一下手中的匕首。

廖斌冷哼一声，示意手下拿来弩弓，直接对准了神秘人。

田婉兮震惊了："廖斌！你疯了？小心别伤着老板！"

廖斌摇了摇头，直接一箭射在了神秘人的胸口！田婉兮、夏梦龙都惊呆了，神秘人自己也是满眼不相信的神色，一边倒下一边，艰难地说："廖斌！我们说的不是这样的……"说着就歪倒在圣像上。

廖斌不屑地走上前来，踩住神秘人，拔出弩箭，重新搭上弩弓，这次直指夏梦龙："别说他是个假的，就算是个真的，要是真这么㞞，我也照样一箭射死他！拿他来威胁我？你打错算盘了！把匕首交出来吧！"

夏梦龙犹豫了一下，只好将匕首缓缓交给廖斌。廖斌一把夺过匕首，吩咐手下继续安装圣首。

田婉兮看着夏梦龙，眼泪忍不住掉了下来。她可以用自己的性命来陪葬，来为父亲报仇，可是，夏梦龙是无辜的。夏梦龙从来只会爱她、相信她、维护她，她却最终要害了夏梦龙的性命！田婉兮冲着廖斌大喊："停！放他走！我把我的那份宝藏都给你，你让他走！"

廖斌更是疑心起来，重新抬起弩弓指向夏梦龙："我现在很好奇，你怎么就这么想让他走呢？说，你到底在谋划着什么？全给我说出来，而且不许有一句谎话，否则我现在就让他死！"

田婉兮叹了口气，终于说出了真相："好，我说，我都说。我要报仇，我要你们都死，即使我自己也陪葬也无所谓！我一直要见老板，因为我要把幕后黑手也拉出来一起死！只是，没想到是假的。其实整个神武殿就是一个陷阱！我把唐家的圣首骗出来交给你们就是想让你们都中陷阱，都去死！我爸研究神武殿研究了这么多年，得到的结论就是打开神武殿的秘密导致的结果只有一个，那就是——死！”

众人哗然。

白凤仪追问：“真的吗？你爸的研究具体结果是什么？为什么打开秘密就会死？”

廖斌打断道：“白凤仪，别听她的话。她自从为我们老板做事以来就没一句真话。老板也提醒过我，她这个女人可以利用，但是绝对不能相信！”

白凤仪谨慎地说：“廖斌，我觉得不管她说的是不是真的，我们得小心一点。”

廖斌完全不听：“一派胡言有什么好听的！继续装！就算是炸弹，我也要放上去看看。把他们两个推到前面去！要真是个陷阱也要让他们先死！”

最后一个圣首被缓缓地吊装上去。三圣首归位，圣首与圣像脖颈连接处发出金光，就像是合体完毕一般，金光慢慢地笼罩住整个圣像，随后金光慢慢地往上升，最后三道金光在最上方交汇在一起形成一团巨大光球，光球悬浮在空中……

唐潮和夏梦寻一路紧赶慢赶，赶到神武殿，刚好看到这一幕奇景，不由得跟大家一起惊呆了。惊奇间，光球突然发散开来，形成一个防护罩，将三圣像的区域笼罩在其中。廖斌的两个手下被防护罩边缘切中，如触电般颤抖了几下便消失在了空气中。倚坐在圣像旁的假神秘人也同样被防护罩切中，消失在了空气中。廖斌、白凤仪、夏梦龙、田婉兮、胖手下五个人则被防护罩笼罩了起来。廖斌将胖手下推向防护罩，胖手下啊啊乱叫着，碰到防护罩却又弹了回来。

廖斌注意到了大殿门口的唐潮和夏梦寻，非常惊讶：“你不是被田婉兮射了一箭吗？怎么还活着？”然后冷笑了一下转过脸看着田婉兮：“没想到你这个贱人还真说了一次实话！神武殿居然真的是个陷阱。就因为你当时那么干净利落地在唐潮的胸上射了一箭，我还以为你是真心回到了老板身边。

没想到你原来是知道肯定射不死他！”

唐潮走近防护罩，对廖斌说道：“局面已经到了现在这个情况，不是谈这些的时候，当务之急我们得合作。得先把这个防护罩关了才行。你们先试试能不能把圣兽取下来解开机关。”

廖斌完全听不进唐潮的建议：“你以为我还会信你们的吗？我绝对不会让你们阻止我拿到宝藏！”廖斌举起弩弓，搭箭就射。弩矢飞快地射向唐潮，却在路过防护罩时，直接迅猛地反射了回来，“嗖”的一声插在了胖手下身旁，吓得胖手下连滚带爬。廖斌难以置信地看着防护罩，掏出匕首上前顶住防护罩，用尽全身力气往前推，却丝毫不见突破。廖斌怒了，使劲儿去劈砍防护罩，结果被震得往后退出许多步，手腕都被震麻了，防护罩却依然不见一丝破绽。原来，所谓“谁想打开神武殿的秘密，结果只有死”，居然是这个意思！没有什么地动山摇天崩地裂，就这么不见刀光血影，直接困死里面的所有人。

廖斌也真的怕了，示意胖手下去把圣首先取下来试试。胖手下赶紧起身攀上圣像，却发现无论怎么使劲儿，圣首都推不动，好像合到了一块。他不甘心，掏出一把事先准备进地宫用的榔头，向圣像狠狠敲去。谁知，刚砸到圣像，整个人便如触电一般被弹飞，整个圣像显然也被一层保护罩给笼罩了起来！

白凤仪目睹胖手下被弹飞在地：“别白费力气了。设计这个机关的人明显已经考虑到了里面的人会想砸毁圣像。圣首肯定是取不下来了，想想别的办法吧。”

廖斌越发恐慌起来，冲到田婉兮面前：“你肯定有办法出去！说，你爸死之前还跟你说了什么，怎么出去？”

田婉兮摇摇头：“我不知道，我来这里就没想着活着出去！”

廖斌狞笑起来，捡起榔头就要跟她拼命：“反正出不去了，我先敲死你再说！”

白凤仪怒喝：“住手！廖斌！你用用你的脑子，我们现在出去的希望都在他们身上。”她指着罩子外面的唐潮和夏梦寻，对廖斌说，“你想想，如果只有你一个人关在里面，你以为唐潮和夏梦寻会想方设法地解开机关救你吗？你杀了田婉兮和夏梦龙，外面还有谁管你？”

廖斌垂下了举着榔头的手，想了想，把匕首、弩弓、榔头所有武器都搜集到自己身边，跟唐潮谈判：“我暂时放他们一马，你得赶紧想办法把这个机关解开，否则我一定让他们死在我前面！”

唐潮答应了：“好。希望你也能保持冷静，闹崩了大家都没好处。”

唐潮和夏梦寻分工合作，分两头走着仔细找着地上有没有机关，比如松动的地砖或者凸起的按钮之类的。田婉兮走向唐潮，隔着防护罩叫他：“我抱着必死决心来的，没想过还能活着出去，所以死对我来说根本无所谓，我唯一后悔的是连累了夏梦龙。你答应我，如果我死在这儿，你一定要帮我找出到底谁才是幕后老板，一定要让他付出代价。”

唐潮看着田婉兮：“我一定会想办法把你们救出来的，你别多想了。”

田婉兮身后，白凤仪走到夏梦龙身边坐下，背靠着圣像底座，看向守着一堆武器闭目养神的廖斌，压低了声音跟夏梦龙商议：“廖斌这人非常情绪化。如果继续困在这儿，他很可能会变得越来越狂躁，甚至可能会变得完全不可理喻。到时候不管我们再说什么都没有用了。不知道唐潮和夏梦寻能不能找到机关，我们得做好他们找不到的准备。”夏梦龙点头。

廖斌猛地睁开眼睛瞪着白凤仪：“你们在叽叽咕咕说什么？我警告你们，所有武器都在我手上！谁乱来我就杀谁。”又吩咐胖手下：“胖子！别打瞌睡，盯着他们！”正在打瞌睡的胖手下打起精神，接过廖斌递过来的榔头，盯着夏梦龙他们。

此时白宙和蓝翎急匆匆冲了进来。原来蓝翎发现白凤仪不仅突然无故缺席了董事会，还电话都打不通，才去找白宙商议。白宙想着最近发生的事情，实在不放心，直接带着蓝翎赶来神武殿，果然见到了母亲。白凤仪见儿子直愣愣地向自己快步走来，赶紧起身，提醒白宙小心防护罩。

白宙四下打量了一下，伸手碰到了防护罩，被电击了一下一般缩回手。

夏梦寻过来解释道：“我们正在想办法把这个保护罩解开，但是找不到开关。我们已经试过了用弩弓射，用刀捅，都完全没用。”

白凤仪绝望地看着儿子："阿宙，妈出不去了。其实我一直没有对你说清楚这件事，我为什么要想方设法地揭开我们家世世代代守护的秘密。我不告诉你是因为我一直不想你参与，所以当你知道一些真相以后，我又狠下心把你赶出家门。我希望你不要怪我，我只是想保护你。"

蓝翎赶紧劝慰她："白姨，阿宙从来没有怪过你，否则他怎么会这么快赶过来呢？你放心，我们一定救你出来！"

白宙把视线转向田婉兮："你当初突然背叛我们，把唐家圣首拱手让给廖斌的，其实是早就知道会这样，是不是？"

田婉兮承认了："是的。我就是想用这个机会跟廖斌他们同归于尽，很抱歉牵连了你的母亲。"

白宙上前拽住唐潮的衣领："唐潮，你答应过我什么？我们当初说得好好的，我是要救我妈，不是要害死我妈！原来你跟田婉兮早就串通好了，田婉兮知道那一箭射不死你，还能让你顺其自然地不在场！而我妈根本无关紧要，我也无关紧要，我们都是随时可以牺牲的棋子！"

田婉兮隔着防护罩大喊："唐潮不知情，这是我一个人的计划！你冷静点！"

白宙根本冷静不下来，发疯一样地攻击唐潮，唐潮也不还手，只是默默承受。夏梦寻和蓝翎都上前阻拦，拉住白宙。

白凤仪也发话："阿宙，要冷静！你们再想想有没有什么办法，什么线索。"

夏梦寻突然想了起来："太奶奶日记里写过，三大家族保护圣首离开时，她曾见到一个血色的防护罩罩住了整个神武殿，当时正是四连血月……"

白宙一听，顿时摇头："不行，今年也有四连血月，但是还要等好多天。他们撑不了这么长时间就会渴死的。"

田婉兮看着身边的夏梦龙，终于下定决心说："我爸爸能从图腾中解读出打开神殿秘密的后果，说不定也能从图腾中解读出解开防护罩的方法。虽然我爸爸去世了……但是，我爸还有个师妹。"众人眼神都看向了她，像是看到了希望。田婉兮继续说："不过，我只记得她是东城大学的教授，姓陈，不知道她这些年还有没有继续研究。”

唐潮和夏梦寻对视一眼，觉得事情终于有了转机。

夏梦寻问白宙：“阿宙，你要不要跟我们一起去找陈教授？”

白宙只疲惫地摇摇头：“我守在我妈这里。”

夏梦寻只好和唐潮两人出去找这位陈教授。他们先给东城大学打了电话，却被告知，考古系现在没有陈教授，以前倒是有过一个，可是辞职好几年了，现在连联系方式都没有。这大海捞针，茫茫人海上哪儿去找一个陈教授呢？靠人力怕是来不及了，还是得靠高科技手段才行。现代人哪怕是去山林隐居都得带上电脑、手机，任何人或多或少都会在互联网上留下足迹。看来还是得拜托石磊去找之前那位传奇人物了——雪诺登。

石磊听了两人的描述，一脸惊叹：“真的假的，也太玄乎了吧？还有保护罩？一碰上真的跟触电一样？连弩弓都射不穿？好莱坞大片啊。你们再去的时候我得一起去，我也得见识见识。”说完转身去一旁柜子里取出一个过时的手机：“著名黑客可不是随便联系的，我告诉你，甭管什么 iPhone 六七八九十，要找雪诺登啊，都还得我这个玩意儿。”说着就开始摁短信。

夏梦寻急了：“赶紧打电话啊！”

石磊摊手：“最近他不知道为什么特别小心谨慎，只准我发短信，不准我打电话。不过你们也别太操心，只要雪诺登肯接这活儿，那就绝对能找到，我还没见他失手过！”

短信发出，大家不约而同地安静下来，静静地盯着手机看回复。

过了十几分钟，这部手机终于响起了信息提示声。石磊打开一看，雪诺登发来了一个酒吧的地址，还有一张看起来神叨叨的女人的照片。他把地址和照片给唐潮、夏梦寻两人看了看，说：“待会儿我用我手机发给你们，你们快去找她吧。这里我就不去了，但是你们去神武殿的时候可得带上我！”

唐潮和夏梦寻起身赶往这个地址，确实是个酒吧，人不算太多，低声播放着美国的乡村音乐。他们把手机上女人的照片给酒保看，酒保朝里指了指。沿着酒保指的方向，两人看见了一名打扮得像吉普赛人的占卜师。

占卜师也注意到了夏梦寻和唐潮的意图，起身迎上，招呼两人在一张桌前坐下。

夏梦寻盯着看起来神叨叨的占卜师：“您……就是东城大学考古系陈教授？”

占卜师一愣，上下打量了一下夏梦寻，神秘地一笑，把左手食指贴到唇边，做了一个“嘘”的手势。

第二十三章
魔鬼交易

唐潮跟夏梦寻满怀希望地望着占卜师，只见她拿出一副塔罗牌，伸出三个手指。夏梦寻疑惑地伸手从中抽取了三张，递给她。

占卜师先翻开了第一张，说："命运之轮，正位。这是一种公平的循环。命运之轮也许会在你喜欢的角度停下来，这使你有不可思议的好运气；而它也会在你不喜欢的角度停下，你就会倒霉。不管你愿意与否，命运就是如此无情，况且生命本身就是处在不断的变化之中，这就使你的生命中充满了挑战和刺激。"

夏梦寻疑惑不解，有些着急。唐潮喊："陈教授！我们就是有一个东西希望你帮忙看一眼！"

占卜师略显惊慌，不过很快就恢复到平静的表情："你们认错人了。"接着翻开了第二张塔罗牌，继续解释，"高塔，正位。突然而又不可预料的强烈变化让人无法接受，再高傲的人类也无法与自然的强大相提并论，挑战自然只会引来神的怒火。"

唐潮没耐心再听下去，直接把神武殿内墙壁的图腾照片放到她面前："你认不认识这个图腾符号？"

陈教授一看到那张图腾符号顿时脸色大变，有些惊讶，又仔细打量了一边唐潮与夏梦寻："你们是耿师兄什么人？耿师兄呢？"

唐潮赶紧答道："您说的耿师兄是我好朋友的父亲，我的好朋友叫耿倩。

耿叔叔不久前刚刚过世，留下了这些图腾符号，这涉及到我们救人的大事，所以想向您请教这些符号的意义。”

陈教授想了想并没有说话，随后翻开了第三张塔罗牌：“倒吊者，正位。”她抬眼静静地望着面前的两个年轻人，“我不能告诉你们，因为告诉了你们就是在教你们同魔鬼做交易！最后吃亏的永远是你们。”

夏梦寻与唐潮对视，一脸的惊讶与茫然，还有焦虑。那罩子密不透风，别说放人出来，连送食物和水进去都困难。现在，迟迟找不到打开罩子的方式，也不知道，他们能在防护罩里撑多久。

与唐潮和夏梦寻担心的情况一样，防护罩里最早出现的困境，确实是缺吃的缺喝的，廖斌还好，从胖手下随身带的背包里搜出了一些零食和水，虽然不多，但是短期内也不至于渴死饿死。可是白凤仪、田婉兮、夏梦龙三人，什么也没有。白宙看着白凤仪的嘴唇因为缺水而苍白干裂，无比着急，对廖斌威逼利诱，可是廖斌浑然不为所动。倒是田婉兮从廖斌那儿得到了一瓶矿泉水——廖斌还指望着她的前男友赶紧回来救人呢！田婉兮愤怒地要把矿泉水踢回去，被夏梦龙拦下了。

夏梦龙劝着田婉兮：“就算同归于尽，也得敌人先死啊！”田婉兮犹豫着，看夏梦龙非常坚持，便喝了几口。

白宙恨恨地盯着田婉兮：“给我妈喝一口！”

田婉兮没有看白宙，只是把剩下的水递给了夏梦龙。夏梦龙微笑，把水递给了白凤仪。白凤仪接过水，微笑道谢。

白宙狠狠地说：“用不着谢他们，是他们让你被困在这里。”

白凤仪淡淡笑了笑：“事情既然到了现在这样，追究是谁做的没有太多的意义。其实，我倒也理解田小姐，失去亲人的滋味我也经历过。”

田婉兮遗憾地说：“现在最可惜的就是老板不在这里，最该死的就是他！廖斌你到现在还不肯跟我们透露一下老板是谁吗？”

廖斌说起老板也是一肚子气：“什么他妈的狗屁老板，他就是利用我，我现在都快死了，他也不出来。我要是知道，还不告诉你们吗！我一直都是通过一个电话号码跟他单独联系。”说着扔给田婉兮一台手机，“这里所有电子设备都失效了，给你你也找不到他！你以为我不想找他啊！我现在回想，我们所有人都被他玩了。他现在要是敢出来，我第一个帮你弄死他！”说到这里也越发焦躁起来，转身对白宙吼：“再这么下去，我们都得死了，包括你妈！你在这儿守着也没用，要不你出去看看！这防护罩里面是我的天下，我想怎么着就怎么着。你能做的就是赶紧给我找到关闭它的办法！这样吧，我们做个交易。”说罢，从包里掏出一瓶红牛扔给白凤仪。

白凤仪冲白宙点了点头，白宙终于下定决心，转身朝外走去，蓝翎快步跟上他。

白宙给夏梦寻发信息问了地址，便让蓝翎开着车赶去。

夏梦寻完全没听懂陈教授讲的塔罗，不过倒是问清楚了陈教授为什么会在这里。原来，陈教授之所以能一眼就认出那图腾，是因为一年多之前，耿倩的父亲曾经给她发来一封邮件，邮件里面就有这张照片。此前，不只是耿倩父亲，而是很多研究图腾、符号、古文字的专家学者都被神秘老板请走，然后就没了音讯，后来虽然回来了但不是疯就是傻，明眼人都看得出这些人是选择了自己的方式对这个研究项目闭口不谈。所以，收到照片的陈教授不想卷入进去，就迅速辞了职，过起了隐姓埋名的生活，占卜成了她养活自己的手段。而且，她也没忍住图腾的诱惑，私下开始了研究，可是越来越迷惑，因为发现这些符号真的太简单了，它们出现在了无数文明的古图腾、文字之中。这么普通的符号怎么可能蕴含着深不可测的信息呢？

陈教授不肯再往深了说，只劝唐潮和夏梦寻：“你们很聪明，不过你们一定要记住——不要同魔鬼做交易。这个魔鬼我指的不是神话传说中的魔鬼，而是你们心中的欲望！与魔鬼做交易，只不过是一个说法。它真正的寓意代表着自我的牺牲！想要救人就一定得有牺牲。”说完，转身就向外走去。

夏梦寻给白宙打电话：“她说得神神秘秘的，我一大半都没听懂……”

白宙不耐烦地说：“你们怎么问的？我来亲自问！”

夏梦寻无奈地说：“她刚走……”

白宙焦急地催促：“我快到了，你帮我拦住她！”

蓝翎开着车已经到了酒吧门口，白宙坐在副驾上，正看见一个中年女人独自从咖啡馆走了出来，唐潮跟在后面。白宙喊蓝翎赶紧停车，车猛地停在陈教授身边。白宙打开车门，一把抓住陈教授拖上后座，吩咐蓝翎："开车！"

陈教授惊慌地质问："你们什么人！"

蓝翎也愣住了，白宙的语气冷得让她害怕，她还是下意识地发动了汽车。

白宙其实恐惧极了，他真的好怕失去白凤仪。他幼年丧父，是母亲把他一手拉扯大，母亲是他的靠山、他的港湾，他为了夏梦寻会和母亲顶撞、冲突，却从来没想过眼前那个如此强大的母亲会一夕之间变得如此脆弱，离死亡如此之近。他已经失去了夏梦寻，如果再失去白凤仪，他就彻底失去了心理上的依靠，即使他凭借自己的双手可以做出自己的事业自己的成绩，可是，那又有什么用呢？而且，母亲对自己的好，他当然一直知道，可是为了夏梦寻，他不知道跟母亲作对了多少次，当时自己为了爱情根本没有顾忌母亲的感受，可是现在回想起来，自己对母亲实在是太残忍了！一想到这里，他就无比悔恨，他要补救，所以，白凤仪一定一定不能出事。

他让蓝翎把陈教授带去了白家，请进了客厅，情绪激动地威胁陈教授："图腾的意思，你趁早告诉我！如果知道，现在就说。如果不知道，你就在这儿研究，什么时候研究出来，什么时候才能走！"

蓝翎虽然知道现在白宙已经失去了理智，可是还是帮着劝陈教授："现在真的是人命关天，我求你帮帮我们！"

陈教授早已恢复了镇定，看着面前两个疯狂的年轻人，缓缓地说："要救人，必须要跟魔鬼做交易。如果你们真的决定要做这个交易，那我可以告诉你们怎么做。魔鬼藏在每个人的心里，你想它是什么样子，它就是什么样子。你们为了救人，居然在大街上把人拉进车里！虽然我能够理解你的心情，但是你冷静下来想想，你是不是已经屈服于心中的冲动？"

蓝翎恳求陈教授："是我们冲动了，可那是因为他妈妈现在有生命危险。请你告诉我们，这个交易怎么做。至于做不做这个交易也请你相信我们，我们自己来判断。"

陈教授动容，看着白宙，说："看在你这么孝顺的分上，我就跟你说句实话。我说的魔鬼不是虚幻的神话幻象，而是心魔。人看到自己无法理解、害怕的东西时，总会说看到了魔鬼。既然图腾中解读出了魔鬼的交易这样的信息，我估计，解开机关的办法就在另一个古代人害怕的东西上。神武殿中的魔鬼有着无数种可能性。如果你们真的是急着救人，就赶紧着手研究一下古文明中代表魔鬼的各种图腾。言尽于此，你们自己决定吧。”

说罢，起身就向外走。白宙这次没有阻拦，他只看着陈教授离开，然后跟蓝翎说：“不管是什么交易，为了我妈，我都要做。你帮我找到所有相关的图书资料，我一定要找到解决的办法！一定要快！我自己都不知道，我妈还能坚持多久……”

白宙的担心并不是多余的，虽然白凤仪得到了廖斌作为交换条件所给的一瓶红牛，但是防护罩里的大家面临了比缺吃少喝更严重的局面——缺少氧气！随着时间一分一秒流逝，罩子里的大家都开始感受到呼吸越来越困难。这防护罩不只不能让人和物进出，甚至连空气都无法流通！这是个绝对密闭的空间，把空气都隔阻了，不等大家渴死、饿死，就会先窒息而死！

廖斌拿着弩弓，也陷入了疯狂，把弩箭先是对准了田婉兮：“妈的！老子现在一定得杀人！少一个人就能多活一点时间！就先杀你吧，是你把我带到了这个鬼地方！”

夏梦龙挡在了田婉兮面前：“你杀了她，唐潮绝对会跟你拼命！”

廖斌把弩箭偏了偏，对准了夏梦龙。田婉兮看着夏梦龙，动情地说：“你若死了，我马上跟你去死！”

廖斌爆了句粗口，把弩箭又对准了白凤仪，夏梦龙提醒廖斌：“白凤仪若是死了，白宙回来之后绝对不会放过你。”

廖斌扭头看向胖手下，胖手下浑身一个激灵，虔诚地看着他：“老大，这里只有我是你的人！杀了我，还有谁能帮您啊！”

廖斌把弩弓握紧，气喘吁吁地瞪着所有人，眼睛都变得通红，脸上开始冒汗。

氧气随着众人的一呼一吸，毫不间断地逐渐减少，大家都坐在地上，精神萎靡。

白凤仪年龄最大，体质最差，已经撑不住了，面色苍白地进入了半昏迷状态。田婉兮和夏梦龙在一旁照顾她。夏梦龙挪动位置靠近胖手下："别怪我没提醒你，等一下廖斌要杀人，第一个杀的就是你。我们这些人里，现在实在是你的价值最低。"

胖手下悄声回："我知道你这是反间计，可是还是觉得你说得挺有道理。我发现老大现在有点儿快疯了，真有可能杀了我。你说我该怎么办？我都听你的。"

夏梦龙附在胖手下旁耳语一番。廖斌盯着："你们在说什么！"

胖手下神色慌张地看着廖斌："他刚才说了个好可怕的事情！"然后走到廖斌身边，附在他耳边："他刚才悄悄地对我说，这神殿啊……"然后突然惊喜地对着大门的方向喊道："老大，他们来啦！"廖斌扭头看向门口，胖手下随即挥拳用尽全身力气击打廖斌的后脑勺。廖斌防备不及，身形不稳。夏梦龙扑上来抢下了廖斌的弩弓。然后和胖手下合力，把廖斌彻底击晕。

胖手下一屁股坐在晕倒的廖斌身上："现在我是你们的人，我坚决站在你们这边，大哥，大嫂！"

即使廖斌被制服，空气被隔绝的问题也没法解决。罩子外的人也都在和时间赛跑。白宙和蓝翎在白家一起查阅资料的同时，夏梦寻和唐潮也在画室边查边商量。一本又一本的书被翻过，却还是一无所获。从天亮到天黑，又从天黑到黎明，夏梦寻眼皮都要睁不开了。

恍惚中，夏梦寻发现自己身穿一身白衣，独自站在了神武殿内的蛇形图腾前。她伸手去摸图腾，却突然发现自己手正在流血。血洒在图腾上，瞬间图腾开始发光，然后神像也共鸣般放出奇异光芒。手上的鲜血则有了蔓延之势，向手臂延伸，夏梦寻吓得尖叫起来。

唐潮听到喊声，赶紧搂住她："怎么了？做噩梦了吗？别怕别怕！"夏梦寻满头大汗，发现已经是早上了。她想起梦境内容，又忍不住吓得浑身抖了一下。定了定心神，一个大胆地猜测浮上心头。她看着唐潮，说："反正也查不出什么资料，不如我们还是去神殿看看吧。"

唐潮点点头："也好，我叫石磊来开车吧。我俩现在这状态，开车太危险。"

石磊一听要去神殿，毫不犹豫就开车过来，载上唐潮和夏梦寻直奔皇陵镇。

三人一路风尘仆仆赶到的时候，白凤仪和廖斌已经昏迷，田婉兮、夏梦龙和胖手下也呼吸困难，无力地倚坐在圣首基座上。

夏梦龙见妹妹赶到，艰难地问："有办法了吗？"

夏梦寻摇摇头，眼泪掉下来："我们会想办法的，你们再坚持坚持。白姨和廖斌是怎么了？"

夏梦龙简要地讲了事情的经过，然后严肃地看向唐潮："我能和婉兮一起有这些经历，倒是不怕死，只是担心梦寻。我把她拜托给你了，你一定要好好地照顾她。"

夏梦寻哭得更厉害了："哥！你说什么胡话！我们一定能把你们救出来！唐潮、石磊，我们再分头找找！"说罢三人就分头行动起来。

夏梦寻回想着昨晚的梦境，在神武殿里四处观望。当她走近那个箭头门时，看见了墙上的蟒蛇图案。她脑中响起了陈教授的那句话："与魔鬼做交易，只不过是一个说法。它真正的寓意代表着自我的牺牲！想要救人就一定得有牺牲。"

夏梦寻看了看唐潮，他正开着手机手电筒在二楼找线索。她看着他的身影，眼泪漫溢。然后擦擦眼泪，整理好情绪，去找唐潮。

她默默走到唐潮身边："你还记得我们最开始在这里见面的时候吗？"

唐潮笑了："当然记得了。天上还下着大雨，我跟你开个玩笑，还把你吓哭了。"

夏梦寻陷入了回忆，感慨道："现在想起来，觉得那段记忆很美好。不过，我还是要谢谢你，让我知道了什么是爱情。唐潮，你爱我吗？你到现在还没直接跟我说过你爱我……"

唐潮看着夏梦寻："爱，当然爱！我爱你，夏梦寻！我已经想好了，等我们把这件事解决了，我就要把圣首毁掉，我们远离皇陵镇，远离神武殿，远离所有的一切。"

夏梦寻抱着唐潮，在他嘴上亲了一口："谢谢你。"然后转身下楼，"我还是去楼下找答案，你在楼上找吧！”

夏梦寻走下楼，正碰见白宙和蓝翎进来。白宙看见夏梦寻，马上问：“找到办法了吗？”

夏梦寻看着他，说：“你先别着急，我有话对你和蓝翎说。其实我一直都欠你们一句对不起，如果没有我，或许你们早就成为了令人羡慕的一对。我作为闺密，对不起蓝翎，我太木讷，没懂你的心思。对你，我感激却无法回报。我一直想对你说，蓝翎才是那个值得你付出的人。如果你们都把我当朋友的话，我真心希望你们能在一起……”

白宙把手缩了回来：“我现在没心思说这些，我要救我妈！”转身走向白凤仪，蓝翎赶紧跟上。

夏梦寻对着他的背影坚定地说：“你放心！白姨一定会没事的！”说罢，她抬头看向唐潮，唐潮也正看着她。她对着唐潮做出口型：我——爱——你——然后，转身走到箭头门下，伸手去摸那个蛇形图腾。

当她手碰到蛇的刹那，突然感到手掌刺痛，她痛叫：“啊——”一看手掌心，只见一道血红的伤口。背后突然闪过一阵刺眼的光芒。然后听到白宙欣喜的声音：“妈！防护罩解开了！”

夏梦寻回头看去，防护罩已经解开，大家急忙给里面的人送水、送吃的。唯有唐潮惊愕地看着夏梦寻，一边大叫一边大步冲过来：“夏梦寻！”

夏梦寻全然不知道自己身后的蛇形图腾正放着幽幽的血红色的光芒，还冲着唐潮开心地一笑。

第二十三章
神秘黑点

唐潮眼见着夏梦寻身后的蛇形图腾放着幽幽的光芒，然后夏梦寻就晕倒在地。他扑上去抱起她，抬起她的手，看到了掌心的伤口。他把夏梦寻横抱起来，往殿外走。

夏梦龙见状也赶过来："唐潮，梦寻怎么了？我跟你一起去！"说着话，脚下又是一个踉跄。毕竟缺氧太久，实在晕得厉害。田婉兮想跟着夏梦龙，却也是站不稳身形。

石磊本来跟在蓝翎身边，和白宙一起围在白凤仪面前。一看这情况，起身过来搀扶着夏梦龙和田婉兮："别急，我扶你们走！"临走前转身看着蓝翎："蓝翎，我要先走了，你照顾好自己。我们回头再联系。"蓝翎顾不上理他，帮着白宙抱起白凤仪也往车上去，赶紧往医院送。

神殿里空空荡荡，只剩下了胖手下和廖斌。胖手下看着众人纷纷离去的背影，伸手推推廖斌："老大！醒醒啊！老大！"

廖斌迷迷糊糊醒了过来，抬手就抽了他一耳光："你胆子不小啊！"

胖手下结结实实挨了这一下，扑通跪下："老大！误会啊！我不敢啊！刚才那是权宜之计，骗骗他们的。你看，他们把罩子打开了，想杀了你，只有我保护着你，跟他们拼命，他们才丢下你走了……"

廖斌一脚把胖手下踢开，却意外地发现大殿的墙上多出了一座石门，边上有缝隙，应该是能推开的样子。他上前研究，试图推开，门却纹丝不动。他叫来胖手下帮忙，也还是打不开。

廖斌拿起手机，给神秘人打电话，对方却手机关机。廖斌怒骂："什么老大！我为他卖命，他却连个人影都不见！妈的！从今天开始我们自己干！我们盯着唐潮和夏梦寻，看他们怎么把这扇门打开！"

唐潮正在医院病房，握着夏梦寻的手陷入了沉思。他一路把夏梦寻送到医院，医生检查后说夏梦寻只是太累，并无大碍，昏睡一段时间自然会醒来。可是他明明看到了夏梦寻手上的伤口，到了医院，这伤口却完全消失不见了！这是怎么回事呢？不过，不管怎么说，没事就好。他安顿好夏梦寻，又去输液室找夏梦龙和田婉兮。只见两人坐在一起打点滴，不打点滴的那只手还握在一起。两人虽然疲惫，却已经没了大碍，夏梦龙问清楚唐潮，知道了夏梦寻并无大碍，终于放下心来，又叮嘱唐潮："刚才看见白凤仪他们也在这医院输液，你也去看看吧。"唐潮出门去看他们，却发现白凤仪已经在白宙和蓝翎的搀扶下出了医院，渐行渐远了，看起来她也没什么大事，恢复过来就好了。

白凤仪被白宙和蓝翎送回了家，欣慰地看着白宙。白宙无比愧疚地看着母亲："妈，对不起，这次要不是我帮着唐潮，您也不会遇到这样的危险。以前我真的是太任性，总是跟您作对，却忘了这世上，只有您对我最好。"

白凤仪摸着儿子的脸："你不用自责，是妈不好，没把整件事情的原委告诉你，你不知道情况，所以才会跟我作对。"说到这里，犹豫了一下，看了看白宙，终于还是下定决心说了下去，"阿宙，你肯定好奇我为什么如此狂热要集齐圣首打开神武殿，说实话，我……是为了你爸爸！"

白宙大惊："我爸？他不是绝症……早就不在了吗？"

白凤仪看着儿子，吐露了一个惊人的真相："某种意义上来说，你爸确实已经死了。但是他还能活过来。其实在好几年前，关于人体冷藏技术的实验就已经成功了。得了绝症的人可以靠人体冷藏技术活到解药被研发的时候，然后再出来接受治疗。你爸爸现在，还在世界上最先进的人体冷藏库躺着……但是这个技术只能拖延生命，并不能救人。你知道吗？有个古老的传说，说有一件法宝能够让人的伤病快速痊愈，而它现在就藏在神武殿里。"

白宙难以置信地摇头："传说？法宝？你知道这些话听上去有多疯狂

吗？你怎么能将希望寄托在这些虚无缥缈的事情上？”

白凤仪瘫坐到椅子里，落泪：“是啊，我知道你是肯定不会相信的。但是我为了心爱之人放手一搏的心情，希望你能够理解。我瞒着你，一来是怕你不支持；二来，是因为我发现，神武殿的宝藏被一个神秘组织盯上了。他们的实力非常强大，要抢在他们前面拿到神武殿的宝藏几乎是不可能的。所以我只能选择了与他们合作。我知道与他们合作无异于与虎谋皮，但我可以为了你爸付出一切，哪怕我死了，也值得。”

白宙懂了：“你说的神秘组织，就是廖斌背后的力量吧？妈，你放心，我理解你，我一定会帮你的！之前是我太幼稚，相信了不该相信的人。”

白凤仪很感动：“有你帮我，我就放心了，以后你就回公司，公司的资源可以为你所用，你做事也方便。神武殿你还得赶紧回去一趟，保护罩出现又消失，一定还有别的变化，说不定就是打开秘密的关键。”

白宙终于下定决心要解开神武殿的秘密,而之前热衷于解开秘密的唐潮，却改了主意。唐潮看着昏睡的夏梦寻，心有余悸，什么秘密什么宝藏，如果为了它们而失去了夏梦寻，那简直无法想象！对自己而言，最大的宝藏，难道不是夏梦寻吗？何必还去探寻什么神武殿呢？他守在夏梦寻的床边，牵着她的手，等她醒来。

夏梦寻在昏睡中，又梦到了太奶奶夏以柔的事情，还梦到了夏以柔的梦境，整个乱极了。梦里，夏以柔总是告诉她父亲，她梦到神武殿山崩地裂，有各种异象，这些话却被认为是疯言疯语。父亲将她关在屋里，让表妹小玉看着她，不让她出门。她趁着镇上的市集那天，说动小玉偷偷跑了出去，她让小玉先去市集，自己先去趟神武殿再去市集和小玉汇合。她独自在神武殿三圣象前跪下，虔诚地求圣像明示，却意外地在神武殿碰到了一个看着像喝醉的男人。男人一派胡言乱语，却意外地不惹夏以柔反感。男人自称张仲，和夏以柔相谈甚欢。夏以柔甚至跟张仲一起去了市集，两个人一路走一路笑一路聊，欢声笑语，直到听到有人喊张仲：“唐家大少爷！”她才知道自己被骗了，生气地转身就走，“张仲”赶紧追她。

夏梦寻猛地一下醒了过来，先看到了唐潮的脸，她喃喃地喊：“张仲？”

唐潮一挑眉："喂！你这昏睡了两天，一醒来喊谁呢！"

夏梦寻操起枕头朝唐潮砸去："坏蛋！我梦到你跟别的女人谈恋爱去了！不过……跟你谈恋爱的这个人，好像是我太奶奶……"

唐潮差点笑喷了："你梦到的是我太爷爷吧。你没见过我太爷爷，就把我的样子安到他身上了。不过，你恢复得不错嘛，都有力气打我了！来，叫声太爷爷听听吧！"

夏梦寻捶他："讨厌啦！哎，唐潮，我有点想不起来了，保护罩后来怎么解开的？"

唐潮握着她的手："我还想问你怎么解开的呢。我看你手上有伤口，来医院却又发现伤口没了。"

夏梦寻抬起手，动了动手掌，一切正常。她问唐潮："那医生有没有说我怎么样？有没有得了绝症什么的？"

唐潮笑了："什么绝症啊，你都胡说些什么。医生说你就是太累了，醒过来了就没事了，可以直接出院啦！"

夏梦寻兴奋了："真的吗？原来和魔鬼做交易什么的都是假的！我去摸了墙上的蛇图腾，还以为这就是和魔鬼交易呢！哇！太好了！快给我办出院，送我回家！"

唐潮送夏梦寻回到家，正碰见夏梦龙和田婉兮双手交握，真情对视。

夏梦寻夸张地"哇哦"了一声，感叹："一大早这么缠绵啊！羡慕死人啦！"

田婉兮微红着脸回她："你有什么可羡慕的。你不也找到自己的幸福了吗？我刚才在跟你哥哥说，这次的事让我发现，仇恨根本解决不了问题，反而会害更多的人。我觉得是时候放下了。我打算和你哥哥去国外散散心。"

夏梦龙依然牵着田婉兮的手，冲妹妹说："你躺在医院的时候，唐潮可是寸步不离，比我这个哥哥还上心，我也放心啦。唐潮，委屈你了啊！快收了我这个麻烦的妹妹吧！"

四人打闹起来，乐作一团。

这边是四个人放下了仇恨和欲望，终于开心起来。那边，白宙，却拾起了这份仇恨和欲望。他恨唐潮，他曾把唐潮当作兄弟，而这“兄弟”却先是抢走了自己的爱人，又让自己的母亲差点丢了性命。他简直一眼都不想再看这个“兄弟”，可是，他想打开神武殿地宫的大门，他想帮母亲完成心愿，他想救父亲的性命，这些欲望驱使他压下仇恨，约了唐潮出来谈谈合作。

唐潮应约前来，却完全不同意白宙的想法。他觉得白宙的想法完全是匪夷所思，这样的事情明明该把希望寄托在医学进步上，怎么会指望神武殿传说中的秘密呢？为了神武殿的传说，他差点失去了夏梦寻，绝不愿意再去冒这样的风险。

两人想法大相径庭，根本谈不拢，都拼命想要说服对方，却都坚持自己的想法，最后只有不欢而散。

白宙跟唐潮谈崩之后，直接去见了另一个人——廖斌。

廖斌对于白宙的到来也颇感意外：“你不跟唐潮、夏梦寻一伙儿了？”

白宙直言：“你别管闲事。我只问你，如果你愿意跟我合作，那么如果找到宝藏，里面的金银财宝全都归你。”

廖斌皱眉思索：“那你图什么？”

白宙答：“这与你无关，反正我图的不是财，跟你没有冲突。我们目标却是一致。我想见你的幕后老板。”

提起老板，廖斌一肚子气：“你想见他？别说你，我还想见他呢！上哪儿找去！”

白宙想想，说：“他肯定早晚还会再联系你，到时候记得通知我。”说完，转身离开。

而这位大家都在找的神秘老板，这时，正独自站在神武殿那扇神秘的石门面前，抚摸着石门上一个小小的缺口，然后掏出一块龟甲插了进去。龟甲周围亮起了一个三角形图案，他面露喜色，伸手去拧龟甲，却发现怎么也拧不动。

显然，这门不是谁都能拧开的，只有特定的人才可能打开它。这人是谁呢？夏梦寻的可能性最大，毕竟这门的出现都是由夏梦寻的行为引发的。

而夏梦寻，却完全没想到这些。她这会儿正盯着自己的手出神——被蛇图腾“咬”过的那个手掌中间，不知何时出现了三个黑点，分别位于掌纹的事业、爱情、健康线上。她伸手去抠这黑点，不痛也不痒，却也抠不掉，只好不再理会。和唐潮的想法一样，她也放弃了追寻神武殿秘密的想法，只想珍视身边真实的世界。至于太奶奶的日记里的那个神秘世界，就让它继续神秘下去吧，或许不打扰也是一种尊重。想到这些，她给出版社老板发了封邮件：“亲爱的蒙总，感谢您对《神域》的支持。因为有您的赞助，《神域》才会跟千千万万的读者相见。但是我现在由于个人原因，想要停止更新……”

发完邮件，她去找夏梦龙：“哥哥，之前你一直不支持我画漫画，我现在想通了，确实不该为了这点业务爱好搭上这么大精力，还让你们涉险其中，是我不好……”

夏梦龙怎么会怪妹妹呢，他拍拍夏梦寻的肩膀：“我们都是一家人，说这么生分干什么！唉，从你认识了唐潮，我认识了田婉兮，我们兄妹两人倒是很少有机会单独相处了。刚好今天田婉兮不在，走！哥今儿请你吃大餐去！陪吃陪逛，包你满意！”

夏梦寻乐了：“还是哥哥靠得住啊！刚好唐潮也说他这两天有事，咱们兄妹好好聚聚！我帮你增强一下如何做一个优秀男朋友的素质！”

夏梦寻可不是开玩笑——当夏梦龙拎着大包小包各种购物袋狼狈地跟在精力旺盛的夏大小姐身后喘气的时候，才明白夏梦寻的战斗力可真是强大。夏梦寻得意地走在前面：“你知道吗？要当好男朋友，首先，得是自动取款机，花得起；然后，得是千斤顶，能干体力活；第三，要做暖水袋……”夏梦寻忽然停住了，指着街对面。

夏梦龙顺着她的目光看去，只见田婉兮和唐潮并肩走在一起。

夏梦寻掏出电话给唐潮拨了过去：“忙什么呢？一整天都不吱一声。”

唐潮接起电话：“我跟石头在外面吃饭呢，我们俩谈点事……想我啦？

晚上画室见吧。我这儿有点吵，听不太清，喂……喂……”

夏梦寻看着街对面唐潮挂了电话，与田婉兮上了车。她脸色不悦，对夏梦龙说：“他骗我！说跟石磊在一块儿呢！”

夏梦龙愣了，放下购物袋：“我问问婉兮。”

他掏出电话拨打，却一直没有人接听……

第二十四章
求婚惊喜

晚上，唐潮回到画室，只见夏梦寻已经在等他。

夏梦寻看见他进来，示意他别说话，然后拿出手机给石磊打电话。

唐潮愣了：“你找石头……”

夏梦寻瞥了他一眼：“你再说话我翻脸了啊！”

电话接通了，夏梦寻开了免提，问：“石头啊，唐潮在你那儿吗？”

电话里传来石磊的声音：“啊……啊……对啊！在我这儿呢。他这会儿在厕所呢，等、等他出来我让他给你马上回电话啊！”

夏梦寻挂了电话，似笑非笑望着唐潮。唐潮手机响了，来电正是石磊。

石磊的声音很大：“不管你在哪儿，在干什么，赶紧给夏梦寻回个电话。刚才幸亏我机智，说你……”

夏梦寻狠狠剜了唐潮一眼，抢过手机，对着手机说：“谢谢啊！石头！”然后挂了电话，看着一脸尴尬的唐潮，质问：“你给我老实交代，下午你是不是跟田姐姐在一起？在一起就算了，为什么还要骗我！”

唐潮先是点头，又赶紧摇头：“你误会了。我跟田婉兮只是想再去一趟神武殿。田婉兮说走的时候看到墙上多了一扇石门，想去再研究一下。”

夏梦寻很生气：“她说她放下了啊，你也说你不想再追寻神武殿的秘密了。怎么突然又要去神武殿。还非要瞒着我！”

唐潮解释：“我绝对不会为了神武殿的秘密而让你去冒险了，所以没有告诉你。可是，再往前走一步，就能找到事情的真相，在没有危险的前提下，我和田婉兮为了得到真相而再往前走一步，也不是什么大问题吧？”

夏梦寻失望地看着唐潮：“你知不知道我哥就要跟田姐姐去国外了，你这样就是在做第三者！你作为别人的男朋友，还跟别人的女朋友走这么近，你还不觉得自己有问题？”

唐潮也生气了：“你这纯属血口喷人。我不想跟你吵，清者自清吧！”

夏梦寻转身就走：“行！你不是非要去神武殿吗！我去帮你找行了吧！”

唐潮冲上来拦她，夏梦寻却铁了心非要去。唐朝只好跟上：“你别说气话，我陪你！”

夏梦寻一肚子气开着车直奔神武殿。

晚上的神武殿内一片漆黑，气氛有些恐怖。恐惧感立刻压倒愤怒感，掌控了夏梦寻的情绪。

唐潮打着手电跟在夏梦寻后面：“我走你后面，保护你。”

夏梦寻在这漆黑的大殿里，完全没了刚才的神气，只语气强硬地回：“你得保护我前后左右才够！”

唐潮见夏梦寻的注意力已经不在生自己的气上，走上前抓住夏梦寻的手：“你们女人怎么都这么胆小？”

谁知一句话出口，夏梦寻又恼了：“什么叫你们？你跟田姐姐过来的时候，你也这么跟她说的？你也这么抓着她手？”

唐潮深感无语：“你们女人怎么这么能吃醋啊。算了，赶紧去看石门吧。”

夏梦寻沉默着找到石门，在门上摸索，唐潮就举着手电给她照明。她仔细观察摸索，终于发现门上有个凹槽里似乎有东西。她心生好奇，伸手去摸，结果摸出来个小木盒子。她打开小木盒子，顿时愣住了——小木盒子里装着一枚戒指。

此时，神武殿四周突然亮了。夏梦龙、田婉兮、石磊在四周笑着走了过来，一边走一边撒花。唐潮朝夏梦寻单膝跪下，一脸真诚：“嫁给我吧！”

石磊起哄：“重要的事情说三遍！”

唐潮深吸一口气：“夏梦寻嫁给我吧嫁给我吧嫁给我吧！”

夏梦寻又惊又喜，捂着嘴红了眼眶："你故意安排好的吧？故意气我，故意引我跑到这里来。"

石磊冒出来："唐潮这回可真花工夫了，非要在你们第一次见面的地方求婚，要我们开这么大老远来这儿。重要的事情说三遍：答应他吧，答应他吧，答应他吧。"夏梦龙和田婉兮也笑着喊："答应他！答应他！答应他！"

夏梦寻感动万分，终于点了点头，小声说："我愿意……"

众人喊："重要的事情说三遍！"

夏梦寻扭捏了一下，终于大喊："我愿意我愿意我愿意！"和唐潮抱在了一起。

石磊在一边酸酸地感慨："唉，造化弄人啊。你们两对这样成了，你和唐潮，田婉兮和夏梦龙，剩下白宙、蓝翎、我，唉，我追蓝翎估计是没指望了。"

大家说笑着，突然，大家的手机同时响了起来。各人掏出手机查看，每个人的手机上都显示着一个隐藏号码发来的图片——龟甲，看形状，正和石门上的凹槽严丝合缝。

当时大家只不约而同地看了看石门上的凹槽，就没再多说，热闹了一会儿就散了，各自回家。可是回到家之后，还是都被这张图片吸引了。

夏梦寻把图片打印了出来，盯着出神。唐潮跟她聊蜜月旅行的事情，她都完全没听进去。

唐潮拿掉她手上的图片："我们不是说好了吗，神武殿的秘密跟我们再也没有关系了。我骗你说和田婉兮去了神武殿的时候，你还那么生气，怎么这会儿你也入迷了呢？"

夏梦寻思考着："我想，这应该是廖斌那边的人发过来的，目的就是引起我们好奇，让我们继续去寻找打开神武殿秘密的办法。这龟甲应该就是打开那个石门的关键，可是，他为什么不自己去开呢？"

唐潮把龟甲图片翻过去盖上，把夏梦寻揽到面前："不许再看，别管他了，反正我们不上当就是了，他们爱找就自己去找吧。我们，还是来看看我们的蜜月旅行吧！"

夏梦寻看着他说：“我总觉得心神不宁，好像神武殿的事还没结束。”

唐潮想了想，说：“你知不知道，白宙还专门为这事找过我，想要我帮他继续寻找神武殿的秘密，现在，他倒成了对这个事情最感兴趣的人。”

夏梦寻一听，着急起来：“都是我们把他扯进来的。这件事情太危险，我得制止他。不行，我得跟他聊聊。”想想又说，“不对，我得先跟蓝翎聊聊，蓝翎一定会帮我劝他的。”

夏梦寻当晚就把蓝翎约了出来。听完夏梦寻的话，蓝翎苦笑：“当初是他劝你，现在变成了你劝他，你们两个，唉……他现在是在为白姨做事，我也不知道白姨说了什么就突然把他说服了。我劝他他也不会听的。其实，他最在乎的还是你，如果你跟他说，也许会让他改变主意。”

夏梦寻尴尬地说：“我怕见面更尴尬，阿宙脾气又比较倔，我担心他越想越不开心……所以才瞒着他，叫你出来，希望你能帮我劝劝他……”

说话间，白宙急匆匆走了过来，兴冲冲地坐到夏梦寻对面：“梦寻，你别怪蓝翎告诉我你们见面的消息，我今天来真的有要紧事找你。”说着打开手机，展示自己收到的龟甲图片，“我收到了这张图片，我觉得这就是打开那道石门的钥匙！你告诉我，你太奶奶的日记里有没有提到过这个龟甲？”

夏梦寻：“没有提到过。阿宙，不要再参与这件事情了……”

白宙不相信：“这么重要的东西日记里怎么会没有提到呢？为什么你还要瞒着我？”

夏梦寻一愣，有点不敢置信地看着白宙：“你怎么能这么说我？我有什么必要骗你呢？我再说一遍，我太奶奶的日记里没有提到什么龟甲！”

白宙不死心：“那你把日记借给我读几天！”

夏梦寻断然拒绝：“我不想借！阿宙，我不把那本日记借给你是为了你好，希望你能够理解。”然后留下郁闷的白宙，径直走了。

夏梦寻回到家，躺在床上，忍不住拿出手机看了看那张龟甲的照片，她看了又看，最后像下定决心一般将照片删掉，扭头睡觉，又陷进了层层叠叠的梦境。

梦里，她是夏以柔。而夏以柔的梦里，龟甲沉入河底，发出幽幽光芒。

夏以柔忐忑地对唐家明讲述了自己的梦境，没想到唐家明不仅相信了，而且还告诉她外面的世界有多么精彩，与她约定，有朝一日要踏出皇陵镇去看看。混沌中，夏以柔又梦到了那块龟甲，在梦里，她知道这龟甲是放在神武殿一扇门上的，如果没有这个东西，火山会爆发、河水会沸腾、地面会开裂。她把唐家明带到了她梦到有龟甲的那条河，给他讲了梦境。唐家明二话不说就脱了外套下河为她去找龟甲。结果，唐家明在水里受了伤，却也没找到她说的龟甲。夏以柔搀扶着唐家明在河边一瘸一拐地走着，商量这个龟甲的事情，唐家明保证一定帮她找到，她却不愿意唐家明去冒险。两人争论间，一群家丁从树林里冲出来围住了两人。

夏梦寻突然惊醒过来，大汗淋漓。她拿起一旁的纸巾擦汗，未想却正看到自己手掌上的黑点已变成了三条沿着掌纹方向的小短黑线。她用手指去擦了擦黑线，黑线像是长在了肉里，完全擦不掉的样子。她开始焦虑起来。

夏梦寻心事重重地走出房间，未想却看到唐潮正和夏梦龙吃着早饭，两人吃着肉包喝着豆浆商量着夏梦寻的婚事，完全没注意到夏梦寻走了出来。

夏梦寻听了一会儿，忍不住抱怨："哥！你这么着急办我的事情，就这么忍不得我在这家里多待几天啊！你得再多考察考察他啊！"

夏梦龙本来正在跟唐潮说："我们夏家不缺钱，不缺房，不缺车，唯一缺的就是一心一意疼爱我妹一生的男人，现在有了你……"一听妹妹这话，话锋一转，"现在有了你来接受考验，我看，这考验期起码三年起吧！"

夏梦寻一听急了："三年？太长了吧！"

唐潮和夏梦龙都忍不住笑起来，夏梦龙对唐潮说："好了，好了，我们夏家这家长你算是见过了，接下来该梦寻去见见你们唐家的家长了。"

夏梦寻害羞地低下了头："你们安排吧。"

这时，大家都没想到，这本该和和气气地见家长，居然也会出了大问题。

苏心玉见儿子带回夏梦寻，那是高兴得合不拢嘴，但是唐鸿远却板着脸，面色不善。

梦寻给唐鸿远敬茶，他只冷哼一声，既不说话又不接茶，还是苏心玉出来转圜："他就这脾气，一辈子没笑过，梦寻你别见怪。好了，以后都是一家人了，梦寻啊，明天你跟我一块商量个日子，赶紧把婚事给办了。”

一直沉默的唐鸿远终于说了一句话，却让全场都安静了下来。他说：“办什么办？这婚事，我不同意！”

苏心玉恼了：“你这臭脾气我忍了你一辈子，今天我忍不下去了，你反对也没用，我就觉得梦寻很好，儿子，妈支持你！”

梦寻没想到唐鸿远有这么一出，一下子非常尴尬。唐潮愤怒地喊：“爸！你闹什么呢！”

唐鸿远只看着儿子：“我们唐家的祖训你忘了？”

唐潮瞠目结舌：“祖训？你说三大家族不能联姻那些鬼话？爸，你不会真的是因为这件事反对吧？”

唐鸿远冷笑：“我还真就因为这件事反对了！老祖宗定下祖训肯定是有用意的，祖训说不能联姻，你们就绝对不能去犯这个忌讳。”

梦寻又是羞恼又是尴尬，起身就往外走，唐潮赶紧追了出去！

苏心玉目送儿子追着梦寻出去，然后对唐鸿远说：“这没外人了，你可以说了，祖训到底怎么回事？结了婚会怎么样？生不出小孩还是会家破人亡？儿子好不容易找到个可心的对象，你居然闹这么一出，还想不想早点抱孙子啦！”

唐鸿远不为所动：“我们皇陵镇三大家族传承了几千年，但三家不能联姻这份祖训从来没有人敢挑战，我唐鸿远的儿子也休想挑战！这事没得商量，总之我就是一句话，他俩不能在一起！”

夏梦寻跑回家，跟夏梦龙说了今天的事情，就把自己关在了屋里，红着眼眶翻着太奶奶的日记，自言自语：“太奶奶，当年因为祖训，你没能跟心爱的人在一起，难道现在我也要经历这样的事情吗？难道这一切都是注定的？”

夏梦龙敲门进来，看妹妹眼睛通红，心疼地说：“傻丫头，嫁不出去了，非要嫁给唐潮？”看梦寻嘴角一撇又要哭，赶紧安抚她，“好了，哥跟你开玩笑呢。其实啊，照你刚才跟我说的来判断，我觉得唐潮他爸肯定有什么隐情。他不肯说，但是我们可以查啊。石磊那个黑客朋友雪诺登，应该可以查出点什么东西来。”

夏梦寻想了想，终于点了点头，跟夏梦龙一起去找石磊。

石磊一听两人说了事情原委，立马揽下这活儿：“等着，我去联系！”然后又拿那台过时的手机给雪诺登发信息。

夏梦寻和夏梦龙就坐在旁边等着。夏梦寻催问：“得多久能有消息啊？”

石磊表情夸张地说：“不是吧，这么急？唐潮好福气啊，你这么爱他，晚一分钟嫁给他就如坐针毡。不过，我还真是有点暗搓搓地希望你俩有点波折呢……唉你别瞪我！你想啊，你跟唐潮修成正果，白宙就彻底没机会了，白宙没机会，蓝翎就有机会了，蓝翎一有机会我就没机会了。我总没有那么高尚，完全不考虑自己，只当活雷锋吧！”

夏梦龙笑着说：“石头，我也跟你说句实话，就算白宙做了和尚，蓝翎也不会给你机会！”

此时，那个老旧手机响起了短信声，石磊拿起来一看，脸色大变：“天啊！你和唐潮……可能是兄妹！”

第二十五章
诡秘鬼影

石磊看着脸色发白的夏梦寻，解释道："我不负责判断真假，这是雪诺登发过来的，他调查了唐潮他爸当年的生活轨迹，用大数据统计出，在唐鸿远二十多岁时有一段时间跟你俩的妈走得很近……你看，短信上说，他们俩在一年内十三次坐同一班航班，三十六次在一家饭店吃饭，三次竞标同一块地，六十八次出现在同一个城市，二次选择同一时间休假，还有三次开了同一个酒店，而且还是隔壁房……"

夏梦寻捂着耳朵大吼一声："够了！别再说了！"转身出门。她一上车就给唐潮打电话："你，赶紧出来！五分钟后我到你家外面，你那时必须出现！"说完，直接挂了电话。

她开着车一路飞驰，去唐家门外接上摸不着头脑的唐潮，直奔医院。

一直到抽完血等检测报告的时候，唐潮才问清楚夏梦寻到底在查什么。他难以置信地说："这种事你都会信，说真的我应该戴个口罩，万一被人看到了，知道我们在滴血认亲，我这辈子都抬不起头。"

夏梦寻一句话也不说，只严肃地坐在那儿等着。唐潮看着夏梦寻的表情，禁不住也有点担心起来……

等了好久，医生终于拿着检验结果过来："恭喜二位！你们两个真的是失散多年的兄妹！"

唐潮和夏梦寻接过报告，目瞪口呆。唐潮开着车送夏梦寻回夏家，两人一路无言。到了夏家门口，夏梦寻浑浑噩噩地缓慢开门下车，唐潮忍不住说：

“我们……我们肯定不是兄妹，肯定是哪里搞错了！”夏梦寻像什么也没听见，往家里走去。唐潮叹口气，开车离开，边开边琢磨这件事情，忽然觉得事有蹊跷。一个急刹车，去找石磊。

唐潮叫上石磊，直接奔去雪诺登那儿。一脚踢开门，雪诺登吓得站了起来：“你……你们干吗？”

石磊凑到雪诺登电脑屏幕面前，只见页面上是雪诺登正在买机票，要出国，他皱起眉头：“哇，雪诺大人，您这是要跑路的节奏？”

唐潮把雪诺登逼到墙角：“我问你，你说我爸跟夏梦寻她妈曾经住过一个酒店，还是隔壁房间，哪个酒店，哪个房间，几月几号，你把资料调出来我看看。我爸二十几岁的时候286都没普及，你给我查查是哪个宾馆这么先进，居然还在网上留下了开房信息！”

雪诺登闭眼：“哎呀！忘了这茬儿！”

石磊挥着拳头：“亏我还信了你的那些个胡说八道！到底是谁指使你骗我们的？”

雪诺登抱头：“别打我！是唐鸿远！他让我说这些，好让你们相信唐潮和夏梦寻是兄妹！”

唐潮顾不上恼怒，赶紧返回夏家去找夏梦寻。告诉她事情的原委——唐鸿远收买了雪诺登，提前知道了我们在调查这些事情，然后就顺水推舟收买医生，眼睁睁看着我们误会。

梦寻又是惊喜又是感慨：“没想到，你爸为了反对我们，竟然不惜想出这样的主意……”

唐潮握着夏梦寻的手，盯着她的双眼，真诚地说：“梦寻，我们私奔吧！”

梦寻扑进唐潮的怀里，呜呜地哭了：“吓死我了……”

此时，唐潮的手机响了。唐潮拍拍夏梦寻的后背，示意她自己要接个电话。

来电号码是个固定电话，唐潮接起来：“喂……陈医生？你不用说了，我都查清楚了，都是我爸搞的鬼，我也不怪你，没事我挂了……什么？你说什么？你等等……”然后看了眼夏梦寻，示意要进房间接电话。一进房间，唐潮压低了声音问：“到底怎么回事，你说清楚点。”

电话里传来医生的声音："虽然你们有血缘关系的报告是假的，但夏小姐血液样本还是按照流程去了实验室。结果实验室刚才打电话给我说夏小姐的血液样本有问题，说是在里面发现了特殊的微生物。这种微生物应该是非常非常古老的，现代科学界也只是猜测它的存在而已。她最近有没有去过什么人迹罕至的地方，有没有被什么刚出土的古老物品划破过皮肤？"

唐潮愣住了，想起了神武殿里防护罩解除之后，夏梦寻在蛇形图腾前晕倒的那一幕。他挂了电话。

刚挂电话，一条短信又让屏幕亮了起来："想要打开石门的龟甲就把白凤仪带来接受最终的审判！"

客厅里，夏梦寻正在看电视里的灾难预警，里面在说一个叫作"乌鸦"的台风正在南太平洋形成，可能沿着"麦克斯"号台风北上。乌鸦号台风的强度将超过麦克斯台风。心里莫名有一股恐慌，总觉得这个台风跟自己有什么联系。这时，手机也收到一条短信："想要打开石门的龟甲就把白凤仪带来接受最终的审判！"她赶紧推开房门，只见唐潮也正在看短信，屏幕上是一样的内容。

夏梦寻喃喃地说："不行，我得告诉白宙这件事情！"

其实白宙也同时收到了这条短信，当时他正在神武殿忙着开展探测工作。他让科研人员用遥感设备对石门后的情况进行检测，设备连接着电脑，电脑上出现黑洞一般的景象，科研人员解释说："这道石门建在墙上，石门加上墙的厚度最多就是三米左右，但现在用遥感设备进行探测后，石门后竟然有一个深不可测的巨大空间。"白宙的手机响了一声，他拿出来看完短信，非常惊诧。这时，夏梦寻的电话就打了进来。听夏梦寻说完，他想了想，给白凤仪打了个电话，说了探测结果和这条来历不明却语气嚣张的短信息的事情。

白凤仪本来正在书房和蓝翎聊天，接完电话，带上蓝翎准备赶去神武殿。

走到车旁，蓝翎给白凤仪拉开后排的车门，白凤仪坐在后座，蓝翎则去开车。白凤仪突然通过后视镜看到后方站着一个人，一动不动，离得比较远看不清面孔。白凤仪探头往后张望，后方的人依然一动不动，只是注视着自己。她厉声呵斥："谁？！"

蓝翎闻声下车，向着白凤仪指的方向看了看，什么人也没有。她看着白凤仪：“白姨，没人啊。”

白凤仪壮起胆子往后又看了看，这次真的没人了。她揉了揉眉心：“可能太累了，精神集中不起来，不如这样吧，你去副驾坐着，我来开车，让我提提神。”

白凤仪开着车，不住地看后视镜。蓝翎坐在旁边有些紧张：“白姨，要不还是我来开吧。”白凤仪踩刹车，却突然发现刹车失灵了！车好不减速地向前冲去，白凤仪大叫：“刹车！刹车失灵了！我的刹车失灵了！”慌乱中，蓝翎终于想起了拉手刹，车子最终停了下来……

白凤仪捂着心口，似乎难受得喘不过气来。一个“鬼影”从反光镜中划过。

蓝翎赶紧给白宙打电话。

白宙赶回家的时候，蓝翎已经把白凤仪安顿好了。蓝翎先带白凤仪去医院做了详细的检查，医生说没什么大碍，给开了点药说吃几天就没事了。送白凤仪回来后，蓝翎又让人去排查了公司内可能接触那辆车的人，小区内的监控也都派人去看过了，却什么线索都没有。

白凤仪惊魂未定地抓着白宙：“肯定有人！车被人动了手脚，而且……而且我上车的时候看到有……有一个人影鬼鬼祟祟……我看到了，我真的看到了，是他……”

白宙问：“是谁？”

白凤仪抱着头，声音尖利：“是他！就是他！”

蓝翎拽拽白宙，低声说：“医生说白姨可能是过度疲劳产生了幻觉，嘱咐吃了药以后就让白姨多睡觉。”

白宙扶起白凤仪：“妈，你放心，不管他是谁，我一定会找到他的，我先扶您去房里睡会儿，我在外边守着，您别怕。”

白凤仪躺在床上，还十分紧张，怎么也睡不着。辗转反侧间，突然看见一个人影出现在床边，白凤仪顿时吓得魂飞魄散。人影往前一步，白凤仪终于看清了人影的脸，竟然是夏梦杰！

白凤仪大惊：“夏梦杰？你……你没死？”

夏梦杰怪笑着：“我当然没死，我还要回来找你算账呢！”

白凤仪惊慌地向后缩：“不……你别找我，不是我害死你的，是廖斌，我根本没想过要杀人，是他自作主张…”

夏梦杰却不听她解释，拔出一把匕首就向她刺去！

白凤仪惨叫一声，突然惊醒！原来是个梦……

白宙冲了进来：“妈！怎么了？”

白凤仪只抱着白宙，重复着说：“他回来了……他回来了……”

白宙慢慢安抚白凤仪，直到她又睡下，他才退了出来，交代蓝翎：“我觉得我妈变成这样，可能跟神武殿有关，包括那条龟甲的短信，也跟神武殿有关，所有事情最后都落在神武殿，所以我想再去看看，希望能找到线索。麻烦你看着我妈。”

与此同时，唐潮和夏梦寻也在赶往神武殿，虽然和白宙的原因有所不同。

夏梦寻当时给白宙打电话说完短信的事情，就被唐潮拽去了医院。医生给他们出示了检查报告，向他们解释夏梦寻的血样出的问题，说：“我们在血样里发现了一种罕见的微生物。通俗一点讲，其实就是夏小姐体内有一种寄生虫，不过比寄生虫更小，但是有很强的攻击性和破坏力，如果继续繁殖下去，将会危及生命。这种寄生虫的繁殖速度非常快，保守估计，一个月之内，它就会影响到身体的重要器官。我们正在进行实验，看看能否找到对这种微生物起效果的药物，但我必须告诉你们，情况可能比较悲观。”

唐潮一听悲观，就要跟医生急起来。夏梦寻赶紧拉住：“算了，别吵了，医生已经在努力了，我们先回去吧。”

唐潮心事重重地开着车，也没心思说话。过了一会儿，转头一看，夏梦寻竟然这么坐着睡着了。

夏梦寻又梦到了太奶奶夏以柔。夏以柔怒气冲冲地对着唐家明吼：“你根本不叫张仲，你是唐家的人，你是个骗子！夏白唐三家势不两立，你是唐家的人，我就不能跟你说话。祖训怎可违抗？”唐家明却坚定地说：“好，既然你这样说，那我也表个态，我要娶你，这辈子你嫁定我了。我一定会把你这个夏家大小姐娶进我唐家大门。”梦境里，恍惚间不知道发生了什么，唐家明又带着夏以柔去了山顶，指着远处说：“站得高，就望得远，你看看，这世界到底有多大你知道吗？日本人已经占领了我们很多地方，如果我们不齐心协力抵抗外敌，恐怕……”夏以柔只是说：“你说的这些我都听不懂，你懂得的真多……”唐家明拉着她的手说：“你知道吗？我本来是想来还你葫芦，可是我刚才又后悔了。因为葫芦还给你，我就没有借口再找你了。你别再说什么夏白唐不能在一起的祖训了，我不在乎。命运从来都要掌握在自己手里，这样你的人生才有意义不是吗？那么接下来，如果你不讨厌我，我希望你跟我一样，放下这些迂腐的成见，就当我是个朋友，不要拒绝我，好不好？”星星在他们头上闪烁。

夏梦寻醒了过来，这个梦结束得比较甜蜜，她情绪也比较好，微笑着看唐潮专心开车：“我又梦到我太奶奶跟你太爷爷谈恋爱了。这些梦现在变得像连续剧一样，每次都梦到一点，我都有点期待下一次会梦到什么情节了。”

唐潮叹口气：“别操心他们俩的爱情故事了，关心一下自己的身体吧。我发现你最近两天特别嗜睡，坐着也能睡着了，可能就是你体内微生物的作用。我都替你担心死了。”

夏梦寻平淡地回答：“担心有什么用！其实我都想明白了，这也许就是为了打开保护罩必须做出的牺牲，也就是所谓的跟魔鬼的交易。我一个人换我哥、田姐姐和白姨，这个交易其实挺划得来的。”

唐潮并不认命：“我不会放弃的，我已经想到救你的办法了！你没发现我开的是去神武殿的路吗？其实世上万物都是相生相克，解蛇毒的草经常就长在蛇窝边上，所以我觉得解药一定就在神武殿。设计神武殿的人既然在机关上下了毒，那就肯定会考虑到会有人误碰机关，也就会在附近留下已经炼制好的解药。我估计解药就在那扇石门后边。”

唐潮和夏梦寻来到神武殿时，白宙正催促着科研人员加班对石门进行研究，尽快打开石门。白宙看见两人进来，语气冷淡：“你们还来干什么？你们不是对神武殿的秘密不感兴趣了吗？”

唐潮抓起夏梦寻的手，给白宙看掌心的黑线：“梦寻为了解开保护罩，中了那条石蛇的机关，现在中毒了。医生估计梦寻只能坚持一个月了，我们必须要找到解药。”唐潮又指了指石门：“我推测，解药就在门后，我们现在该合作打开它。”

白宙点点头：“我突然发现，我们夏唐白三家的后人谁都跑不了，兜兜转转还是要回到这里来，就像冥冥之中自有安排，我们要一起解开这个谜！可是我已经想了很多办法了，除了炸药已经想不到别的办法打开折扇石门，但是又怕因为爆炸损害神武殿的承重结构。你有什么想法？”

唐潮想了想，拿出手机，翻出龟甲的照片：“也许我们应该先找到这个发短信的人，他既然点名要你妈……”

白宙突然激动起来：“你什么意思？你是不是想让我妈去做诱饵？做梦！当初你利用了我一次，你现在还想利用我妈去找出这个发短信的人，我告诉你，你想都别想，你知不知道我妈也出事了，她现在精神非常脆弱，眼前都出现了幻觉，你在她面前提都别提这件事，否则我跟你没完！”

梦寻赶紧替唐潮解释：“阿宙，唐潮没想过要用白姨做诱饵，他只是觉得发短信的人指名道姓说到了白姨，他想这人是不是跟你们有仇或者认识，想找白姨问一问。”

白宙冷静下来：“这个我自己去问。梦寻，不是只有唐潮才想救你，我也会救你。”又转身对唐潮交代：“照顾好梦寻，我回趟家。”

白宙回到家的时候，白凤仪正蜷缩在书房的沙发上瑟瑟发抖、眼神恐惧。蓝翎在旁边抚慰她，可是她似乎完全注意不到白宙，只颤抖着说：“他回来了……他回来了……”

白宙上前握住白凤仪的手：“妈，别怕了，我在这儿呢。告诉我，到底是谁让你吓成这个样子？”

白凤仪搂住儿子，声音发抖：“夏梦杰！夏梦杰他回来了！他没死，他还活着，他回来找我报仇，他来索命来了！他要杀了我！阿宙，你要相信妈妈，妈妈没有害死夏梦杰，是廖斌自作主张要杀了他，妈妈是无辜的。”

白宙紧紧抱住母亲，拍拍她的后背，安抚她：“我相信，我相信我妈是不会杀人的，你放心，就算夏梦杰还活着，我找到他会跟他说清楚的，他不会再来找你了。”

第二十六章
宿敌再现

白宙终于把白凤仪安抚好，看着白凤仪吃了药，喝了水，躺下睡了，呼吸均匀起来，才帮她掖好被角，关灯出了房间。他给夏梦寻和唐潮发了信息，请他们过来。

白宙在白凤仪房间外的沙发上打起盹来，睡得迷迷糊糊，忽然听见白凤仪撕心裂肺地大叫："白宙——"

白宙从沙发上惊得跳起来，推开房门："妈！怎么了！"

白凤仪大哭，泪流满面："阿宙！吓死我了！夏梦杰说要找我报仇，要杀了你！阿宙！我们搬家好不好？我觉得这里好不安全……"

蓝翎也跟着白宙进来了，安抚白凤仪说："白姨，您要是想搬家，我明天就帮您去看房子。但房子也不是一天两天能找到的，您这段时间还得养好身体才是。"

白宙也说："这一阵发生了太多事，您可能一时还缓不过来，精神有点紧张。不过没事的，一切都会过去的，您啊，就别再胡思乱想了。夏梦杰的事，我会处理的，他要是敢闹到家里来，我不会放过他的。"

这时楼下门铃响了起来，白宙起身："有人来了，应该是夏梦寻他们，我去开门。蓝翎，你在这儿陪陪我妈吧。"然后又转身对白凤仪说："妈，别再胡思乱想哦！"这才下楼开门。

确实是夏梦寻和唐潮接到信息赶来了。白宙跟他们说了现在的情况："我妈的幻觉越来越严重了，她老是说夏梦杰回来了。她说得很真实，我都被她说晕了。而且我总觉得她这几天有点不太对劲，神神叨叨的。去医院看了，医生说没什么大碍，还开了药，可是药吃着也没见好，反而越来越严重了。”

唐潮皱起眉头：“药吃着越来越严重了？药……查过没有？”

白宙心中咯噔一下：“药？走！去检测！”

三人赶到医院，直接闯进当日开药那位医生的诊室，把门反锁上。医生很警惕地问：“你们是谁？要干什么？”

白宙铁青着脸逼近医生：“我是白凤仪的儿子，白宙。我妈吃了你开的药，身体最近有异样。我把药拿去做了检测，没想到你好大的胆子！”

医生吓得汗直接沁了出来，扑通一声跪下：“我、我实在是被逼无奈啊！他拿我儿子威胁我，我实在是……”原来，那天，有个戴着半个面具的人闯进了诊室，给了医生一瓶药，让他想办法让白凤仪吃了，还拿医生儿子的性命威胁他。医生心理十分害怕，又查了下那些药不过是一些迷幻药，吃得不多的话，也死不了人，就大胆地开给了白凤仪……

夏梦寻拿出手机，找出一张夏梦杰的照片递到医生面前，问：“你看清楚，是不是这个人？”

医生仔细看了看，确定地说：“就是他！不过用面具蒙住了半边脸！”

白宙愤怒地攥紧了拳头，捏得骨节咔咔作响：“没想到夏梦杰真的还活着。有本事就站出来，别躲在后面干坏事！”

唐潮和夏梦寻把他从诊室拉了出来，低声商议：“还有一个更关键的问题，发龟甲图片的人是不是他，如果是他，龟甲又为什么会在他手上？”

夏梦杰回来了！而且一回来就掀起了这样的波澜！

夏梦龙是从JOJO那里得到消息的。那天，他正和田婉兮打包行李准备出国休假，突然接到了一个陌生号码的来电，万万没想到的是，电话那端是JOJO的声音。JOJO沉重地告诉夏梦龙：“夏梦杰回来了！他现在已经疯了，要害死你们每一个人！”夏梦龙还想问细节，电话却被挂断了。

在夏梦龙看不到的电话那端，JOJO察觉到夏梦杰像鬼魅一般靠近，赶紧挂了电话慌张地删除通讯记录。

夏梦杰突然将头放到JOJO肩膀上，伸手去抢她的手机。JOJO想阻止，夏梦杰抡起胳膊就是一巴掌将JOJO扇倒在地："你个贱人！我就知道你还惦记着夏梦龙！"他打开通讯录翻了一下，突然又变成非常难过的表情，坐到倒在地上的JOJO身边，抱着她痛哭："对不起！我又错怪你了。对不起！我错了，我不该怀疑你！"

JOJO满脸担惊受怕，但是还是伸手拍了拍夏梦杰的背："没关系，你没错……"

夏梦杰突然不难过了，直起身来，眼露凶光："那是你错了？"

JOJO惊恐地摆手："不是不是……"

夏梦杰又变得特别难过："那还是我错了！错了就改受罚！"说着使劲儿抽自己耳光。

JOJO害怕又无奈地看着这一切。

原来，JOJO和夏梦杰出车祸那天，车爆炸之前，夏梦杰逃出了车门，还绕过来帮JOJO解开了安全带，扶着腿部受伤的JOJO往远处跑。爆炸时，夏梦杰也抱住了JOJO保护她不受伤害，而自己的半边脸则被烧得一塌糊涂。然后两个人一直四处躲藏，夏梦杰本来就怪癖的性格因为毁容而变得更加奇怪，一点不经意的行为都会触碰到他敏感的神经。JOJO一直陪在他身边，不管他什么情绪状态，都执意陪着。渐渐地，夏梦杰越来越离不开JOJO，却也对JOJO的行为、话语越发敏感。这次夏梦杰筹划了很久，蓄意反扑，每一步都走得非常谨慎。他给众人发的龟甲图片和文字短信都是用两台不同的手机发出来的，而且这两台手机只分别用了这么一次就被毁掉了，完全不留下一丝一毫被查到的可能性。所以，连雪诺登这样的黑客高手，都没能查出来短信的来源。

JOJO看着正在扇自己耳光的夏梦杰，叹了口气："你不要再打了，我说过我不会离开你的。"

夏梦杰脸色诡谲："这一切都是他们造成的，我要他们付出代价。"

JOJO继续抚慰他："不要去想这些事情了。如果你愿意，我会陪你一辈子的。"

夏梦杰又歇斯底里起来："你不要以为我不知道，你爱的不是我！你陪着我只是因为我救了你！”

夏梦杰的回来确实让很多人心生恐慌，别说本来就心虚的白凤仪，连夏梦寻都心事重重。夏梦寻跟唐潮说：“我有一种不详的预感，我觉得夏梦杰这次回来，不会轻易放过我们的。”

唐潮安慰她：“首先我们并没有害他；其次我们这么多人，难道还怕他吗？现在最重要的是你的身体，别胡思乱想了。回去洗个热水澡，好好睡觉，别想太多。明早我再来找你。”

夏梦寻跟唐潮告了别，躺上床没多久就进入了梦乡。

这回梦境里她看见了六芒星的图案——夏以柔和唐家明的恋情被长辈知道，然后理所当然地被无情拆散，毕竟，三大家族不通婚的祖训已经深入人心。夏老爷做主，把夏以柔许配给了赵三。悲伤欲绝的夏以柔被关在家里，她告诉母亲她的梦境，梦里她听到了祖训，看到了六芒星的图案。结果，还没来得及细说，又被夏老爷发现，不许她再接触这些“乱七八糟的东西”。如果要嫁给赵三，她倒情愿去死！还好，母亲心生怜悯，将她偷偷放了出去，还告诉了她，唐家明说会在河边等着。

夏梦寻从梦中醒来，坐在床上，陷入了深思，这祖训，到底有多大威力？夏以柔出去找到唐家明了没有？还有，那六芒星又是什么？

窗外有风吹进来，夏梦寻下床关窗，想喝点东西，便摸黑走到冰箱门口。突然，听到身后有脚步声，她回头看，只见夏梦龙打开房门走了出去。她想了想，决定跟了出去。

她一直跟夏梦龙到车库，看夏梦龙上车准备发动汽车，才走出来，拍了拍车窗。夏梦龙没料到这会儿妹妹会出现，吓了一大跳。

夏梦寻猜不出夏梦龙是要出去干什么，直接问他也未必说。她想出了个好理由：“三更半夜你要偷偷摸摸去哪儿？说，是不是老毛病又犯了？想背着田姐姐出去做坏事？你们男人啊！太不靠谱了！”

夏梦龙生气地回答：“我在你眼里是什么人啊，我可是你哥！”看夏梦寻依旧不依不饶地盯着他，只好解释，“我是要去见 JOJO，有些事我必须要找她问清楚。”

这个回答还是让夏梦寻满意的，JOJO 出现肯定会有跟夏家、跟神武殿龟甲相关事情的消息，所以她也要跟着去。夏梦龙再三劝阻，她只坚持。夏梦龙只好带上了她。

JOJO 跟夏梦龙的见面安排得很小心——深更半夜的，还约在了很荒凉的郊外，两人都不下车，直接让两辆车首尾交错、并列而行，两人便摇下车窗直接谈话。这样如果有什么变故，可以以最快的速度开车离开。

JOJO 还是劝告夏梦龙尽快走，也告诉他们，龟甲的消息确实是夏梦杰发出来的。

夏梦寻追问："他是从哪里得到的龟甲？这个龟甲很重要，如果能从他……"

JOJO 打断她："这个时候别想什么龟甲了，他不会给你们任何机会的。听我劝，赶紧走，去国外，越远越好。"话音未落，一把匕首已经顶住了 JOJO 的脖子。

夏梦杰不知道什么时候已经爬上了 JOJO 那辆车的副驾，还笑着冲夏梦龙兄妹两人打招呼，手里的匕首却紧逼着 JOJO。

夏梦龙大骇，下车走到夏梦杰车前："夏梦杰你是不是疯了，连身边的人都下毒手！你恨的人是我，放了 JOJO。"

夏梦杰只笑笑，手上的匕首用力，JOJO 的脖子顿时渗出了血。他看着血渗出来，满意地笑了，又说："瞧你这话说的，咱们是兄弟啊，血浓于水，怎么可能恨呢？现在好不容易我们夏家几个兄妹团聚在这儿，完美。来，梦寻，你不是想知道龟甲的事吗？你也下来，咱们好好聊聊。"

夏梦寻顾不了那么多了，马上下车："别伤害她，我下来就是了。"

夏梦杰见梦寻下车，笑得眯起了眼，朝车外扔了个拇指锁，让夏梦寻给夏梦龙戴上。

夏梦龙望了望脖子流血的 JOJO，伸出双手，让夏梦寻锁上。夏梦寻无奈，只得把夏梦龙的双手拇指扣在一起。

夏梦杰看着兄妹两人完全按照自己的指示行事，笑得合不拢嘴。他再招呼梦寻："来，上车！你要是不上车我可就开车撞死你哥哥啦！"说着打开大灯，直照在夏梦龙身上，吩咐：“夏梦龙，你转身跪下！”

夏梦龙大喊：“梦寻！你说什么也不能上车！”

夏梦杰皱起眉头：“我只给你三秒钟考虑的时间，时间一到，我的刀就没那么听指挥了。3，2……”

夏梦龙看了看JOJO脖子上的刀，转身跪下。夏梦寻也一狠心坐上了夏梦寻的车。

夏梦杰对这个情况真是太满意了，他让JOJO坐到后排，跟夏梦寻一起，而自己则取代JOJO坐上了驾驶座。然后，发动汽车，猛地朝夏梦龙撞去！即将撞上的瞬间，他踩下刹车。惯性作用下，汽车依旧把夏梦龙撞了出去，但力量已经大大减弱，夏梦龙昏倒在路旁。夏梦杰哈哈大笑起来。

夏梦寻惊呆了，大喊：“你这个疯子，你不是说放我哥走的嘛！”

夏梦杰狞笑着：“你看过猫抓老鼠吗？猫永远不会一下子咬死老鼠，而是一直放了咬，放了咬……”说着就要再朝夏梦龙撞去。

JOJO尖叫起来：“你敢！你要再撞他，我现在就死给你看！”

夏梦杰停了下来，望着JOJO，眼里都是忧伤：“我要杀了他，你一定会伤心。可我爱你，我就不应该让你伤心。我今天不当着你的面杀他。”说完，掉转车头，疾驰而去。

夏梦寻与JOJO透过车窗紧张地望着躺在地上的夏梦龙，看他摇摇晃晃地想从地上爬起来，却又摔倒在地。

夏梦杰把车一路开到自己的住所，先把夏梦寻关了起来，然后牵着JOJO回到房间。他仔细地给JOJO脖子上的伤口缠绷带，边缠边絮絮叨叨地说：“我疼啊，我心疼。”嘴上说着，手里的动作却越来越用力，绷带勒得JOJO快要喘不过气来，JOJO连忙拍打夏梦杰的手。他终于不再用力，看着JOJO：“以后别再让我心疼了。去看看我妹妹吧，吃喝什么的别怠慢了，她是我妹，也就是你妹，都是一家人。我累了，休息一会儿。”JOJO赶紧站了起来，去关夏梦寻的房间。

夏梦寻被紧紧地捆在椅子上。房间的窗户关得严严实实，还拉着厚厚的窗帘。JOJO回身看了看，夏梦杰没有跟过来。她三步并作两步走到夏梦寻面前，替她解开绳子：“你快走吧！趁着他现在休息，赶紧走！”

夏梦寻问：“那龟甲在哪里？”

JOJO带着梦寻，趁着月光往客厅走：“都这个时候了，还想着什么龟甲啊，赶紧走吧，被他发现就惨了。”

突然，客厅的灯亮了。夏梦杰笑嘻嘻地站在墙边，望着夏梦寻与JOJO两人：“都要走了，还不跟我打个招呼啊？”

JOJO大惊失色，伸手推门，却发现门早就已经锁死了。

夏梦杰笑着，一步步靠近JOJO与夏梦寻，一边走着一边扇自己的耳光：“我错了！我错了！我不该把你绑起来。你是我最疼爱的妹妹，我怎么能伤害你呢？我绑你是为了你好啊，你要理解我啊。我不能让你整天跟白宙唐潮他们混在一起，他们都是坏人，他们都想利用你得到神武殿里的宝藏……”

夏梦寻连连摇头：“不，不是，不是你想的那样。”JOJO连忙握住了夏梦寻的手，轻轻摇头示意她别再说。

夏梦杰已经突然激动起来，瞪着眼睛歇斯底里地吼叫：“怎么不是！你不知道吗，白宙突然向你求婚，其实想欺骗你的感情，可恶至极！唐潮他是在找皇陵镇的宝藏的路上认识你的，他只是想看看你知道皇陵镇的什么秘密，居心叵测！他们都是坏人，都是坏人！”

JOJO赶紧附和：“对！他们都是坏人！”

夏梦寻明白了JOJO的意思，也跟着说：“啊，是，他们是坏人，你是好人！”

夏梦杰的愤怒又瞬间变成了开心：“对嘛，我们是一家人，血浓于水，我能害你吗？不能，对不对，所以，我把你绑起来，是为了让你远离他们。”

说着，夏梦杰又拿出了一条绳子。

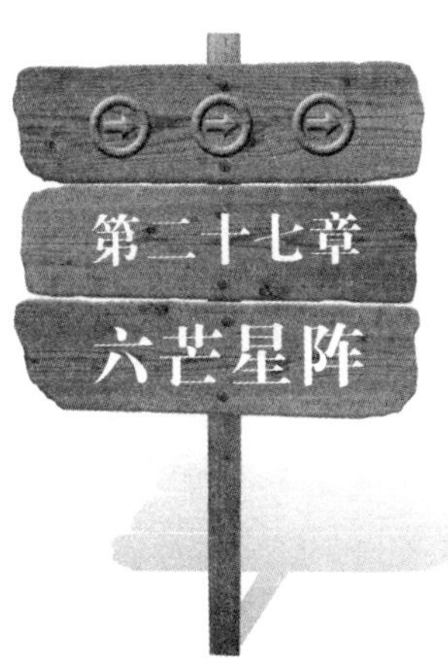
第二十七章
六芒星阵

夏梦寻只能束手就擒，被结结实实地绑在了客厅中央的椅子上。夏梦杰满意地看着自己的“猎物”，往她嘴里又塞了一块抹布，让她无法说话，这才安心地走开去做其他布置。JOJO心有不忍，却没有办法，也扭头走开。

夏梦寻一动也不能动，她僵硬地在椅子上坐着，被绑的身体开始发麻，心里既恐慌又纠结——她有多希望唐潮能来救她，就有多害怕唐潮来了也会中了夏梦杰的圈套。

纠结中，她看见客厅的门把手动了动，有人进来了——是唐潮和白宙！原来，唐潮和白宙去医院看夏梦龙，知道了梦寻被夏梦杰带走的事情，又从石磊那里得知了夏梦杰的地址，这就直接赶来了。夏梦寻看到唐潮与白宙进来，连忙挣扎，拼命摇头，想告诉他们这里危险，赶快出去，可是无奈嘴里被塞着布，咕噜咕噜的什么也说不清楚。

唐潮与白宙连忙冲向夏梦寻，白宙拿掉夏梦寻嘴里的抹布，唐潮去解绳子。夏梦寻嘴里的抹布一取出来，她赶紧大喊：“赶紧走，危险！”话音未落，哗啦哗啦，一桶液体倒在了唐潮与白宙身上。夏梦寻身上也沾了不少。

夏梦杰站在楼上，发出诡异的笑声：“这两桶汽油可是我趁着油价下跌之前买的，贵了好几毛钱，得好好珍惜，别浪费了。都不许动，否则我可就把打火机丢下来了。”夏梦杰把玩着打火机，慢慢从楼上走下来，身旁站着JOJO。

唐潮与白宙都挡在了夏梦寻的身前。夏梦杰又怪笑起来，把打火机在唐潮和白宙面前来回比画：“好妹妹，他们俩可都护着你呢，是不是感觉很幸福？不过这可不对，你得挑一个。你觉得哪个好？我帮你烧死另外一个吧。或者，干脆我随手一扔，谁先被烧死了，我就当是谁被淘汰出局了算了，哈哈哈哈！”

夏梦寻惊叫：“不要啊！”

夏梦杰满意地笑了：“别紧张，我怎么可能伤害他们呢？再说了，我是要带领大家一起去打开神武殿的宝藏的。JOJO，把他们捆起来！你们可别耍心眼，这火烧起来，可不是好玩儿的。”唐潮与白宙心有不甘，但是迫于夏梦杰的威胁，只得被绑了起来。

看着两人被绑好，夏梦杰掏出白宙的手机，说：“都到齐了，还差一个重要角色，借你电话用下。”然后给白凤仪拨通了电话。

白凤仪带着蓝翎匆匆赶到，一进门就看到白宙被绑住，跪在旁边的地上。她强忍心中的愤怒与焦急，沉声道：“夏梦杰，你想要报复的不过是我一个人，把他们放了，我留下就是。”

白宙大喊：“妈！你快走！他已经疯了！”

夏梦杰突然转身，指着自己的脸：“疯了！我当然疯了！你看看我的脸成了什么样子！你们在这里母子情深，可是，我妈要是看到我的样子，我妈都不会再喜欢我！都是你们害得我变成这样！你，还有廖斌，你们每一个人我都不会放过！”

他狰狞地望着白凤仪，脸上露出可怕的笑容：“想让我放了你儿子是吗？我可以先不杀他。不过，作为交换，你得先喝一杯来表示诚意。放心，不会要命，我有解药的，只要你们听话，我们就一起去找宝藏。”JOJO端过来一个小杯子。

白宙、夏梦寻同时大喊：“不能喝啊！”

白凤仪只苦笑了一下，说：“是我对不起你们。”然后拿起杯子，一饮而尽。

看白凤仪喝下毒药，夏梦杰狂笑起来：“走吧！去神武殿！”

众人的到来打破了神武殿的宁静祥和。

夏梦杰眼神里闪着光，从怀里掏出了龟甲，在众人面前晃了晃：“看！

这就是打开神武殿秘密的钥匙！哈哈哈哈！我知道你们看不起我，可是这又能怎样呢？还不是要看着我来打开这个秘密！”说着，把龟甲放在了石门上。夏梦杰转动龟甲，传来齿轮转动的声音，浑厚浓重。龟甲上的纹路居然闪现出奇异的光芒，神奇的密码不停跳跃。终于，神奇的密码围绕着龟甲周边形成了一个正三角形。夏梦杰用力推门，却发现根本推不开。又叫了JOJO上前帮忙，却仍旧没有动静。

见夏梦杰搞不清开门方法，白宙觉得有了机会，问道：“现在你总能说了吧，这到底是谁给你的龟甲？你背后的人究竟是谁？你要被他利用到什么时候？你知不知道廖斌上次差点死在这儿，那个人从头到尾都没出现！他根本就没把你们当人看，你们不过就是他手中的棋子！”

夏梦杰却并不理会这挑拨：“你妈不是和廖斌是好朋友吗？你怎么不问问她？不过我可以给你们提供一个思路，或许你会有所启发。你们的行动老是先一步被人发现，难道你就没觉得你们之间有内鬼吗？你知不知道人的大脑在危急的时候会比平时高速运转一千倍甚至一万倍？如果你们想不出来，那就是你们还不够紧迫。你们赶紧给我想开门的办法，要不然，十五分钟过后，你妈就会毒发身亡！”

十五分钟，打开这道门。白宙简直要疯掉！这完全不可能完成啊！他再也忍不住，扑上去要揍夏梦杰，结果被蓝翎死死拉住。

夏梦杰看大家慌乱成一团的样子，倒是一脸看戏的表情：“别浪费时间啦，只有十五分钟哦！你要不要打我十五分钟，然后看你妈毒发身亡的样子？加油哦！”

夏梦寻和唐潮去劝住了濒临崩溃的白宙，让他先在旁边照顾白凤仪休息，由夏梦寻和唐潮先来研究石门的开法。

唐潮盯着石门上的三角形，陷入了沉思。三角形，三尊圣像，到底是什么呢？

这时，夏梦寻突然感觉到手掌一阵刺痛。同时，门上的三角符号亮度突然降低了。夏梦寻抬起手一看，手掌的黑线已经更长了。唐潮看见夏梦寻的动作，也凑过来看，着急起来：“不行，我得给医院那边打电话，问下研究得怎样了！”

夏梦杰注意到唐潮打电话的动作，顿时暴怒：“唐潮！你干什么！你打电话给谁！把手机给我！”说着就往唐潮这边冲过来。

白宙见夏梦杰扑向唐潮，身后露出破绽，马上跟唐潮交换了一下眼神，心下有了打算。

唐潮拿着手机上前，假装要把手机给夏梦杰。夏梦杰刚伸手准备拿，身后的白宙突然起身从后面扑了上去。唐潮也动手一起制服夏梦杰。夏梦杰没料到这个变化，一时被打了个措手不及。但他拼命扭动，最终还是挣脱了两人的控制。不等两人再次扑上来，夏梦杰掏出了打火机，点燃了火苗，狂躁地在身前比画。唐潮和白宙顾忌到自己身上的汽油，只好停手。

夏梦杰目露凶光：“你们这帮人没有一个讲信用的！说了打开神武殿的门就给你们解药，抢什么抢！我不给解药你们就要置我于死地是吧！好！我给你们解药！”说着向怀里掏去。

众人注视着夏梦杰的手，见他在怀中摸索半天，掏出了一个小瓶子，紧接着，又掏出了一个！两个小瓶子，一模一样！大家都愣住了。

夏梦杰看见大家诧异的眼神，骄傲地笑了：“我刚刚跟你们都说过了，我这个人就是这么地光明磊落，只玩儿阳谋不玩儿阴谋。两个瓶子，一个毒药一个解药，你们来猜猜不？哪个是解药，哪个是毒药？我这个人很公平的，你选一瓶，我选另一瓶，咱们一人喝一瓶。不要以小心之心度君子之腹，让你先来。”说着，冲白宙做了一个“请”的手势。

白宙犹豫，不知如何去选。一会儿想选左边的，一会儿想选右边的。白凤仪捂着肚子走上前，拍了拍白宙的肩膀，然后伸手去拿夏梦杰面前左边那一瓶。夏梦杰保持着变态的笑容。白凤仪又换要去拿右手那瓶，夏梦杰的笑容消失了。白凤仪果断拿起夏梦杰左手的那瓶药，打开瓶盖，一仰头喝了一口。

夏梦杰大笑起来：“果然挑错了吧！”说着把自己手中的瓶子打开，一仰头将药喝完。

白宙和白凤仪大惊失色！白凤仪将含在口中的药吐了出来，捂着心口说：“还好我留了一手，没往下咽。”话音刚落，却看见夏梦杰突然倒在了地上，他在地上打着滚哀号：“啊！糟糕！我弄错了！啊……白凤仪你快把解药给我……啊！”惨叫声戛然而止，黑色的血从他的嘴角流了出来。JOJO 惊慌失措地抱住夏梦杰，不知道该怎么办好。

白凤仪惊魂未定，看着这突然发生的一切。白宙捧起白凤仪手中剩下的半瓶药水，颤抖地说：“难道他喝的真的是毒药……那你手里的就是解药！”白凤仪点了点头，把剩下的药水尽数喝了下去。

唐潮和夏梦寻看完这一出闹剧，面面相觑：“夏梦杰就这么死了？”

夏梦寻的手突然又痛了起来，她看向龟甲门，只见门上的三角形符号似乎弱了很多。她疑惑地跟唐潮说自己的感受：“为什么呢？每次这个三角形符号变弱的时候我的手就会疼。”唐潮看着三角形符号又渐渐亮了起来，再看夏梦寻，脸色也好了许多。

身后，突然传来尖利的怪笑：“哎呀！你们也太不给力了！我都死了你们居然不哀悼一下！难道都不准备给我弄个像样的葬礼吗？！”夏梦杰突然坐了起来，吓得 JOJO 一愣。夏梦杰擦了擦嘴角的“血”，然后每个指头都逐个吸吮咂了一遍，似乎这些“血”还挺好吃。他一边吸吮一边对大家说：“其实我一直特别希望参加自己的葬礼，看看你们这些假模假式的人在我面前兔死狐悲地哭。没想到你们居然连哭都不哭！”

白宙大惊：“你刚才喝的不是毒药……那……我妈喝的……”

夏梦杰笑得弯下了腰：“都是逗你们玩儿呢，哪儿有什么毒药？就是那个二锅头，兑的白开水。这个世界上，哪有什么毒药啊，最毒的就是人心。不过，哈哈哈，你相信我这句话吗？”说着他朝夏梦寻走去：“我的好妹妹，这个图案一变化你的手就会疼是吧？来，哥哥看看！”唐潮想伸手拦住他，可是夏梦杰动作更快，直接抓起夏梦寻的手摁向龟甲。三角形的光芒突然变亮，变得非常刺眼。

夏梦寻眼前闪过炫目的白光，恍惚起来。她又看到了太奶奶。

夏以柔奔去河边找到唐家明，向他倾诉，说自己梦到了六芒星，她给唐家明画出了六芒星的图案：像两个上下颠倒的三角形重叠起来的样子。唐家明看了看六芒星，还是将目光定格在了夏以柔身上，轻声问她：“六芒星，代表的含义，跟祖训有关……”夏以柔目不转睛地盯着他。他认真地看着夏以柔，继续说下去：“无论这个六芒星代表着什么意思，它都不能阻止我爱你！”

夏以柔愣了一会儿，笑了：“你是唐家的大少爷，镇上多少姑娘都曾经找你说亲。而我，是一个满口胡言乱语，遭人嫌弃的疯子。你为什么喜欢我？说实话哦！”

唐家明认真地想了想，拉住了夏以柔的手，把她带到郊外一个空旷的地方，牵起她的手，在空中将三颗最明亮的星连成了一个三角形的“星座”，问她：“假如这是一座山，最美丽、最贤惠、最聪颖的女人住在山顶，你从不同的角度去看，顶点就是不同优点的女人。三个顶点上的人各有优点，无法来比高低。那你该住哪儿呢？”

夏以柔有些为难，手指在三角形中间犹豫了半天，最后落在一个偏中间的地方。唐家明抓着夏以柔的手指了指三角形之外的一颗很亮的星星，说：“不对，你得在外面。这一座山就是皇陵镇人眼中的世界。他们用漂亮、贤惠、聪明来衡量女孩子。但是你，你的才能不在他们的理解范围之内。他们不能理解，所以害怕，所以诋毁。但是如果到了外面的世界，你就自由了。你再也不会受到攻击，受到诋毁，受到欺负，而且，我会保护你。你看！”他以代表夏以柔的星星为顶点，又在星空中画了一个倒三角。新的三角形与刚才那个三角形重叠，形成六角星。

唐家明认真地说：“跟我到外面的世界去看看吧！我会在镇口的树林等你！”

唐家明和夏以柔的影像仿佛水波一样动了起来，开始模糊。夏梦寻从梦中缓缓醒了过来，有些痛苦地揉了揉太阳穴，看了看身边的唐潮，说：“我又梦到他们了。他们在讨论六芒星。”夏梦寻起身，走到圣像中间。三座圣像的脚底下是一个巨大的六芒星图样。

夏梦寻昏睡的时候，夏梦杰本来在和白宙等人纠缠。这会儿他看见夏梦寻往圣像中间走去，赶紧赶过来：“怎么了？看什么呢！”

唐潮与夏梦寻对视一眼。唐潮指了指地面上的六芒星凹痕，说：“夏梦寻刚刚梦到了这个符号。”

夏梦杰是知道夏梦寻的梦境的厉害的，既然梦到了，那肯定是有启示的。他催促两人："都梦到了，那赶紧想办法啊！用六芒星的线索打开石门啊。否则白凤仪不小心死了，你们又赖我说是我不好。"

所有人都盯着地面上的六芒星若有所思。唐潮盯着地上的凹痕，分析："三角形……石门上现在出现的图案就是一个三角形。这三座圣雕像是分布在六芒星的三个顶点，但是同时也是一个三角形的三个顶点……还有一个三角形上没有圣像……也许……只要有三个人站到那三个没有圣像的顶点上门就能打开。"

夏梦杰在一旁鼓起掌，拉着JOJO到一个顶点，然后自己跑向另一个。唐潮大方地走到了第三个顶点，静静地等待着。然而半晌过后，什么都没有发生。难道推论是错的?

白凤仪强打精神，看了看三圣雕像的位置，虚弱地说："那三个位置是夏、唐、白三家守护者的位置。也许必须是三家人的后代站上去。"

夏梦杰歪着头想了想，觉得有道理，就指挥夏梦寻、唐潮、白宙三个人站到了三个点上，可是依然没有反应。

夏梦寻蹲下检查地板上是不是有机关，但是当她的手摸过六芒星凹槽的时候突然感觉被什么东西刺了一下。突然，地面上的六芒星阵亮了一部分。中央祭台上出现一束光芒，祭台"吐出"许多灰尘，形成带状悬浮在半空中。夏梦寻明白了："地上，六芒星的顶点。"

唐潮和白宙也试着摸了摸六芒星的另两个顶点。他们的手也同样被刺痛。不一会儿，整个六芒星阵都亮了。中央祭台上的悬浮的灰尘渐渐组成一幅立体的DNA螺旋图！众人都被这景象惊呆了！唐潮想上前去触碰DNA螺旋图，但他刚一离开六芒星的顶点，所有的光亮就突然消失！

夏梦杰看到龟甲旁的三角形变成了六芒星。他兴奋地冲过去转动龟甲。石门后面传来齿轮转动的声音。顷刻，石门发出了沉闷的一声，缓缓打开了一道缝。夏梦杰兴奋异常，双手用力推动石门，石门渐渐打开。

此时，神武殿的门口处，突然传来一声怒吼："都他妈给老子住手！谁也不许先进去！"

第二十八章
幕后黑手

众人大惊，朝门口看去，原来是全副武装的廖斌冲进了神武殿。

廖斌眼看夏梦杰要走进石门，“砰”的一箭，击中的石门，逼得夏梦杰后退一步。夏梦杰趁机一把抓起白凤仪，挡在自己的身前，用匕首顶着白凤仪，咬牙切齿地说：“你来得正好，咱可以一起把以前的账给算了。”白宙见白凤仪又被挟持住，非常紧张，却也拿夏梦杰没有办法。

廖斌想要瞄准夏梦杰，无奈关键部位都被夏梦杰拿白凤仪挡住，只能眼睁睁看着夏梦杰拖着白凤仪往石门入口走去。廖斌皱眉，想了想，拿起弩箭，对着石门射去。第一箭射到了石门上，阻住了夏梦杰的脚步。廖斌紧接着射出了第二箭，谁知夏梦杰猛地把白凤仪推了出去，弩箭正射中白凤仪的胸口！所有人都惊呆了，白宙更是呆若木鸡。夏梦杰趁着众人惊呆之际，拉着 JOJO 赶忙冲进了石门。

白宙崩溃了，跑过去抱住白凤仪，只见白凤仪胸口已经被血浸透。白宙忍不住失声痛哭起来，摇晃着她的身体：“妈，您醒醒，妈！”

白凤仪艰难地睁开了眼睛，喃喃地说：“祖训终归是祖训，现在报应果然来了……可是妈不是坏人，你不要怪我……”她努力伸出手，摸了摸白宙的脸，又艰难地抓住蓝翎的手：“你替我好好照顾阿宙……”

白凤仪的手无力地垂了下去，蓝翎和白宙都哭倒在她身上。廖斌看着这一切，摇着头感慨：“啧啧啧，唉，革命尚未成功，同志已经牺牲，节哀顺变吧。白宙你也别瞪我，这事儿只能怪夏梦杰太狡猾。你放心，这个仇我一定会帮你报的。咱们约定还有效，宝藏归我，别的东西，归你。”说罢，就冲进了石门。

白宙放下母亲的身体，恨恨地说：“妈，我一定给你报仇！”然后擦了一把眼泪，起身，冲进石门。蓝翎也赶紧跟了进去。

瞬间，石门自动又合上了，石门上的六芒星符号又变成了三角形符号。

夏梦寻和唐潮目睹几人冲了进去，石门缓缓合上。唐潮试着拧了拧门上的龟甲，没有反应，又试着推了推门，也是纹丝不动。两人先不管石门，先去安置完了白凤仪的遗体，才又回来细细研究怎么打开这道石门。

唐潮踱着步思索对策，突然，他有了个主意。他将夏梦寻拉到六芒星的一个顶点，然后搬来一块大石头放在了本该是白宙待的位置，然后自己站上了第三个点，和夏梦寻分别摸了一个顶点。这时，六芒星亮了三分之二，而中央祭台上也出现了光束，灰尘连成了两条螺旋的纽带。唐潮再飞快地跑到大石头压住的第三个顶点那里，摸了一下。六芒星阵全亮了，中央祭台上的DNA螺旋形成！两人充满期待地等着实验结果，盯着石门看，石门却没有动静。

石门里，廖斌、白宙和蓝翎三人冲进去后，只见一片金碧辉煌，却不见了夏梦杰的身影。

廖斌沉浸在耀眼的金色里，兴奋不已：“原来这里就是最后的宝藏，我终于找到了！我要发财了！全是金的！”

蓝翎却注意到了石门被合上，她努力去推，却怎么都推不开了，而且上面也没有龟甲，她焦急地呼唤白宙：“糟糕，门不打开了！回不去了。”

白宙注意力完全聚焦在廖斌身上，冲上前就给了廖斌一拳：“你杀了我妈！你去死吧！”

廖斌举了举手中的弩箭以示威胁，然后冲着白宙吼叫：“你想想清楚到底是谁杀了你妈？是夏梦杰！他拿你妈当挡箭牌，这能怨得了我吗？我警告你，真要打起来，你不是我的对手。你想替你妈报仇，你应该去找夏梦杰！对了夏梦杰那个王八蛋跑哪儿去了？他可是第一个进来的！”

廖斌的话像是在提醒白宙，白宙疯狂地在神武殿里大叫：“夏梦杰！夏梦杰！”神武殿里只有廖斌白宙和蓝翎三人的身影，没人回应他。

蓝翎走近白宙，轻声问他：“你没觉得很奇怪吗？石门是镶嵌在神武殿墙上的，它背后顶多有三米的空间就应该到了神武殿外。但是我们穿过石门以后又来到了这里，哪儿来的这么大的空间？”

白宙被蓝翎提醒，环视四周，意识到了这个问题：“是啊，刚才我们既没有转弯也没有上楼也没有下楼，我们是直直地走过来，按道理说，我们现在应该是出了神武殿才对。”

廖斌走到石门前，像刚才蓝翎那样使劲儿推了推石门，也是纹丝不动，他紧张起来：“我们一进来石门就关上了，没有龟甲就打不开。现在大门也打不开。难道这又是个陷阱！我又要困死在这里！妈的！这个破殿这是哪个神经病设计的！”

白宙看了看周围的环境，一楼的场景除了几个石柱挡着的地方之外，一览无余，并没有夏梦杰的踪影，那只有二楼有可能了。他看了看廖斌，决定还是先和蓝翎去楼上找找。

二楼的空间非常狭小、细长，白宙小心翼翼地在寻找夏梦杰的身影，他神情紧张，像极了一只机敏的狼狗，眼观六路，耳听八方，但夏梦杰始终不知所踪。白宙和蓝翎各自转了半圈，最终碰上了面，都一无所获，只好又一起下楼。

廖斌在一楼若无其事地四处转悠，但路过石柱之类的遮蔽物之时还是警觉地用弩试探一下，却也没找到夏梦杰。不过他转了一大圈，倒是发现了两个奇怪东西，像是两个充满了未来感的胶囊仓，应该能打开的样子。看大小，能装下一个人没问题。这，真的是装人的吗？

白宙和蓝翎回到一楼，正看到廖斌抬起弩箭射向胶囊仓，胶囊仓发出金属被撞击的声响。三人等了片刻，并没看出有其他任何反应。

白宙似乎想到了什么，走上前去，想用力推胶囊仓的盖。但是他的手刚一碰到，胶囊仓便伴随着“嗞”的一声打开，里面还蹿出一缕冷气。白宙若有所思地说：“如果我猜得不错，这是一个人体冷藏仓。它的原理很简单，就是利用低温控制人体的新陈代谢，让得了绝症或者重伤的人能够在无法医治的情况下延续生命。”

廖斌一头雾水：“你的意思是，这是一个躺人的冰箱？你说这个玩意儿要是抬出去卖了，能卖多少？”

白宙不屑地瞟了一眼廖斌：“如果我们出不去了，这个东西就可以用来维持生命。也许等个一百年就会有人来救我们。”

廖斌回瞪白宙一眼：“一百年！我看等死还差不多吧。这分明就是一个带空调的盒子。

白宙无所谓地笑笑：“你考虑清楚，这个东西只有两个。万一它是通往外界的唯一渠道，你是打算抱着这些金子过一辈子吗？”

廖斌沉默着皱起了眉头：“我们绝不能困死在这里！白宙，如果你再没有想到怎么开门，我就只能把你们放进去碰碰运气了。”

白宙回道：“如果你想碰碰运气，你不如帮我先抓住夏梦杰，把他放进去试试。”正说着，他突然看到夏梦杰的脸出现在二楼！他大吼一声，夏梦杰又没了踪影。

廖斌顺着白宙吼的方向，举着弩弓对准二楼，却看不到夏梦杰。和白宙交换了一下眼神，点了点头，两人分头从两边的楼梯上楼，去围堵夏梦杰。蓝翎紧紧跟在白宙身后。

廖斌端着弩弓往楼梯上偷瞄，看到夏梦杰突然露头。廖斌射箭，夏梦杰躲开。廖斌立刻上第二支弩箭，正好射出，却看到夏梦杰捡起那支没有射中的弩矢，将弩矢扔过来。廖斌接住，警惕地看着夏梦杰。

夏梦杰带着JOJO，轻轻走到廖斌身前，压低声音：“咱俩说会儿悄悄话呗。他说是宁愿把所有宝藏拱手让给你，只要那个所谓的其他东西，你觉得这个其他东西会不值钱吗？你不如和我合作，我什么都知道，我还知道怎么出去……”

白宙和蓝翎小心翼翼地穿过二楼走廊，回到龟甲门上方的楼梯口，听见廖斌在楼下大喊：“人在下面呢。下来吧！”

白宙和蓝领急急忙忙地下了楼梯，来到一楼，看到廖斌和夏梦杰、JOJO站在三尊圣像中间等他。蓝翎察觉到了气氛不对劲，悄声说：“阿宙！别过去！”

白宙看到了廖斌身边的夏梦杰，不管不顾地冲了过去，蓝翎只好跟了上去。没想到冲过廖斌身边的时候，廖斌突然抬起肘子来将白宙打倒在地，看着倒在地上的愤怒的白宙，廖斌玩味地说：“我记得谁跟我说过，要多动动脑子，不是什么事情都是靠蛮力能解决的……哦，我想起来了，就是你妈跟我说的。”

夏梦杰在旁边帮腔：“就是嘛，我们好好谈谈嘛！记住你妈的教诲，不是什么事情都是靠蛮力解决的……”

白宙大喊：“我跟你没什么好谈的！”他起身去抢廖斌的弩矢，廖斌却退开几步，用弩对准了他。夏梦杰得意地笑着，廖斌用弩指着白宙，白宙狠狠地盯着夏梦杰。一旁的JOJO和蓝翎只能焦急地看着三个男人对峙着。

和她们一样焦急的，还有夏梦龙和田婉兮。

夏梦龙在医院床上悠悠醒转，只看到田婉兮陪在身侧。他觉得头还痛着，却清晰地记得夏梦寻被带走的那一幕。他慌忙问：“找到夏梦寻没有？”却不等田婉兮回答，就急着要下床。

田婉兮拦住他：“你先别急，唐潮和白宙已经去救她了。雪诺登查出了夏梦杰的地址，他们已经去了好一会儿了……”

夏梦龙想想夏梦杰那个疯狂的样子，怎么也不放心，拿出手机给唐潮打电话，打不通；再给白宙打，也打不通！他站起身来，对田婉兮说：“不行，我一定得去救他们。我先去找石磊。”田婉兮见劝不住夏梦龙，也起身跟上。

夏梦龙腿还没康复，走路都还一瘸一拐，田婉兮就一路搀着他。见了石磊，夏梦龙也不废话，直接说清楚情况，让石磊开车带着往夏梦杰的住处赶去。

赶到夏梦杰的住处，早已人去楼空。房门虚掩着，窗户也开着，空气中飘浮着一股难闻的味道。田婉兮使劲儿嗅嗅，顺着气味的方向寻找，看到了房间地板上残留的汽油，这正是当时唐潮他们被泼汽油的地方。夏梦龙抬头往上看，发现了一段残留的绳索。他顿时明白了，这是夏梦杰把梦寻绑在这儿当诱饵，等唐潮等人进来之后，给梦寻解绑时，趁机泼下汽油，这招实在狠辣至极。可是这会儿，该去哪儿找他们呢？

田婉兮翻看房间里的椅子，最后翻到了当初唐潮坐过的那一把。作为下面有一张口香糖粘着的字条，上面用指甲划着印子。田婉兮笑了，找出一支铅笔在纸上涂抹，墨色中逐渐清晰显示出三个字母——SWD。田婉兮拿着纸条，明白了唐潮用指甲划出来的暗语——神武殿！

时间紧急，三人迅速上车，再往神武殿赶去。石磊开着车，夏梦龙坐在后座，依靠在田婉兮的肩上，额头隐隐泛出汗丝。车载收音机里放着新闻："今晚，一轮神秘的'红月亮'将在夜空绚丽登场。据天文学会介绍，这是自去年以来的连续出现的第四次月全食。连环四血月是罕见的天文现象，五百年来仅发生三次……"

田婉兮摸了摸夏梦龙的额头，烫得厉害。夏梦龙看见田婉兮神色焦急，只努力地摆摆手示意她不要慌，却脸色苍白，汗珠大颗落下。田婉兮忍不了了，对石磊说："石头，我们还是回去医院吧，梦龙恐怕撑不住。"梦龙有气无力地阻止她："我真的没关系，我们还是先救梦寻他们要紧。"田婉兮看他如此虚弱的样子，更坚定了："不要说了，我们现在就掉头。石头，回去医院！"

车身突然一震，然后方向猛地一歪。石磊努力扶紧了方向盘，慢慢地将车停在了路上："糟糕，应该是爆胎了，我下去看看。"田婉兮也跟着下了车："打开后备箱，我来换胎。"

石磊拽了拽因为着急而显得有些勒脖子的领结，晃了晃头："你换胎？开什么玩笑啊。不过车里还真没备胎，你们在这儿等着，我去前面看看，能不能找到人帮忙。这马上就快到神武殿了。"说完就向前走去。

夏梦龙也从车上下来了，田婉兮赶紧过去扶着他，关心地问："你好点没？怎么不在车里歇着？"

夏梦龙笑笑："好多了。就是有点渴……"

田婉兮帮他把车门拉开："你还是车里坐着吧，我去后备箱看看有没有水。"田婉兮打开后备箱，翻看有没有什么饮料之类的，却发现了一把长长的竹刀，她好奇地拿起来看了看，却觉得有些眼熟。

正拿着刀出神，一阵汽车的喇叭声将她拉回了现实。她赶紧放下竹刀，关起后备箱，只见石磊开着一辆车过来，冲她招呼：“快上车啊！”

田婉兮问：“哪儿来的车啊？”

石磊爽朗地笑了：“当然是花钱买的啦，只是比平时贵一点。快，把夏梦龙扶上车。”说着，下车走到自己的车后备箱那儿，拿出了那把竹刀，放进了新买的车的后备箱，才又坐上了驾驶位。

田婉兮扶着夏梦龙坐上了新车，问石磊：“那竹刀，有点意思啊。你经常运动吗？看你虽然不瘦，却挺灵活的。”

石磊晃着胖脑袋：“你别忘了我可是开健身房的，我不灵活谁灵活？！那把竹刀啊，我平时放着防身的。”

田婉兮突然意识到车还是在朝神武殿方向开，问石磊：“怎么还没往回走？”

石磊平淡却不容置疑地回答：“先去神武殿。”

田婉兮觉得哪里有不对，却也说不上来。想了想，换了种口气，跟石磊说：“我知道你担心唐潮……不如这样吧，你把我们在这里放下，我带梦龙回医院。梦龙额头现在真的好烫啊，我真不放心，一定得去医院看看。”

石磊想了一想，踩住了刹车：“那你们小心点。”

田婉兮应了一声，扶着夏梦龙下了车，目送石磊一脚油门将车开走，然后她掏出手机想打电话，却没有信号。她只好先搀着夏梦龙往回走，并注意着路上有没有回城的车，想搭个顺风车回去。

突然，夏梦龙脚下一绊，摔倒在地。田婉兮低身扶夏梦龙，却见地上躺着一具的尸体！两人大惊！稍作镇定之后，田婉兮注意到那具男尸手上紧紧拽着一个领结，非常眼熟。她突然想了起来，刚才车胎爆掉的时候，石磊下车的时候，还拽了拽这个领结。后来石磊开了新车回来的时候，脖子上就空了，没了这领结的踪影。没想到，现在在这个死人的手里又看到了……难道……

田婉兮突然想起了在哪里见过那把竹刀——还在为廖斌集团办事时，她曾见过一次幕后老板。当时是在剑道馆，她和全身武装戴着面具的老板比试了剑道。老板身姿矫健，非常熟练，她根本不是老板的对手。当时老板手里，拿的就是这样一把一模一样的竹刀。

这么一想，她又想起了一个细节：当时她抱定同归于尽的信念，想要找出幕后老板，一起去死的时候。曾经在车里给廖斌打电话，让廖斌请示老板之后给回复。结果刚挂了廖斌的电话，就听到石磊的手机响起了《小苹果》……

田婉兮从回忆中惊醒："天啊！石磊是老板！"

夏梦龙不明所以："什么老板？你说什么？"

田婉兮拉起夏梦龙拼命快跑："石磊！我们快走，石磊就是在背后操纵一切的那个神秘老板。我现在很确定。你要相信我！具体的我回头再跟你解释！"

两人拼命狂奔，直到被身后车的远光灯照得睁不开眼，才不得不停下。

突然，灯灭了，石磊从车上走了下来。

原来，石磊开出一段路之后，想着田婉兮的表现，越来越觉得不对劲，习惯性地伸手去拽领结，却发现领结没了！仔细回想，应该是刚才劫车时被那司机临死前拽了去。他急转掉头往回开，开到刚才那个司机被自己杀掉的地方，却发现尸体被人动过了，手里也没了自己的领结。于是他直接继续往回开，追上了田婉兮和夏梦龙。

田婉兮故作镇定地问："石头，你怎么回来了？"声音却禁不住有点颤抖。

石磊也故作轻松地回答："我想象还是不放心，我还是送你们吧，你们快上车！"

田婉兮拉紧了夏梦龙的手，猛地一捏："快跑！"然后拽着夏梦龙拔腿就跑。石磊在后面奋起直追！

没跑出多远，夏梦龙就体力不支没法跟上田婉兮的步伐，停了下来冲田婉兮大叫："你快走啊！快走啊！快去通知唐潮和夏梦寻！"

田婉兮泪如雨下，拼命拽夏梦龙。夏梦龙却奋力甩开手，声嘶力竭喊："快走啊！去告诉梦寻啊！"田婉兮大哭着："那你坚持一小会儿，我马上找人！"然后向前跑去。

石磊表情狰狞起来："看来你们已经知道我是谁了。原本我还想让你们多活一会儿，既然你们已经知道了，那就对不住了！"说话间，已经追上了夏梦龙，从腰间拔出一把小刀，狠狠地朝夏梦龙捅去。夏梦龙无力抵抗，接连挨了很多刀。开始他还在用胳膊护着头、护着胸前，慢慢地，整个人都松了下来，最后瘫倒在一片血泊中……

石磊疯狂地捅了无数刀之后，再抬起头追田婉兮，却不见了踪影。他骂了句“妈的”，回到车上，一脚油门开走。

田婉兮边跑边喊，可是这条路本就荒凉，并无什么车或行人经过。她哭喊一路，却也没有人能帮忙。她泪如雨下，跪倒在地上，她突然决定不能这么丢下夏梦龙，哪怕要死也得在一起！她转身往回跑去。

回到刚才的地方，石磊已经不在那儿了，车也没了踪影。地上伏着一个熟悉的身影……

田婉兮觉得脚步发沉，快要迈不动步。她挪上前去，果然是夏梦龙孤独地倒在那里。她大哭着抱起夏梦龙，可是夏梦龙已经没了呼吸。

田婉兮仰天大哭：“梦龙！梦龙！”她伸出手，抚摸着夏梦龙的脸颊，往事一一闪现在她的面前——他俩的初遇，他俩的相恋，他们一起吃过的饭、说过的话、流过的泪、订下的约定，这一幕幕犹在眼前，可是眼前的夏梦龙却再也无法睁开眼睛看她一眼了……

她呆呆地坐在路边，抱着梦龙，从号啕到啜泣，眼泪止不住地滴在夏梦龙身上、脸上。她痛苦地捂住了脸，不愿意相信这一切。耳边似乎又回响起了夏梦龙的催促：“快走啊！去告诉梦寻啊！”

她擦了擦眼泪，深吸一口气，向神武殿赶去……

第二十九章
石门内外

神武殿里，夏梦寻和唐潮正在尝试用大石头代替白宙，看能不能再次打开石门。在两人的努力下，六芒星阵已经亮了起来，中央祭台上也有立体DNA螺旋在旋转。

他俩充满期待地看着螺旋，可是，突然，DNA螺旋中出现了一些红色的部分，整个神武殿里响彻着如同汽笛声的警报，所有光亮又都消失了。两人跑去石门旁边看，石门上还是那个三角形，龟甲还是拧不动。看来，大石头还是代替不了人。要打开石门，还是得夏唐白三家后人合力才行。偏偏白宙这会儿跟着廖斌、夏梦杰跑进了石门里。到底怎样才能打开石门呢？

夏梦寻想起，之前她手摸过龟甲之后，从梦里才得到了开门的线索。那自己的手，和龟甲，是不是一定会有什么奇妙的反应呢？会不会还有什么线索呢？她突然伸手，去摸龟甲。唐潮赶紧阻拦，却没能赶在她前面，眼看着夏梦寻摸到了龟甲，然后身形一晃，昏倒在地。

夏梦寻只感觉到一阵天旋地转，然后看到的就是地面开裂、河水沸腾、火山爆发、洪水滔天……一团白光之后，她看到夏老爷一拳打倒了夏以柔，骂道：“成天跑出去会野男人，成何体统！”夏以柔却眼神坚定：“我已经决定了，我死也不会嫁给赵三。我爱的人不是他！”夏老爷愤怒地转身出门，吩咐夏太太：“今天是四连血月之夜，我得带着族人去神武殿。你给我看好她！一步也不许往外跑！”夏太太看着夏老爷身影远去，抱着夏以柔泣不成声，最终做了一个艰难的决定。她抱着夏以柔，轻轻地在她耳边说：“今晚是最后的机会，三大家族的人都会守在神武殿。你趁着这个机会走！这一次走了，就万万不要再回来！”夏以柔看着母亲的脸，三叩首，一步三回头，终于是跑了出去。

夏以柔背着行囊，一路狂奔，在路上遇到了唐家明。来不及细说，唐家明做了个“嘘”的手势，拉着她躲到了大树后面。她跟唐家明躲在那儿，听到远处传来脚步声，最后看见一群戴着防护面罩的军人来势汹汹地扑向皇陵镇，直奔神武殿而去！

看着诡异军人走远，唐家明下了决定：“他们是奔神武殿去的！如果我们不回去报信，那皇陵镇面临的就是屠杀！”

夏以柔毫不犹豫地牵住了唐家明的手：“那我跟你一起去。只要跟你在一起，我什么都不怕！”

两人抄小路赶在诡异军人之前赶到了神武殿，三大家族众人正在神像下祷告。一看他俩进来，夏家长老怒斥：“你们两个居然还敢回来！把这两个违背祖训的东西给我绑起来！”两人赶紧讲了刚才路上的见闻，最后强调：“真的！他们每个人手里都有枪！我们必须马上准备，否则来不及了！”众人面面相觑。三大长老商量一番，最终下了决定：“三个圣首卸下来，三家族人带着自家圣首往三个不同的方向走。这两个违背祖训的人，已经招来了诅咒，必须马上分开！”

诡异军人赶到神武殿，踹开殿门的时候，已经人去楼空了。三尊圣像已经齐齐没了脑袋，在暗红色月光下显得分外恐怖。此时，殿外的山坡上，夏家族人正运载着一个圣首向山外赶去，夏以柔被绑了起来，表妹小玉搀扶着她。

天空中，一轮血月越发神秘诡异，暗红色的月光慢慢扩大，竟然笼罩了不远处整个神武殿。突然，暗红色的光罩从皇陵镇地底下涌出，一声巨响，一切都被吞噬。

夏梦寻满头大汗地醒了过来。唐潮正抱着她，一脸关切地注视着她。她擦了擦额上的汗水，说：“我做了个梦……不像是梦，像是回忆……四连血月……对了，今天是不是四连血月？我们快出去看看！”她在唐潮的搀扶下走到神武殿外，抬头望去，夜空中的月亮已经开始被吞噬。

唐潮仰视着月亮："真的是。前几天在电视里也看到预告说有这个，原来就在今夜。我之前查过，每次四连血月的时候，都有恐怖的事情发生。"

夏梦寻也焦虑地看着月亮："刚才我在梦里真真切切地看到了太奶奶日记里写过的场景，非常恐怖。你说这个梦会不会是在警告我们继续留在这儿会有更大的危险？可是白宙和蓝翎都还被困在里面呢……不知道他们怎么样了……"

白宙还在跟廖斌、夏梦杰僵持。前一会儿廖斌还可以帮他一起搜寻夏梦杰，后一会儿他却被廖斌和夏梦杰联手逼迫起来。白宙的脑子飞快地运转着，他审视着局面，思考了片刻，对廖斌说："我说过宝藏都归你，我要的东西对你而言没意义。只是有传说，有个东西可以救我爸。但是这个东西到底是否存在，其实我也不清楚。我是为了我爸才来趟了这趟浑水，跟你没有利益冲突。我该说的都说了，你自己选择是跟我合作还是跟夏梦杰合作吧。但是你要想好了，他这次回来是报仇的。你别忘了，你差点杀了他，他现在变成了这个样子都是拜你所赐，你觉得他会放过你吗？"

廖斌看了看夏梦杰的脸，觉得白宙说得也有道理，他又把弩转向，对准了夏梦杰。夏梦杰看廖斌又改了主意，气急败坏："廖斌，我恨的不是你，是白凤仪！你以为白宙就会放了你吗？别忘了，他妈身上那一箭是你射的！"

白宙听夏梦杰提起白凤仪，怒上心头，冲到夏梦杰面前挥拳打去。廖斌先是闪开，用弩弓指着扭到在一处的夏梦杰和白宙，犹豫了许久，最终干脆坐在了地上，开始看戏。夏梦杰与白宙厮打在一起，滚进了旁边的水池里，又从水池里爬起来，水淋淋地在岸上追赶，又扭打在一起。一片混乱中，夏梦杰抱住了白宙的腿，把白宙摔倒在地，随即掏出匕首对着白宙扎了下去。远处的蓝翎看得也禁不住"啊"的一声尖叫，蓝翎冲过来，对着夏梦杰的手腕儿咬了一口。夏梦杰见蓝翎过来，眼珠一转，匕首刀锋一转，顶在蓝翎的脖子上："别动！否则我要了她的命！"白宙见蓝翎被擒，一时也不敢动弹。

廖斌鼓起了掌："本来想坐山观虎斗，没想到美人救英雄，倒让我看了这出好戏。好啊，好啊。"说着，突然往身边的 JOJO 身上一推，把 JOJO 推到了白宙面前。白宙趁机也挟持住了 JOJO。

夏梦杰看见这突如其来的变故，夸张地说："她是我这辈子最爱的女人，你千万不要伤害她！"然后突然语气一转，裂开嘴笑了，"呵呵，不过，我知道你伤害不了她，你下不了手。因为你自认为自己是一个好人，好人怎么能伤害别人呢？我就不一样了。"说着，手上用力，刀剑刺破了蓝翎的脖子。蓝翎忍不住尖叫起来。不过，纵然害怕，她还是努力镇定下来，冲白宙喊："阿宙，你不要管我，他是个疯子，你要替白姨报仇！"

廖斌唯恐天下不乱一般，递给了白宙一支箭："你没有武器，对你不公平。"白宙接过箭，却手下犹豫着不知道该怎么做。这时，怀里的 JOJO 低声说："别松手，我是你唯一的希望。"白宙心一横，把箭尖对着 JOJO 的脖子，低声说："对不起了。"然后手下用力，箭尖划破了 JOJO 的脖子，JOJO 痛叫起来。

白宙直勾勾的盯着夏梦杰，一言不发。夏梦杰望着白宙，良久，终于开口："我看错你了，原来你跟我一样，都是坏人。行，咱们一起把人放了。"夏梦杰与白宙口中数着"1、2、3"，同时缓缓地松开了蓝翎与 JOJO。

夏梦杰紧紧搂住了脱险的 JOJO，然后突然翻脸，狠狠扇了她一个耳光："你以为我不知道，是你让他用箭扎你的！"然后又一脸怜惜地捧起 JOJO 的脸，"你明明知道我爱你，我不会让别人伤害你，你为什么还要这么做？"

JOJO 捂着脸，委屈，害怕，却坚持劝他："你收手吧，不要再去想什么报仇的事情了。我会永远陪着你的，我可以发誓。"

站在夏梦杰的背后的廖斌一脸不屑，摇了摇头，然后举起弩瞄准了夏梦杰。JOJO 看见了廖斌的动作，毫不犹豫挣脱了夏梦杰的双手，张开胳膊挡在了夏梦杰的身前。

廖斌的箭直直射入 JOJO 的胸口。夏梦杰呆若木鸡，一句话都说不出来，怔怔地望着 JOJO。

JOJO 微笑着说："你救过我，我现在还了你一条命。我现在终于自由了。"然后就停止了呼吸，死在了夏梦杰怀中。

夏梦杰表情呆滞，好半晌才回过神来，却见廖斌的弩弓已经再次对准了自己。他直接对着廖斌跪下，"砰砰"磕了两个响头，说："给我两分钟！

求你！”看廖斌面色犹豫地缓缓放下了弩，夏梦杰双手抱起JOJO的尸体，走到了胶囊罩面前。他俯身吻了吻JOJO，轻声说“别怕疼”，然后拔出了JOJO身上的箭矢，将她放进了胶囊罩，又把罩子合上。

廖斌看着这一切，喃喃地说句：“妈的，一个疯子，居然遇到个情圣。这疯子自己也够情圣……”话音未落，只见夏梦杰一手匕首一手箭矢突然疯狂地朝自己冲来，像疯狗一样双眼发红，完全不知恐惧。廖斌转身向楼上跑去，夏梦杰飞快地追在后面。廖斌边逃边冲着白宙吼：“你愣着干什么！我可是已经选择了跟你合作！”

白宙还没来得及反应，却被地上一个模糊的“唐”字吸引了。奇怪得厉害，这里的地面看着就是最普通的材质，而且刚才他也注意过，地面上绝对没有任何痕迹啊，怎么突然多出了一个模糊的“唐”字呢？蓝翎顺着白宙的目光，也注意到了这个“唐”。一会儿的工夫，“唐”字渐渐模糊了，却又在旁边浮现出了一个“寻”字，白宙还认出，这“寻”字分明是夏梦寻的笔迹。唐潮？夏梦寻？这是他们给的暗号吗？他们在外面，怎么把字写到这儿的地面上来的？白宙盯着这模糊的字迹，一连串的问题在他脑中盘旋。

这字，确实是唐潮和夏梦寻写的。可是，怎么写上去的呢？

原来，刚才这边白宙和夏梦杰在水中扭打、又跑上岸的时候，在大殿里的唐潮和夏梦寻突然发现地面上有了两串脚印。两人看着脚印在地上依次出现，看大小，是两个男人的脚印。这脚印来得匪夷所思，让唐潮和夏梦寻都既惊讶又害怕。是隐形人吗？唐潮大着胆子来脚印上踩了踩，却什么事情都没有发生。过了一会儿，脚印慢慢地变淡了。

两人看着脚印出现，又看着脚印逐渐消失，硬是找不出来头，在这空旷的大殿里，显得格外恐怖。唐潮仔细打量大殿的构造，思考半天，跟夏梦寻说了他的一个大胆的猜测：“会不会是白宙他们几个人的脚印？你看那石门后明明只有那么点厚度，根本不像是能装下那么多人的样子，可是他们都进去了好几个人，应该里面空间很大。这个空间在什么地方呢？我们一开始看到的脚印是从这个水池里出来的。应该是因为他们在那边的空间，鞋底沾了这个池子里的水。但是当他们离开水池附近久了以后，我们就看不到脚印了，应该是他们鞋底的水已经干了……看来这池子里的水是我们这边和他们那边之间的一种媒介。”

夏梦寻听懂了唐潮的猜测：“也就是说只要是用这池子里的水留下痕迹，我们这边就可以看见。那相应的，我们在这边用池水留下痕迹，对面也能看见才对。”

说着，唐潮回头到水池里沾了些水，在刚才出现过脚印的地方用水写了个大大的“唐”字，然后等着看对面有没有回应。可是，什么都没有发生。

看着“唐”字逐渐消失，夏梦寻不甘心地说：“我再试试，这次写大点。”说着又沾了些水，在地上写了一个“寻”字。

白宙和蓝翎在里面看着这地上依次浮现又消失的“唐”“寻”二字，也是非常惊讶。白宙思考了一下各种可能性，最后推测：“这里的许多东西都完全超出了我们的认知范畴，说不准这里是一个平行于我们所存在的宇宙的另外一个空间。不管怎么说，如果他们写字我们能看见，那我们写字，他们也能看见才对。”白宙撒腿跑回池子旁，弄湿手，然后跑回来，在地上写了一个大大的“白”。

夏梦寻和唐潮看到“白”字浮现出来，惊喜异常！夏梦寻沾了沾自己手上剩下的水，写了个“开门”，等着对方给回应。

字迹印了过来，蓝翎着急地说：“看来他们在外面，可是也开不了门，怎么办啊？他们从外面打不开，我们从里面也打不开……”白宙想想，在地上写：“危险……”可是刚写了两个字，手上的水干了。他跑向水池再去沾些水。

就在此时，二楼传来一阵嘈杂，夏梦杰被廖斌一脚踹下楼来。夏梦杰墨镜都被摔飞出去，挣扎了几下，不动了。蓝翎被吓蒙了，慢慢地靠近夏梦杰，想看他怎样了。谁知夏梦杰突然跳起来，将手中的匕首直接插入了蓝翎的心口，鲜血喷涌而出！

白宙惊呆了，冲回蓝翎身边，抱住她。蓝翎努力睁开眼睛看着白宙，挤出一丝笑容：“躺在你怀里的感觉，真好。我曾经无数次幻想过你紧紧地把我抱在怀里，今天终于实现了……我还想再说一遍，从我见到你第一天，我就爱上你了……答应我，阿宙，从这里走出去，好好活着。记住，我曾经爱过你，我曾经那样真诚、那样温柔地爱过你，但愿上帝保佑你，会有一个人也会像我一样爱你……”她声音渐渐弱了下去，最后闭上了眼睛。

白宙看着蓝翎缓缓闭上了眼睛，失声痛哭：“对不起，对不起，对不起，我没保护好你……”最后，他表情木讷地抱起蓝翎，走向胶囊，打开了胶囊罩，把蓝翎放了进去。临关上，还轻轻拭去了蓝翎脸上的泪水，轻轻地吻了她一下。

夏梦杰突然从旁边不远的柱子后面探出头来，脸上没有了先前的厉色，反而是一副嬉皮笑脸：“咱们俩现在可是同病相怜。只有我才能真正体会你现在心里的感受。你想替蓝翎报仇吗？我也想替 JOJO 报仇。最该偿命的是他！”说着指向楼上的廖斌。

廖斌对准夏梦杰嗖嗖就是两箭，却都没射中。夏梦杰冲上去又和廖斌扭打到一起，从二楼一路打到一楼，缠斗非常激烈。可是白宙就仿佛什么都没看到，只是静静地望着蓝翎，良久，终于盖上了胶囊罩。

大殿里，唐潮和夏梦寻看见地上浮现的“危险”二字，却再也没了下文。心下觉得不妙，却再也联系不上白宙。夏梦寻提议：“阿宙他们现在有危险，我们总不能在这儿等着他出事吧！要不我们就像刚才那样试一次！”唐潮点了点头。跟夏梦寻像刚才一样试图点亮六芒星阵。夏梦寻再次触摸六芒星的顶点，唐潮触摸另外两个。六芒星阵已经亮了，中央祭台上也开始出现 DNA 螺旋。紧接着，DNA 螺旋中出现了一些红色的部分，整个神武殿里响彻如同汽笛声的警报。

神武殿外，天上的月亮已经被吞噬了一半。扛着竹刀的石磊走到神武殿前，看见门缝里传来异样的耀眼光芒。他大步走近，就在要推门时，里面的光亮又突然消失了。他推门进来，只见六芒星阵旁边躺着唐潮和夏梦寻，他上前检查，发现两人是昏倒了。他起身再去检查石门上的龟甲，突然听到一阵齿轮转动的声音从门口传来，紧接着，石门上的三角形光痕变成了六芒星图案。

石磊伸手转动龟甲，齿轮转动的声音再次响起。石门打开了！

石磊坏笑着迈步走进了石门。

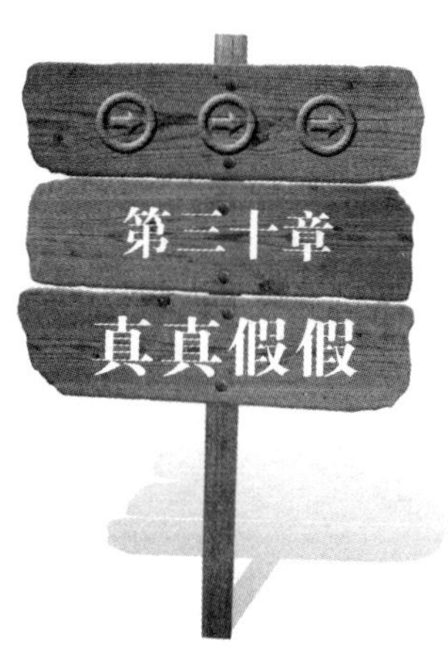
第三十章
真真假假

石磊走进石门，摆出一副人畜无害的表情，上下打量，只见打斗累了的廖斌和夏梦杰已经累得坐在地上大口喘气，白宙也诧异地望向石门。石门在石磊的背后又沉沉地关闭上了。

廖斌诧异地问："你怎么进来的？怎么开的门？"

石磊也一副摸不着头脑的样子："走进来的啊，门自己开的啊。"

白宙问："那唐潮和夏梦寻呢？"

石磊一脸惊讶："不是跟你在一块吗？"然后看着周围金碧辉煌的装饰，感慨道："没想到神武殿里这么壮观！见者有份啊！我们四个人合计合计怎么分宝藏吧！"

廖斌骂道："分你个头啊！你有种能出去再说！"

白宙抬起头来，满眼都是恨意："谁也别想出去！今天我要替我妈和蓝翎报仇！"

石磊大惊："什么？蓝翎怎么了？"

廖斌朝胶囊的方向指了指："躺在那里面了。你刚刚错过了一场好戏。跟我们一起进来的女人都死了。现在就剩下我们三个大男人，加上新进来的你，一共四个人了。"

石磊跑过去打开胶囊，可是里面是空的！大家一愣！白宙快步走过来打开旁边的胶囊，发现 JOJO 也不见了。

石磊举起竹刀，假装极其不熟练地将刀从刀鞘中拔出，啊啊怪叫着胡乱挥舞着："你们把蓝翎藏到哪儿了！说！"

白宙突然走过去轻松地夺过石磊手中的刀，然后朝夏梦杰冲了过去。夏梦杰连滚带爬地逃跑，跑出几步，却脚下一个踉跄，摔倒在地。白宙上前一步，举着刀对着夏梦杰的脖子砍去！

石磊双手捂眼，等着听惨叫声，却半天没了动静。他慢慢把手指张开，透过指尖的缝隙看去。白宙睚眦俱裂，刀尖停在夏梦杰的脖子上，却没有砍下去，显得犹豫。

夏梦杰从恐慌中镇定下来，心理有些明白了："你从来没有杀过人，你下不了这个手，是不是？那先放我走吧，我得先杀了廖斌给 JOJO 报仇！"说着就想从白宙刀尖下溜走，白宙却不松手，用刀尖死死抵住夏梦杰脖子，既不下手，也不放他走，保持着姿势一动不动。

夏梦杰望着白宙："我跟廖斌刚才已经拼到两人都精疲力尽了。不如这样，咱俩做个交易，你帮我杀了廖斌，我任你随便处置。哦，不对，你杀不了人，这也没关系，你给我留一口气，一口气就行。只要你帮我抓住廖斌，我来结果了他，然后我再自我了断，这样你手不沾血，我俩都能报仇。为了让你相信我……"说着拿起手中的匕首，对着自己的肚子就是一刀，然后转身对石磊说："从这里出去需要两个人的尸体，刚才 JOJO 和蓝翎的尸体打开了门，你才进来了。要想出去，还得有两个尸体。我愿意当其中一个，另外一个，我希望是廖斌。如果你们不帮我杀了他，你们就得有人来当第二个！"

石磊脸色大变，闪到廖斌身后，用刀鞘死死勒住了廖斌的脖子。廖斌双脚蹬地，带着石磊一同摔向了后方地面，廖斌不停地挣扎。两人离白宙和夏梦杰越来越远。石磊紧紧地勒住廖斌的脖子，一脸阴狠，悄悄在廖斌耳边低语："你之前做得都很不错，不过还需要你帮我完成最后一个任务，那就是死，变成尸体帮我打开门。"

廖斌嗓子里挤出最后几个字："你就是老板……"挣扎的动作从狂野转向疲软，最后安静了下来，双眼圆睁着停止了呼吸。

夏梦杰大笑："好！杀得好！我替 JOJO 谢谢你们！"说完拿起匕首对

着自己的脖子抹了下去。白宙眼前一片鲜红，失去了意识……

白宙是被电话铃吵醒的，他睁开双眼，发现自己居然躺在画室里。他接起电话，夏梦寻声音急促地催：“你还在磨蹭什么啊？快点来医院啊！我在医院门口等你！”然后不等白宙开口，就挂断了电话。白宙完全搞不清状况，看了看画室里挂着的自己和夏梦寻的合影，起身往医院赶去。

一进医院，夏梦寻迎了上来：“阿宙！你怎么才来啊！你不会忘了今天是田姐姐的预产期了吧！快点快点，我在这儿等着你，都没见到小宝宝第一面！”

白宙被夏梦寻拽着往楼上跑，脑子里全是蒙的，这到底怎么回事？楼上病房里，夏梦龙抱着个小婴儿，看他俩进来，招呼着说：“快看！我当爸爸了！婉兮刚生了儿子！真是太好了。你们两个也得抓紧点，你们的大事，细节得好好安排！”梦寻害羞地说：“天啊！我哥怎么这样！有了宝宝就不要妹妹了，太坏了！”白宙看着眼前这一幕，有些困惑，却也觉得幸福极了。

两人在病房坐了一会儿，夏梦寻让白宙送她回画室。进了画室，夏梦寻看着白宙还是一脸茫然的样子，扑哧笑了：“你这是怎么啦？被吓到了吗？你就把这个当作一个预习，以后你……总归会当爸爸的。”说着羞红了脸。

白宙犹豫了一下，鼓起勇气问：“那……唐潮呢？”夏梦寻自然地答道：“他啊，他参加那个野外生存真人秀之后不是一下子火了嘛，这几年全世界到处飞呢。想起来你还吃过我和他的醋，结果最后你们倒成了好哥们儿，真是好好笑。你怎么突然想起他来啦？哎呀你这衣服怎么弄这么脏，快脱下来我给你洗洗。”说着不由分说地帮白宙脱下外套，并朝洗手间走去。

白宙呆呆地站在原地，还是没搞清楚状况。这时，突然传来急促的敲门声，白宙打开门，一大捧玫瑰塞了过来，挡住了快递员的脸，快递员的声音在玫瑰后传来：“先生请你签收一下！”白宙听着声音耳熟，扒开玫瑰一看，居然是唐潮！

唐潮笑嘻嘻地走了进来：“怎样？我够义气吧。听说你们要结婚，我就赶回来了！惊喜吧？”白宙打量了一下唐潮的表情，似乎是真的祝福，于是试探着问："我要向夏梦寻求婚了，你没有意见？"

唐潮嬉皮笑脸地回答："我有意见啊！她有事没事就骂我变态，你们要是结了婚，咱俩的哥们儿情谊就要打折啦。我太亏了，买东西找我打折也就算了，连友情都得打个折，唉，不过既然你喜欢，那我也没什么好说的。趁着梦寻还没看到我，我下次再来找她吧，也给她一个大大的'惊吓'！"说完将手中的花塞给白宙，转身走了。留下白宙站在门口发呆。

夏梦寻听见外面有动静，走了过来，只看见白宙一个人抱着花站在门口，禁不住笑了："哟，都快结婚了，还每天一束花。我就在想，结了婚以后，我还有没有这个待遇？"说着拿起花上的贺卡读了起来："送给全天下最最最可爱的梦想家……谁啊？谁是全天下最最最可爱的梦想家？"夏梦寻可爱的样子让白宙露出了笑容。

夏梦寻突然看着门外，招呼："哎呀！白姨来啦！"

白宙转身，只见白凤仪款款地走了过来。他一时眼眶都湿润了，冲上去抱住了白凤仪。白凤仪冷不防被儿子这么抱住，纳闷地问："阿宙，怎么啦这是？"

白宙闻着母亲身上熟悉的味道，泪如雨下："我好想你！"

白凤仪笑着推开他："少给我演，这才多久没见啊。倒是梦寻，这都什么时候了，还叫我白姨啊！"

夏梦寻不好意思地笑了笑，叫了一声："妈——"

白凤仪亲切地拉起夏梦寻的手，温柔地笑了："这才对嘛。我给你们买的房子现在正准备装修，这装修风格啊，还是得咱们女人说了算，他们男人啊，都没有审美观的……"说着拉起夏梦寻进了卧室。

白宙看着这一幕，脸上流露着幸福的微笑，直到又被敲门声打断了思绪。一开门，蓝翎提着两件礼服走了进来："哎呀，阿宙也在啊，那快帮我看看，这两件衣服哪件更好？我可是要在你们婚礼上当伴娘的时候穿的哦，可得好好选，把当场所有的帅哥的目光都吸引过来！"

白宙拥抱住蓝翎，眼泪泛出了泪花："你也在这里，真是太好了。可惜……可惜我知道这一切都是假的……"说着放开了蓝翎，要往画室外走。

蓝翎拽住他："阿宙！这就是现实啊！这就是你真正应该拥有的生活啊！这么完美的生活，换作是我，就算是假的我也一辈子不愿意醒来！"

白宙流泪满面："这个梦境确实很真实，但是假的就是假的。在真实的世界里，你已经死了，我妈也死了，夏梦寻爱的不是我，而我……还有很多事情要做。"说完，大步迈出了画室。

白宙这边迈出画室，那边就直接走进了神武殿，白凤仪已经在那儿等着他。穿着婚纱的夏梦寻在夏梦龙的搀扶下从神武殿大门走入。蓝翎和田婉兮跟在他们身后，帮忙提着落地的头纱。夏梦龙将夏梦寻交给白宙。众人都站到一旁，鼓掌。唐潮举着两枚钻戒跑了进来，分别交给白宙和夏梦寻。

夏梦龙走到两人面前，清了清嗓子："白宙先生，你是否愿意娶夏梦寻小姐作为你的妻子。你是否愿意无论是顺境或逆境，富裕或贫穷，健康或疾病，快乐或忧愁，都毫无保留地爱她，对她忠诚直到永远？"

白宙牵起夏梦寻的手，在众人静静的等待中，犹豫着，回答道："梦寻……对不起，我不愿意。"大地颤抖起来，神武殿里响起一阵石头裂开的声音。他看着夏梦寻难以置信的眼神，坚持牵着她的手，解释下去："因为这一切都是假的，我一定要面对现实。真实的你并不爱我，所以我就蜷缩在我幻想世界中。就跟以前一样，我幻想你会爱我，你会嫁给我，但其实这是一种懦弱的表现。我不能再这样继续下去了，我一定要勇敢地面对现实，即使现实不一定完美。"大地再次颤抖，殿门下出现一道光。

白宙松开夏梦寻的手，大步向门外走去。蓝翎上来拽住他："阿宙！难道你真的希望去一个我死了的地方继续生活吗？"白凤仪也呼唤他："阿宙！难道这个世界对你来说还不够好吗？你想要的一切在这里我们都可以帮你实现！"

白宙坚定地摇了摇头："不，不管你们怎么呵护我，我都不可能在这里得到完美的生活。因为如果我留在这里，我会看不起我自己。一个自己都看不起自己的人怎么可能是完美的。所以这里的一切并不是完美，而是虚妄。"说完，头也不回地向门口走去。

夏梦杰突然从门口的光中走出，拦在白宙面前："我杀了你妈，杀了蓝翎，结果你连我都不敢杀。就你这样还想回到现实世界里？现实是最残酷的。想要回去的话，先杀了我吧，只有杀了我你才能够变得真正的强大！”

白宙举起手，手中出现武士刀。白宙手起刀落，夏梦杰倒地。他丢下刀，走入了门口的刺眼光束。

白宙慢慢睁开眼，发现自己正靠在神武殿的圣像上，石磊在一旁看着他，神情担忧，但是手中仍旧拿着竹刀。石磊见白宙注视着自己的刀，解释道：“这个地方挺邪门的，我当时也不知道哪里来的勇气，怎么就突然下得了手。不过那也是形式所迫，我要是不杀了他，他为了出去也会杀了我们！对了，我得告诉你一件事，虽然这件事听起来很扯，你未必会相信，但是我得发誓，我说的百分百都是真的。”

白宙看着石磊，石磊一脸真诚地说：“夏梦龙给我打电话，说要来救你们，然后我就开车接上了他和田婉兮，一路上都很正常，直到快要到的时候，我们的车爆了胎，田婉兮为了抢车，杀了一个无辜的司机，结果被我和夏梦龙发现，她一怒之下，竟然要杀我们灭口。夏梦龙因为受了伤，没有逃出她的魔掌，死了。我这才发现，她就是廖斌背后的大老板。她之前说的一切都是假的，我们都被她骗啦。”

白宙有些将信将疑：“可是那次田婉兮明明是要和廖斌他们同归于尽，如果她就是背后那个大老板，她为什么要这么做？”

石磊摊手：“演戏啊！她要是不这么做，她能取得唐潮他们的信任吗？她能把自己摘干净吗？这一招狠就叫作置之死地而后生，咱们都不是她的对手啊！”

白宙想了想，觉得石磊说得有理，皱起眉头：“按你这么说，那唐潮和夏梦寻岂不是很危险？我们要赶紧通知他们，田婉兮不是好人。”说着走到水池旁，用手沾了点水，在地上写上了：“在吗？”

石磊诧异地看着白宙的动作：“你在这里写字，他们能看见吗？你是不是傻了？”

白宙点头：“能，我们刚才就是这样交流的。”正说着，地上突然出现了一个字：“在。”

白宙立马又沾水，写了两个：“小心……”

石磊赶紧把字涂抹掉：“你是想写小心田婉兮吗？万一田婉兮就在他们旁边呢？我刚才已经想清楚了，我们之所以会被关在里面，是因为每次进来的时候，都忘了把龟甲带进来，那玩意儿相当于是钥匙啊！缺了它，我们就被反锁在了这个该死的地方。有它在，我们就能自由进出。所以，我们得趁着现在手上有这两具尸体，让外面的人，把钥匙送进来就可以了！”

白宙重新沾上水，在地上写下：“带龟甲进来。”然后起身和石磊一起去抬尸体进胶囊，准备开门。

门外，确实像石磊所猜测的，田婉兮已经在夏梦寻和唐潮身边了。她赶到的时候，夏梦寻和唐潮还在昏睡。她叫醒两人，跟两人说了事情的原委，包括石磊的秘密和梦龙的噩耗。夏梦寻被这突如其来的消息惊呆了，脑子发木。这才多大会儿工夫没见，夏梦龙就死了？真的死了？凶手，没想到居然是一直在身边像朋友一样的石磊！

这时，地面上出现了一行字：“带龟甲进来。”与此同时，石门上龟甲周围的六芒星开始亮了起来。唐潮扶着夏梦寻上前，拧动龟甲，石门缓缓打开。唐潮拔下龟甲，扶着夏梦寻朝石门内走了进去，田婉兮跟在他俩背后。

夏梦寻一进门看见石磊站在中央，顿时怒火中烧，要冲过去，被唐潮一把拉住。这时，身后传来一声惊叫，原来是田婉兮被白宙用刀架住了脖子。白宙喊道：“她是廖斌的幕后老板，你们都被她骗了！”

田婉兮挣扎着解释：“被骗的人是你，石磊才是廖斌的幕后老板！他杀了夏梦龙！”

石磊挠着头：“这是我听过的天底下最好笑的笑话。唐潮、梦寻，你们听我说，夏梦龙就是死在这个恶女人手里。你们千万不能相信她！事发突然，我也没什么证据，可是，你们要想想，我跟夏梦龙无冤无仇，我对你们的夺宝事业也毫无兴趣，要不是这次夏梦龙找我来帮忙救你们，我都不会来。没想到田婉兮会恶人先告状，把一切推到我身上。”

唐潮犹豫着说：“不管怎么说，白宙你先把人放了，我们有话好好说……就算田婉兮是坏人，她也会得到应有的惩罚。”

白宙不放手：“我不会放的。都是因为她，才会死了这么多人。你知道吗，我妈和蓝翎都死了，现在就剩下我们几个。以前就是我太懦弱，我早该怀疑田婉兮，可是我却选择了相信她，可就是因为我的相信，却把我最亲近的人都害死了。今天我就要杀了她，替大家报仇。”

夏梦寻摇着头：“田姐姐那么爱我哥，她肯定干不出这种事情的！阿宙算我求你了。你千万不能杀人啊，如果你杀了人，你就跟廖斌没有区别了。你还是要相信这个世界上善人自有善报，坏人自有老天会去惩罚。”

白宙听了夏梦寻的话，手下有点松动起来。田婉兮发现了白宙的松懈，趁机抢了白宙的刀，挣脱逃跑，发疯似的冲向了石磊：“我要让你给梦龙偿命！”可是不等跑到石磊面前，她突然神情一变，原地倒了下来。原来，她背后中了一箭。白宙呆呆地站在田婉兮的身后，手里正举着廖斌的弩弓。

唐潮冲上去抱起田婉兮，田婉兮气若游丝：“你要相信我，夏梦龙是石磊杀的……”唐潮没让她再说下去，大喊：“梦寻开门，我要送她去医院！”夏梦寻从唐潮身上拿出龟甲，安在石门上，三角形亮起。原来这从里面开门和从外面一样，也得三家后人去启动那个六芒星阵！

田婉兮在唐潮怀中艰难地说：“你们不用救我了，梦龙，我来了……”说完就没了呼吸。

唐潮放下田婉兮，大吼一声，捡起地上的刀，冲向了石磊。石磊姿态难看地躲避，抓住一个空当用肩膀将唐潮撞翻！

夏梦寻大喊一声：“唐潮！”向他跑去。

第三十一章
时光倒流

夏梦寻冲过去扶起倒在地上的唐潮，看着石磊和白宙。白宙在旁边自言自语："对不起，我不是故意的。"说着，失魂落魄地跪倒在地上。

石磊冲白宙喊道："白宙，你不用自责，你没杀错人，田婉兮根本就不是什么好人！"然后又转身跟唐潮说："我跟你兄弟这么久，你居然对我下死手。我要怎么证明你才相信我啊！真的是田婉兮干的啊！"

此时，夏梦寻有黑线的手又疼了起来。唐潮赶紧扶住夏梦寻。夏梦寻手掌上的黑线已经基本覆盖了掌纹。唐潮疼惜地摸了摸夏梦寻的手。夏梦寻冲他微微一笑："没事，不疼了，每次都是一小会儿，但是每一次手上的黑线都会长得更长。"

石磊见状，对两人说："白宙说过，这个最后的宝藏很可能是一种灵丹妙药。搞不好真可以治疗夏梦寻的病。"说到这儿跑去门边，拿下了龟甲，递给白宙："你不相信我没问题，你总该相信白宙吧。这样大家都放心。"

唐潮打量着殿内的布局，提议："不管怎么说，还是得先出去。这里跟外面的大殿布局一模一样，也许机关也有些相似。我们先按照开石门的办法试一试。"白宙和夏梦寻都点了点头。

三人用老方法点亮了六芒星阵，DNA 螺旋在半空中出现了。

石磊这时走到白宙身边："给我龟甲！我去看看石门能不能开！"看夏梦寻和唐潮都警惕地盯着自己，补充说，"我们是要找到最后的宝藏！没找到宝藏之前我总不会一个人跑了吧？所以放心吧！我就是去试一试！"白宙听完石磊的话，思考了片刻，然后将龟甲扔给了石磊。

石磊接住龟甲，瞬间转了方向——他没去石门，而是直接冲向中央祭台！众人还没来得及反应，就看见他把龟甲按在了祭台上，还转了一下，然后，一个闪着雪白光芒的立方体从祭台中央缓缓升了起来。唐潮、夏梦寻和白宙只感觉身体不受控制一般，无法站立，被光束抬到了半空中，无法动弹。他们清晰地明白了石磊的用意，可是却无力来改变这个局面了。

石磊狂笑着："多谢三大家族后人啊！帮我召唤出了最后的宝藏！为了感谢你们，我告诉你们一个秘密吧。其实我也是夏家人，我的太奶奶就是夏以柔日记里提到的小玉！所以，我才有这块龟甲，还知道这么多皇陵镇的往事。你们几个看似聪明，实际上愚蠢如猪！只有田婉兮，还算有些脑子，但也被你们自己人弄死了。哈哈哈……"他说着就伸手去拿立方体。一瞬间，所有光芒都消失了，神武殿地动山摇，唐潮、夏梦寻和白宙都掉落到地上。

夏梦寻看见唐潮在落地的一瞬间提刀冲向石磊，把立方体撞飞。然后唐潮和石磊一起扑过去捡立方体。唐潮边和石磊缠斗边喊夏梦寻："快把那个东西放回去！不然神武殿就要塌了！"石磊想转过来阻止夏梦寻，但是白宙也冲过去拦住了他，只能眼看着夏梦寻捡起立方体放回了祭台中央。立方体重新悬浮在半空中，神武殿停止了摇晃。

梦寻长长地舒了一口气，回头看唐潮，却发现石磊的匕首插在了唐潮身上，唐潮正在缓缓倒地。白宙捡起地上的刀，冲过去将石磊一刀劈死。白宙仰天长啸："唐潮，安心去吧，我给你报仇了！"夏梦寻冲过去抱起奄奄一息的唐潮，失声痛哭。突然，能量块发出耀眼的白光，笼罩着整个神武殿。夏梦寻眼前的一切都被吞噬了。

夏梦寻不知道昏睡了多久，终于醒了过来，她环视四周，觉得周围的环境看着非常眼熟。她是在一个病房里，天下的病房确实都长得差不多，可是这种眼熟让她觉得好像在哪里见过，似乎曾经经历过这一幕一般。

唐潮此时端着一个饭盒走了进来，见她醒了，非常高兴。她激动地起身抱住唐潮："太好了！你没死啊！我吓死了！"

唐潮安慰地拍了拍夏梦寻的肩："我怎么会死呢？倒是你，怎么突然就晕倒了？那个防护罩突然消失了，是你做了什么吗？"

夏梦寻蒙了："防护罩？"

唐潮伸手在她眼前晃了晃："你不会失忆了吧？你不记得了吗？你哥，田婉兮还有白凤仪他们都被困在里面，差点都死了呢。"

夏梦寻摇摇头："不对啊！你说的这是好久之前的事儿了啊！"

唐潮点头："是很久了啊！你睡了整整36个小时啊！是不是感觉恍若隔世啊？"

夏梦寻理了理自己的思绪，琢磨了好一会儿。试探着问："那，我哥、白姨、蓝翎，都还活着？"

唐潮摸了摸她的额头："你怎么啦？他们当然好好的了。你说什么胡话呢？"

夏梦寻心跳得怦怦快，难道，真的回到过去了？时间倒流了吗？她伸出手，没有黑线，连黑点都没有！天啊，上天真的给了一次重来的机会吗？那一定要好好珍惜，一定要改变历史啊！这样，就可以让大家都活下去了！她激动地对唐潮说："快帮我办出院！我没事了！我要马上回家。"

夏梦寻先回家找哥哥。夏梦龙正和田婉兮商量出国的事情，见梦寻回来，也邀请她："这次在神武殿遇到这么惊险的事情，幸得脱险。我和你田姐姐决定去国外待一段时间，要不然你和唐潮跟我们一块儿去？我们四人行，来一段长途的 couple couple 约会。"梦寻只紧紧抱着哥哥："哥！你和田姐姐没事真是太好了！你们先去吧，最好明天就出发，离神武殿越远越好！"说着眼泪直掉。夏梦龙摸着她的头："傻丫头，这回吓坏了吧！都过去了，我们一家人以后好好在一起。你先在家休息吧，我和你田姐姐出去买菜，晚上给你做顿好吃的。"夏梦寻点点头，目送两人出了房间。她又习惯性地抬起手来看自己的掌心，这次却看到，掌心多了三个黑点……难道，该来的，始终逃不过吗？不行！一定要努力改变！哥哥和田姐姐可以去国外躲一躲，自己也不参与，那夏家就可以从这件事中抽身出来。然后，还要想办法让白家和唐家也不参与，这样，可怕的事情就不会再发生了。

下定了决心，夏梦寻去了白家。白凤仪对她一贯没有好脸色，这次也不例外。夏梦寻并不介意，她只真诚地说："白姨，我是来跟您道歉的。这次差点害你丢掉了性命，我十分内疚，对不起。"白宙打断她："要道歉也应该是田婉兮，是她把大家引去了神武殿，要一起同归于尽！"梦寻看着白凤仪，继续说："归根到底，还是因为我任性地想探寻神武殿的秘密，才推着事情一步步走到今天。我真的很抱歉！不过，今天我来，还有一事相求：希望白姨，您和白宙都离开星城吧，再也不要回来！虽然我不知道白姨为什么对神武殿的宝藏那么有兴趣，但如果因为找宝藏而丢了性命，那岂不是很不值！"白凤仪一听瞬间翻脸："放肆！我本以为你今天来是诚心道歉的，搞了半天原来是来诅咒我的。我为什么要去神武殿是我们白家的事，和你没关系！阿宙，送客。"夏梦寻见说服不了白凤仪，只好转向白宙。白宙却只是摆了摆手，说："算了，你别说了。这次经历了这么大惊吓，我妈也要好好休息休息，你也累坏了，好好歇歇吧，过几天我再找你。"说完，白宙就扶着白凤仪进了房间，只留下夏梦寻一人在客厅里发愣。

夏梦寻闷闷地回到家，唐潮坐在夏家客厅里等她。她想到刚才在白家的经历，无心聊天，默默走上楼去。唐潮看了看正在厨房做饭的夏梦龙和田婉兮，两人都示意他追上去。唐潮追上楼去，却发现夏梦寻把门反锁了。他敲了敲门，梦寻在屋里回答："别敲了，让我一个人待会儿。"唐潮只好又下楼来。夏梦龙和田婉兮见他下来，围了上来。田婉兮问："看来梦寻心情很差啊。唐潮，那咱们明天的求婚计划，还继续吗？"唐潮还没来得及回答，只听上面传来夏梦寻的声音："我得给大家开个会，说点事，都过来吧。"

夏梦寻面色凝重地坐在了客厅里，示意大家都坐过来。夏梦寻环视了一下几位听众，开始说一件让几个人都不可思议的事情："我接下来要说的事情可能非常匪夷所思，就连我自己也想不明白为什么会变成这样。但是你们作为我最亲的亲人，一定要相信我！因为我说的句句属实！你们都赶紧离开星城吧，因为再不走的话，就来不及了。以后你们三个都会死，哥，你是死在石磊的手上，田姐姐是死在了阿宙的手上，因为阿宙受了石磊的蛊惑，他相信石磊的话，说田姐姐才是廖斌背后的老板，而唐潮也会死在石磊手上。"

夏梦龙震惊地问："石磊是廖斌背后的大 boss？那也是婉兮之前的老板？婉兮怎么会认不出他呢？不应该啊。你是怎么知道这一切的？不会……是做梦吧……"

夏梦寻见哥哥怀疑自己，很生气："这一切都是我经历过的！都是我亲眼目睹的！这样还不够吗？"

唐潮一听此言，更不信了："这么说，你的意思是你能预知未来？那你赶快跟我说七个数，我明天就去买彩票。"

田婉兮此时站起来走到夏梦寻身边，握着夏梦寻的手："梦寻，这段时间你是不是太紧张了？"

夏梦寻生气地转身跑上了楼，甩下一句："说到底你们还是不相信我！好，我一定会想办法证明我说的这一切都是真的！"

夜已深。夏梦寻独自躺在床上，回想着唐潮当时跟她求婚的画面，泪流满面，喃喃自语："唐潮，对不起，我不能嫁给你了，我也不能再跟你在一起了，如果我们再继续这样下去的话，我们迟早还是会走到最后那一步的。我不想再看着你们一个个离开我，绝不能再害你们了！"

第二天早上，夏梦寻去找夏梦龙，对他说："哥哥，之前你一直不支持我画漫画，我现在想通了，确实不该为了这点业务爱好搭上这么大精力，还让你们涉险其中，是我不好……"

哥哥的回答字字句句都是那么熟悉："我们都是一家人，说这么生分干什么？哎，从你认识了唐潮、我认识了田婉兮，我们兄妹两人倒是很少有机会单独相处了。刚好今天田婉兮不在，走！哥今儿请你吃大餐去！陪吃陪逛，包你满意！"

梦寻深吸一口气，问道："你不是不相信我说的话吗？那我问你，你是不是打算设局带我逛街，然后还会碰巧遇到唐潮和田姐姐要去神武殿，然后我会吃醋，非要替代田姐姐跟他去。然后我就会在神武殿石门上摸到戒指，然后就是你们准备的 surprise！"

夏梦龙惊呆了："唐潮这臭小子！都提前告诉你了，还让我们配合他演戏，搞什么嘛！"

夏梦寻流下眼泪："他真的没跟我说啊！都是我曾经亲自经历了我才知道！走，我们这会儿上街，遇上他们再说！"说着就拽着夏梦龙往街上去了。

街对面，果然碰到了唐潮和田婉兮。夏梦寻抬手擦干净了眼泪，深吸一口气，径直朝着唐潮他们冲了过去。夏梦龙赶紧跟上，在夏梦寻背后冲着唐潮摆手比画，但是唐潮完全不知道夏梦龙是什么意思。

夏梦寻直截了当："你跟田姐姐怎么在这儿？如果你说不清楚的话，不如我们分手吧。"

夏梦龙阻止她："你刚刚还不是这样说的！你不是说……"

梦寻看着支支吾吾的唐潮，一字一顿地说："我说，唐潮，我们分手吧！"说完转身就走。

唐潮立马追了上去，拉住夏梦寻："你别误会，我跟田婉兮不是你想的那么回事。"

夏梦寻面无表情地甩开唐潮的手："不管你和田婉兮是怎么回事，我不关心，也不在乎，以后也跟我毫无关系了。你以后离我们夏家远点。"

唐潮怒了："夏梦寻，你这样子过分了吧。分手可不是随便提的。我不同意！"

夏梦寻盯着唐潮："记得以前你让我帮你给田婉兮买水果的时候，还欠我一个要求吗？你答应过我，无论我提什么要求，你都会做到。那么现在我告诉你，这个要求就是，请你以后不要再来找我。"说完便转过身去，径直走开。身后呆立的唐潮，并没有看到她的泪如雨下。

夏梦寻自己回到家，躺在床上，两眼望着天花板发愣。门外，夏梦龙不停敲门，她却就像什么也没听见一样，没给任何反应。唐潮也来到门口，看夏梦龙敲不开门，他伸手想敲门，最后却还是垂下了手，坐在了夏梦寻房间外。夏梦龙拍了拍他的肩膀，先离开了。

唐潮实在搞不懂今天的夏梦寻是怎么了，他痛苦地抓了抓头发，最终拿出手机，发了一条微信过去："我很想你。"

夏梦寻看着微信，眼泪又掉了下来。此时有人敲门，夏梦寻擦了擦眼泪，问："谁啊？"

无人回答。夏梦寻走过去开门，却见唐潮一脸憔悴地站在门外："我们谈谈好吗？"夏梦寻犹豫了一下，便把唐潮引进了房间。

唐潮一进来就先真诚地道歉："今天我不该瞒着你跟田婉兮出去，我应该事先跟你说一声，对不起。我知道你是跟我赌气呢，别生气了好不好？我们没道理就这么分开啊！"

夏梦寻低着头，半晌，抬起头来："跟今天的事没有关系。我不是赌气，我只是，不喜欢你了。"

唐潮愣住了。

夏梦寻笑笑："在我住院的那段时间里，想了很多事情，我突然意识到其实这个世界还有好多东西我都没看过，稳定的关系对我来说反而是一种束缚，我还想去更远的地方走走看看，而你，并不是我的终点。其实说白了，就是我还没玩够。以前跟阿宙就是，眼看着要结婚了却悔婚，我一直以为是我不够爱他，我总觉得当我碰见一个我真正爱的人就好了。我一直以为那个人是你，我以为我愿意为了你放弃我所追求的一切，但我发现我错了。对我来说，你和白宙其实并没有什么区别，不是我不够爱他，也不是我不够爱你，而是我太爱自己。"

唐潮抓住夏梦寻的双肩，强迫夏梦寻看着自己的眼睛："你根本就不是那样的人，你为什么要把自己说得那么不靠谱？如果你说的都是真的，你敢看着我的眼睛说吗？"

夏梦寻冷漠地摆脱他的双手："反正该说的我都说了，信不信随你。你走吧！"

唐潮失望地看着夏梦寻，转身走出了夏梦寻的房间。夏梦寻却再也坚持不住，坐在地上，倚着床沿失声痛哭起来。一双脚突然出现在夏梦寻面前，夏梦寻抬头，却发现是折返回来的唐潮。唐潮笑中带泪地看着夏梦寻，从桌上抽出两张纸巾，递到夏梦寻面前："撒谎都不会，为什么还要装？不许再说这些话了！懂吗？"

夏梦寻失控地在唐潮怀里痛哭："我们一定要分手，要不然你会死的……我不能让你死啊……我说的都是真的，石磊就是廖斌背后的大 boss，是他杀的你。”

唐潮擦去夏梦寻的眼泪：“你知道吗？你刚才跟我说那些话，比让我死都难受。我不管谁是廖斌背后的大 boss，我也不管我最后是死在谁手里，反正人总归要死。不管我能活多久，但如果我的人生从此没有了你，那么一切都没有意义。答应我，不许再跟我提分手！”

夏梦寻感动地看着唐潮，点了点头。唐潮吻了上去。

瞬间，白光闪现。只见白光全部回到了能量块里，神武殿又恢复了原状。夏梦寻紧紧抱着奄奄一息的唐潮，坚定地说：“你说得对，就算死，我们也要在一起！”

唐潮露出了一个虚弱的微笑。

白宙在一旁狠狠地看着他俩。

第三十二章
劫后余生

白宙恨恨地看着紧紧拥抱的唐潮和夏梦寻，叹了一口气，用尽量和缓地语气说："现在他们都死了，活不过来了。梦寻，我带你离开这里。"

夏梦寻抱着唐潮失声痛哭，泪水落在了唐潮的脸上。

唐潮突然，缓缓睁开了眼睛，努力伸手替夏梦寻擦干眼泪。

白宙大惊失色！

唐潮居然没有死？！这是怎么一回事？

原来，刚才能量块发出耀眼的白光，笼罩着整个神武殿时，唐潮恍惚中似乎也去了另一个世界。他眼前的一切都被白光吞噬，瞬间失去了意识。等再醒过来的时候，发现自己孤身一人躺在医院病床上，身上缠着绷带。他好半天回不过神，怎么了？自己不是死了吗？现在怎么又在医院醒过来了？是谁救了自己吗？那人又去哪儿了？会是谁呢？一定是梦寻吧！对啊，梦寻！想起夏梦寻，唐潮脑子清楚了一点，想起了自己失去意识之前的那一幕：当时自己和石磊在缠斗，梦寻捡起立方体，向中央祭台冲去。石磊本身就身材健硕，又常年健身，和他这么打下去，唐潮也不知道自己能坚持多久。没想到，此时白宙拿着一把匕首走了过来，从背后径直给了石磊致命的一刀。石磊正和唐潮激烈打斗，完全没想到事情会有这样的发展，后心结结实实地挨了白宙这一刀，才艰难地扭过头去，难以置信地看着他。白宙拔出刀，盯着石磊，低声说："从你杀廖斌的那个时候起，我就知道你才是幕后的真正主使。因为好人是杀不了人的。而我杀田婉兮，是因为……”说着，突然刀锋一转，将匕首捅进了唐潮的胸口！唐潮就像刚才的石磊一样毫无防备，直到匕首插进自己的胸膛，这才明白白宙他干了什么。那一瞬间感觉血液都静止了，耳边的一切声音都仿佛归于寂静，只听白宙把刚才的话接着低声说了下去，“……是因为以前的我太软弱了，我早该这么做。”唐潮想喊夏梦寻，想提醒她注意这一切，然而他张了张口，却已经发不出声音，所有的力气都瞬间消失，甚至无法再站立，倒了下去。在倒地前一刹那，唐潮看到立方体重新悬浮在半空中，神武殿停止了摇晃，夏梦寻开心地转过身来。而白宙此时正一刀劈向早已受伤的石磊，口中却说着：“唐潮，安心去吧，我给你报仇了！”唐潮听着白宙的一派胡言，却已经睁不开眼睛，一动也不能动，他心中苦叫糟糕，没想到白宙阴险至极，这样一来，在梦寻眼里，就是石磊杀了自己，而白宙这个凶手，倒变成了为自己报仇雪恨的人。不行！夏梦寻还被蒙在鼓里，她还不知道白宙的危险，那她的处境就太危险了！

想到这里，他找到手机拨打夏梦寻的号码，却怎么都无法拨通。他皱眉想了想，拔下正在输液的针管，穿上外套，径直走出病房，他一定要找到梦寻！

外面天阴沉沉的，月亮黯淡无光。街道中间车来车往。唐潮一边走一边拨打夏梦寻的电话，却始终无法拨通。突然，他发现街道的对面，透过一家餐馆的玻璃，可以看到夏梦寻正在与白宙面对面地坐在餐桌前吃饭。夏梦寻显得精神不是特别好，而白宙一脸关切，似乎在关心夏梦寻。唐潮望着白宙，怒火中烧。他着急地想要穿过街道，去对面警告夏梦寻。无奈街道上车流穿梭，一辆接着一辆，终于在一辆长长的公交巴士开过去以后，唐潮才有空隙，穿过了马路。餐馆里却已经没了夏梦寻和白宙的身影。唐潮想了想，焦急地跑向夏梦寻的画室。

画室门都没有关，唐潮气喘吁吁地闯了进来，而夏梦寻静静地坐在沙发里，似乎是心事重重，并没有理会唐潮。唐潮看到夏梦寻安然无恙，终于松了口气。他静静地走到夏梦寻面前，轻轻地问：“我……是不是睡了很久？我醒来想到的第一件事情就是找你，但是我今天看到你跟白宙一起吃饭……我知道，我昏睡的过程中间肯定发生了很多事情，我错过了很多，我不知道你们现在是什么情况。”说到这里，他心痛地停顿了一下，但是马上急切地说了下去：“但是，我有一件事情我必须跟你说——神武殿里，不是石磊捅伤了我，然后白宙替我报仇。而是白宙先杀了石磊，然后偷袭我。是白宙差点杀了我！”。

梦寻愣愣地盯着唐潮，听他说了这么多，却依旧面无表情，怔怔发呆，哪怕是听到了如此惊人的真相，她的表情也没有什么变化。最后，她只是长长地叹息了一声，双手掩面，把头埋在了膝盖里：“对不起，我跟阿宙要结婚了。”

唐潮一愣，当场傻了：“你说什么？”

夏梦寻却只是哭：“对不起，对不起，对不起……”

唐潮有些不敢相信地望着夏梦寻：“你要跟他结婚？那我呢？你是不是当我死了？我到底做错了什么，你一声也不吭地就要嫁给他，到底为什么？”

夏梦寻掩面而泣：“对不起，对不起，对不起……我以前伤害过他一次，现在是我该弥补的时候了。”

原来是这样吗？为了弥补曾经对白宙的伤害吗？唐潮脸色铁青，冷冷地望着夏梦寻：“你不想伤害他，那你就伤害我？我们一起经历了那么多困难，那么多危险，好不容易能在一起，你却告诉我，你要弥补你的前男友，你要弥补一个疯子，你要跟一个疯子结婚！”

夏梦寻却只是怔怔地说：“也许是我错了，从一开始我就不该认识你……”

唐潮完全没想到，自己沉睡的这几天里，事情竟然变成了这个样子。什么情投意合、两情相悦，居然敌不过几天昏迷的离别。他激动起来：“错的是我，是我一厢情愿地认为这份爱情可以战胜一切！原来狗屁！”他越说越激动，转身朝门口走去。风吹进来，《神域》的漫画手稿随风飘舞，夏梦寻赶忙伸手去抓乱飞的手稿，却根本没有挽留唐潮的意思。唐潮终于绝望了，出门离开。夏梦寻抱着杂乱的手稿，失声痛哭。

唐潮走下楼后，却没有走远，他真的就要这么放弃夏梦寻吗？真的做不到啊！他站在昏黄的路灯下踌躇良久，最后摇摇头，又上楼朝画室走去。夏梦寻已经去睡了,卧室里传来她轻轻的咳嗽声。唐潮想了想,轻轻地走进卧室。

夏梦寻侧卧在床上。唐潮在门口轻轻喊了声："梦寻……"夏梦寻却翻了个身，留给唐潮一个背影。唐潮想了想，和衣上床，挨着夏梦寻的后背，轻轻搂住夏梦寻："刚才是我不好，不该对你发脾气。虽然我心里有千百个不情愿，但我刚才仔细想了想，当时发生的事情你并不知道，我不该怨你。一定是我沉睡得太久了，你对我失去了信心，是吗？"夏梦寻沉默了半晌，最终哽咽着说："唐潮，我好想你啊。"唐潮也忍不住流下泪来，紧紧抱住她，承诺道："我回来了！我再也不离开你了！"

早上，唐潮醒来的时候，梦寻已经不见了。他听见有人摁门铃，开门一看，竟然是田婉兮，全身黑衣，撑着遮阳伞。

唐潮惊呆了："你……你……你……你难道没死？"

田婉兮白了唐潮一眼，径直走进了屋内，收起伞，坐到沙发上，有些无奈地看了看唐潮："夏梦寻跟白宙今儿可都已经去试婚纱啦，这里已经没你什么事了。"

唐潮一听急了："怎么可能？那你不拦着夏梦寻？你知不知道白宙已经疯了，神武殿那天他不但在你背后射了一箭，还在我胸口上捅了一刀！我们都差点死在他手上！"

田婉兮站了起来:"那又怎么样，你管得了吗？什么叫差点死在他手上？你是不是还以为自己是个人？神武殿里我当时不是明明死在你怀里了吗？还是你送了我最后一程。不过现在也挺好，我终于能跟梦龙在一起了。"

唐潮瞪着她："你没事吧，胡说八道什么呢。我活见鬼啦。"

田婉兮却语气很平淡："请把活字去掉。你也别再留恋这里了，这里不是你适合待的地方。我们已经不属于这个世界了。"

唐潮被田婉兮说蒙了："你开什么玩笑？昨晚我还跟她说话来着。如果我真的死了，那昨天晚上她怎么还能看着我，跟我说话。"

田婉兮指着沙发对面，昨天夏梦寻看着的方向："她那是看着你吗？她那是对你说吗？你仔细地好好看看！"

唐潮顺着田婉兮手指的方向看去——沙发的对面，是夏梦寻手绘的唐潮素描画像。

唐潮感觉浑身发冷,昨天,梦寻其实是在对着画像自言自语？那晚上呢？他冲进卧室，只见床头摆着唐潮的照片。原来，晚上那些话，也是对着照片说的……而自己的那番话，夏梦寻一句也没听到，自己以为得到了她回应，而真相其实是她在自言自语。

田婉兮望着呆若木鸡的唐潮，叹了口气："到现在你还不相信你已经死了，好，证明给你看，你现在去给我冲杯咖啡。"

唐潮将信将疑地伸手去拿咖啡杯，不料，他的手从咖啡杯上穿过。连试了几次，他的手好似空气一般，唐潮惊呆了："可是昨天我还能……"

田婉兮毫不留情地说出真相："那一切都是你想象出来的，你开门、关门、倒水、抱着夏梦寻，所有的一切都是因为你以前的习惯，而臆想出来的。听我的话，跟我走吧。留在这里只会更加痛苦。"

门口传来钥匙转动门锁的声音。夏梦寻走了进来，根本无视唐潮与田婉兮，径直走进了卧室。唐潮深吸了一口气，跟了过去。

夏梦寻静静地坐在床边，伸手去拿床头边唐潮的相片，并用衣袖仔细擦拭了一下唐潮的相片："我让你失望了。我又伤害了一次阿宙，我就看着他在婚纱店里等我，可我始终没有勇气走进去。因为我心里想的都是你。我曾经幻想过无数次，陪我试婚纱的人应该是你，牵着我的手走进教堂的人应该是你，给我戴上戒指的人应该是你。我无法想象也无法接受别人来代替你做这一切。"夏梦寻说着，把相片拥在胸口，泪水扑簌簌地落下。唐潮想要伸手替夏梦寻抹去泪水，可惜，他的手穿过了夏梦寻的面庞，无能为力。

唐潮心酸难忍："对不起，我不该留下你一个人。"

夏梦寻继续自言自语："有些时候我特别恨我自己，死去的人为什么不是我。可是我又想，如果死去的人是我，留下你一个人，你一样会伤心难过的吧……虽然你已经死了，但我心里仍然有一种背叛你的感觉。站在婚纱店外，我突然想明白了，我不能嫁给阿宙。因为每一分、每一秒，不论过去、现在还是未来，我想的都是你，我根本不可能忘记你，我的生命里根本不能没有你。”

唐潮心酸，想要伸手去抱夏梦寻。夏梦寻起身，穿过了唐潮的身体，出去倒了一杯水回来。她把水杯放在床头，手里紧紧攥着唐潮的相片：“当我想明白了之后，我做了另一个决定，我决定要去找你。就算死我们也要在一起！”说着从口袋里掏出一瓶安眠药，倒出来一把，伸手去拿床头的水杯。

唐潮大惊失色，大喊着“不要”扑了过去，去抢夏梦寻手里的水杯，可是他的手掌穿过了水杯，整个人像空气一样穿过了夏梦寻的身体。夏梦寻只感到像一阵突如其来的凉风吹动了头发。

唐潮不甘心，他眼瞅着夏梦寻的手离水杯越来越近，咬紧牙关，集中思想，用全身的力气去触碰水杯……这次，他居然真的碰到了！就在夏梦寻的手即将拿到水杯的一刹那，夏梦寻愣住了，她看着整个水杯就这么莫名地倒了，一整杯水洒在了地上。在水杯旁边，是她看不见的唐潮，唐潮已经耗尽了全部能量虚脱地躺在地上，流下了眼泪：“你要好好活着，你一定要好好活着。”

忽然，一滴泪水落到了唐潮脸上。唐潮感到诧异，伸手摸去，他的指尖上，真的沾了一滴泪水，那是夏梦寻的泪水。

唐潮忽然感觉周围白光唰唰闪过，突然就回到了那个黄金神武殿里。夏梦寻正抱着自己失声痛哭，泪水落在了自己的脸上。他努力睁开了眼睛，伸手替夏梦寻擦干眼泪。

白宙大惊失色：“不可能……我刚才那一刀……”

唐潮缓缓地说：“白宙，想杀我没那么容易。”

夏梦寻惊呆了，不可置信地望着白宙：“什么？是你要杀唐潮？为什么！”

唐潮握住夏梦寻的手：“因为他想让我消失，好让他有机会把你再抢回他的身边！为了这个目的，他刚刚先杀了石磊，然后偷袭我，想造成是石磊杀我的假象。”

白宙癫狂地笑了起来：“廖斌杀了我妈，夏梦杰杀了蓝翎，而唐潮，把你从我身边抢走了，我早就应该杀了他！怪只怪从前的我太软弱！该做的事情我一件也不敢去做，只能默默地看着不该发生的事情一件接一件地发生！”说罢，直奔大殿中央，一把握住立方体，把它又拿了下来！

黄金神武殿立刻再次开始摇晃起来。白宙跑到夏梦寻身边，试图强行拉走她，但夏梦寻搂着唐潮不肯撒手。唐潮怒吼着，忍着痛将胸口的匕首拔了出来，然后扑向了白宙。白宙没防备到唐潮还能有这样的战斗力，失手让立方体被唐潮抢了去。

瞬间，立方体突然在唐潮的手中散发出明亮却柔和的光芒。光芒掠过众人之后，唐潮突然感觉自己没有那么虚弱了。他低头一看，竟发现自己胸前的伤口已经不知道什么时候愈合了！他突然明白了什么，抓起夏梦寻的手，摊开她的掌心一看，手上原本的黑线也已经消失不见！

白宙诧异地望着唐潮手中的立方体，惊讶地说：“我妈说的传说是真的！”然后，全力扑向唐潮，想要抢回立方体。唐潮将立方体塞给夏梦寻，将她推开，让她快跑，然后自己抱住白宙，摔倒在地。二人滚作一团，打斗在一起。黄金神武殿摇晃得更加剧烈，夏梦寻几次都几乎站立不稳，差点儿摔倒在地，却依然不愿独自离开。唐潮指向大门：“你快走！立方体一定不能被白宙拿到！你放心，我一定出来找你！一定！”

大门不知何时洞然大开，夏梦寻看看唐潮，又看看立方体。想留下又怕立方体落到白宙手上，想离开却又怕唐潮会遭了白宙的毒手。唐潮嘶吼着再次催促她快走，夏梦寻终于下定决心，紧紧抱着立方体，转身冲出了黄金神武殿的大门。

夜空中，持续多时的血月突然消失，然后又变成一丝纯洁的新月。

整个神武殿在剧烈摇晃。唐潮与白宙都已经完全站立不稳，根本无法继续打斗。这个时候，石门上的六芒星图案突然亮了。紧接着，石门缓缓地打开了，后面是漆黑的空间。唐潮与白宙都愣住了，扶着墙，大口地喘气。

唐潮看了看打开的石门，又猛地扭头看向刚才梦寻跑出去的那个黄金神武殿的大门，那扇大门不知道什么时候已经关上了。唐潮大呼不妙：“糟了！什么时候多出来了一扇门！夏梦寻走的是那扇门……”白宙突然哈哈狂笑，随即一闪身，跑出石门。唐潮看了看白宙跑出去的石门，又看了看刚才梦寻跑出去的大门，稍作犹豫，最终还是跑向了刚才梦寻出去的那扇门。他使劲儿地推门，门却没有任何动静，就像是一扇假的，只是在墙面上画出来的门一样。如果不是他刚才亲眼看见夏梦寻是从这里走了出去，他绝对不相信这扇门能够打开。而夏梦寻既然从这扇门走了出去，那不管门后面会是什么，他唐潮都必定追随到底。他说过，他一定会来找她，她才放心地走的。所以，无论如何，他也不能失信！

此时的黄金神武殿摇晃得更加厉害，泥土等不断掉落。唐潮使出了所有力气，拼命地想推开门。突然，上方的一块石头掉了下来，直直地冲着唐潮的脑门砸下……

唐潮再次醒来的时候，已经是几天之后。他一睁开眼，一个身影就扑到他身上哭了起来。

“我的儿……”苏心玉眼泪根本止不住，哗哗地流着，却再也说不出多的话，只一声声喊着“我的儿……”唐鸿远也一改平时严肃的样子，眼眶含泪，一手安抚着老婆，一手牵着唐潮的手，牢牢握住。唐潮张开嘴，嗓子干得厉害，他嘶哑地问：“梦寻呢？”苏心玉止住哭声，紧张地攥住唐潮的手。唐潮盯着父亲，追问：“梦寻呢？”唐鸿远扭过头去不回答。唐潮挣扎着要坐起来，苏心玉慌忙扶住他：“儿子！你别慌，你好不容易才醒过来，不能太激动了。你听妈妈慢慢给你讲……”

原来，当时发生了一场地震，震中正是神武殿。虽然地震的震级不高，但是因为神武殿历史久远，都还是数百年前的木制结构，所以没能经得住，虽然主体结构没有塌，但是内部损毁严重。唐潮是整整一天一夜之后，才被抢险救灾的消防官兵从废墟里挖出来的。本来就受了严重的伤，还又被埋了一天一夜，这次能醒过来，已经实属命大了。唐潮在昏迷中，还多次喊着夏梦寻的名字。唐鸿远和苏心玉也让人去仔细查问了，得到的回告却是：当时在神武殿被埋的只有唐潮自己，并无他人。

那夏梦寻去哪儿了？唐潮心提了起来。苏心玉见儿子神色慌张，赶紧安慰：“虽然没找到梦寻，那应该是跑去别的什么地方了。这几天神武殿已经被清理得差不多了，已经要重新修整加固了。你好好休息，说不定过几天，梦寻就回来找你了呢！”

等唐潮终于能自己前去神武殿看个究竟的时候，时间已经过去大半个月了。神武殿的修缮工作正在紧锣密鼓地进行。夏梦寻还是没有消息，唐潮从最初的焦虑中已经逐渐平静了下来——没有消息就是好消息。夏梦寻是从黄金神武殿的门里走出去的，他只要再找到那扇门，就一定能追出去找到她。而且，他相信梦寻也在找他，所以就算自己找不到那扇门，也可能哪天梦寻就自己从神武殿再走出来了。

他在神武殿外的小树林里搭了个帐篷，就这么住了下来。天天往神武殿跑，有时问问施工队员一些问题，有时就自己摸着墙砖一块块去感受。时间一长，修缮神武殿的施工队都认识他了，私下提起他来，就说“那个脑子被砸坏了的富二代，说什么神武殿里还有个黄金神武殿啊有个什么门啊，那么年轻，就这么被砸傻了，也真是可惜”。施工的几个月很快过去了，神武殿恢复了当初人迹罕至的寂寥景象。唐鸿远和苏心玉起初还来劝儿子回去，后来看儿子如此执着，知道劝也没用，便也由着他去了，只是隔三岔五地过来看看他。

等待的日子，说快也快，说慢也慢。每一天的等待都让他觉得日子过得太慢，可是日子却在一次又一次的日出日落里飞快地过去了。转眼之间一年时间都过去了，这是他和夏梦寻分别整整一年的日子，他冥冥之中觉得，夏梦寻今天一定会出现的。

他又一次去神武殿里转悠，一块砖一块砖地看，希望找到重新进去的开关。这一年的时间里，他这样看过千万次，失望了千万次，却依然会千万零一次地再来看。只要他唐潮一息尚存，他就不会放弃。

今天的神武殿，他总感觉哪里气氛有点不同，却也说不上来具体是哪里不对。周围分明是平时一模一样的一砖一瓦，他却能敏感地感觉到，今天真的有哪里不太对。

唐潮站在大殿里，脚下的地面上忽然起了微小的变化，地砖的颜色似乎有点变深。缓慢地，颜色变深的地方越来越大，像是一行水渍。水渍逐渐清晰起来，一个字——“夏”。

夏？夏！唐潮的眼泪唰地就淌了下来。整整一年，他的夏梦寻，终于给出回应了。身后，突然传来一阵机械转动的声音和石门挪动的声音。

唐潮缓缓地转过身去，只见大殿的墙上出现了一道石门。石门里，一个身影从黑暗中走了出来……

（本系列第一部全文完）

图书在版编目（CIP）数据

寻找爱的冒险 / 湖南芒果娱乐有限公司著 .-- 武汉：长江文艺出版社，2016.4

ISBN 978-7-5354-8720-9

I. ①寻… II. ①湖… III. ①长篇小说—中国—当代 IV. ① I247.5

中国版本图书馆 CIP 数据核字 (2016) 第 057011 号

寻找爱的冒险

湖南芒果娱乐有限公司 著

选题策划 | 金丽红 黎 波 安波舜

出版监制 | 宗 岩

策划编辑 | 李 玉 李 鑫

原作编剧 | 湖南芒果娱乐有限公司

责任编辑 | 张 维

助理编辑 | 杨柳婷

装帧设计 | 高巧玲

内文制作 | 高巧玲

媒体运营 | 刘 冲 刘 峥

责任印制 | 张志杰

总 发 行 | 北京长江新世纪文化传媒有限公司

电 话 | 010-58678881 传 真 | 010-58677346

地 址 | 北京市朝阳区曙光西里甲 6 号时间国际大厦 A 座 1905 室 邮 编 | 100028

出 版 | 长江出版传媒 | 长江文艺出版社

地 址 | 湖北省武汉市雄楚大街 268 号湖北出版文化城 B 座 9-11 楼 邮 编 | 430070

印 刷 | 北京玥实印刷有限公司

开 本 | 710 毫米 ×1000 毫米 1/16 印 张 | 19.75

版 次 | 2016 年 04 月第 1 版 印 次 | 2016 年 04 月第 1 次印刷

字 数 | 280 千字

定 价 | 39.80 元

盗版必究（举报电话：010-58678881）

（图书如出现印装质量问题，请与选题产品策划生产机构联系调换）

我们承诺保护环境和负责任地使用自然资源。我们将协同我们的纸张供应商，逐步停止使用来自原始森林的纸张印刷书籍。这本书是朝这个目标前进迈进的重要一步。这是一本环境友好型纸张印刷的图书。我们希望广大读者都参与到环境保护的行列中来，认购环境友好型纸张印刷的图书。